CARPE DIEM

IDOIA AMO   EVA M. SOLER

© 2017 Eva M. Soler e Idoia Amo
Primera edición: Diciembre 2017
Diseño portada: China Yanly
Maquetación: Idoia Amo

Depósito Legal: BI-670-17
ISBN: 978-84-697-7712-1

ÍNDICE

Capítulo 1

—Esto es un error —murmuró Skye, mientras aguardaba delante de la puerta a que el vigilante confirmara que su nombre aparecía en la lista de invitados al evento.

—¿Por qué? ¿Lleva algo ilegal encima?

La joven alzó la vista, descubriendo cómo aquel hombre, que debía medir al menos dos metros, la observaba de manera fija y sin parpadear. Otra vez estaba pensando en voz alta, una manía que la acompañaba desde que tenía uso de razón y que no conseguía erradicar.

El hombre aguardaba impasible una respuesta, aunque Skye no se amedrentó. Puede que él hubiera estado atento en sus clases de cómo intimidar al personal, pero ella tenía un máster en salir airosa de cualquier situación.

—Copas en el avión —repuso, a modo de excusa—. Alcohol del malo, ya sabes. ¿El que sirven ahí dentro es mejor?

Echó un vistazo a través de la verja, tratando de ver algo. Desde donde estaba le llegaban voces y risas atenuadas, con música suave de fondo. Conocía la zona, por supuesto, pero llevaba demasiados años viviendo fuera y el Four Seasons de Boston había cambiado mucho. Cuando Alex la había llamado para invitarla le había extrañado que celebrara la fiesta de noche, pero en ese instante entendió el motivo: los jardines del hotel eran maravillosos. La decoración, exquisita. Todo estaba sutilmente iluminado por puntos de luz que colgaban de árboles y postes, lo que conseguía un aire mágico. Idea de Alex, seguro: le encantaban las fiestas al aire libre. El verano había llegado a su fin, pero todavía no hacía tanto frío como para no aprovechar aquel escenario.

—Ni idea. —El vigilante la sacó del recorrido visual con su voz de ultratumba—. Aquí estoy demasiado lejos como para que me llegue siquiera un canapé.

Skye frunció los labios al oírle.

—¿Quieres un canapé?

—Era una forma de hablar, señorita.

—Si quieres te traeré uno. O dos. Y un Martini, aunque tienes cara de preferir la cerveza… —Skye miró su placa—. Travis.

—En serio, era solo una frase hecha, yo…

—Encantada de conocerte, Travis, soy Skye. Mi apellido es Kaplan, y si lo buscas en tu lista y me dejas pasar te prometo que te conseguiré canapés dentro de un rato. —Le guiñó un ojo.

El hombre arqueó una ceja, dejándolo por imposible. Revisó la tablilla y la observó.

—Kaplan, sí. Aunque su nombre está tachado.

—No iba a venir. Con el trabajo y la distancia no estaba segura de si llegaría a tiempo, pero por otro lado Alex no me hubiera perdonado que me perdiera su fiesta de compromiso.

—Ah, es usted amiga de la novia entonces —corroboró él, asintiendo—. Puede pasar. ¿Seguro que no lleva nada ilegal?

Skye le guiñó un ojo, deslizándose entre la verja y el gigantón. Ya era otoño y se notaba en los árboles, salpicados en tonos cobres y dorados. La joven siguió el camino principal que conducía directamente hasta el comedor. Allí se congregaba la mayor parte de los asistentes, aunque fuera estaba atestado de mesas e invitados paseando con sus elegantes copas de champán. El ambiente destilaba pijerío, demasiado para una Skye que había perdido la costumbre de codearse con gente bien hacía muchos años.

Se detuvo unos pasos antes de llegar hasta la puerta, observando a través de los ventanales a toda aquella gente que bebía y charlaba feliz. Jamás había podido identificarse con ninguno, ni siquiera cuando era niña y compartía su vida con ellos.

No veía a Alex desde hacía un año, cuando se despidieron en el aeropuerto de México. Y ese año había sido el primero en el que habían roto su tradición de irse de vacaciones juntas: ella, por problemas de agenda laboral y de una vida personal agitada. Alex, porque ser la novia del senador en auge Ethan Lewis le suponía un compromiso tras otro.

Por supuesto tenían una comunicación constante vía móvil o Skype, pero no era lo mismo y ambas lo sabían. Para Skye era como estrechar la mano a la madurez y la vida adulta. Había tardado, pero por fin estaba allí. La vida se personaba ante las dos para recordarles que no podían jugar a las amigas alocadas para siempre. Que Alex hubiera sido la primera en realidad daba igual, solo era el pistoletazo de salida. Y que su amiga avanzara en la dirección correcta le recordaba que ella seguía estancada en el mismo punto en el que se encontraba un año atrás.

Una sensación agridulce se le instaló en el estómago; no quería ponerse nostálgica. No era el momento, era la noche de su mejor amiga y debía ayudar a que la disfrutara, no empañarla con sus paranoias personales.

Dio un paso hacia la entrada, recordando la llamada de Alex para anunciarle la fiesta de compromiso.

—En realidad no vamos a casarnos todavía —añadió, una vez terminaron los gritos de júbilo de ambas—. Pero de cara a la imagen pública, como llevamos un año juntos, es la mejor opción. Así queda claro que Ethan es un hombre serio con intenciones serias.

—Aunque haya fotos ahí que demuestren lo contrario…

Las carcajadas al otro lado del teléfono la reconfortaron. Si Alex era feliz, ella también.

—Es el quince de octubre. Cuento contigo, ¿verdad?

—Uffff, Cuchipanda… octubre es un mes de mucho trabajo. Pre navidades y suelo estar muy liada, deja que mire mi agenda y la de la revista.

Pero no necesitaba mirarla para saber que era casi imposible escaparse. *Oblivion* le daba mucho trabajo. *New world* no tanto, pero sí lo suficiente para tener que estrujarse el cerebro compatibilizando agendas. La fiesta de compromiso suponía volar un viernes por la tarde, regresar un domingo a última hora, y perder un fin de semana entero no era viable. Ojalá no vivieran tan lejos.

—No hablarás en serio. —Escuchó murmurar a su amiga—. Eres mi mejor amiga. ¿De verdad te planteas no estar en mi fiesta de compromiso?

Skye sabía de sobra que no había mala intención en sus palabras, pero aun así se sintió irritada. Era fácil hablar desde la comodidad de la elegante casa de Ethan, con su igualmente cómoda cuenta corriente que hacía que no tuviera que preocuparse por nada.

El último año no había sido nada fácil para Skye a nivel laboral, y aunque no era una persona que se preocupara en exceso por el dinero, se había visto obligada a controlar sus gastos. Alex no parecía comprender que, mientras ella avanzaba, Skye veía peligrar su estabilidad. Y ni loca deseaba regresar a fotografiar retratos.

—Lo siento. —Oyó su propia voz lejana, como en sueños—. Sabes que iría si pudiera.

—Sí. Sí, claro. —La respuesta de Alex tardó una eternidad en llegar—. Lo entiendo, tranquila. No pasa nada.

No pasaba nada, pero tras eso la conversación quedó reducida a un conjunto de monosílabos tensos hasta que al fin el malestar hizo a Skye despedirse con una excusa tonta para colgar. La sensación permaneció junto a ella durante unos días, como un catarro mal curado, haciendo que se sintiera culpable. Quería estar, deseaba acompañar a Alex en su fiesta, pero hacerlo le supondría un retraso considerable. Por norma habitual le daban cierto margen, pero no le gustaba abusar de él.

Durante días dudó entre la razón y el corazón. Y al final decidió que pesaba más estar ese día con Alex que cumplir el plazo para entregar su trabajo a tiempo. Le escribió un mensaje comunicándole que acudiría, y su amiga le devolvió un montón de emoticonos sonrientes.

La maleta de mano, varias horas de vuelo y una habitación de un hotel después, Skye estaba preparada para reencontrarse con Alex y Ethan. Con Owen no tanto porque, aunque acostumbrada a mantener sus sentimientos a raya, no tenía claro si verlo desbarataría el frágil equilibrio en el que se encontraba.

Sus ojos recorrieron el salón, buscandolo. Igual no había ido. O estaba ocupado organizando cosas, seguro que se dedicaba a eso. Por lo que le había contado en su día, Owen se pasaba la vida trabajando, hablando por teléfono, coordinando y cualquier verbo terminado en gerundio que implicara actividad y estrés.

Lo ideal sería no encontrárselo para así no sentir la necesidad de justificar su estampida repentina, pero aquello resultaba improbable. Owen era el mejor amigo de Ethan. Quizá el jefe de campaña podía ausentarse, pero no el amigo.

Cogió aire y se aproximó a la puerta, donde una chica de uniforme tendió los brazos con una sonrisa para recoger su chaqueta.

—Bienvenida a la fiesta —saludó, con voz cantarina—. Los baños están el piso inferior. La barra es libre y se encuentra al fondo de la sala. —Señaló en la dirección—. Hay catering repartido por todo el salón, al igual que en las mesas de fuera. ¿Conoce directamente a los anfitriones, o es la acompañante de algún invitado?

—Soy amiga de Alexandra. —Muy a su pesar, Skye localizó la barra en primer lugar.

—Creo que se encuentran en el jardín en este momento. ¿Quiere que la avise de que está aquí?

—No, chica, tranquila. Voy a tomarme una copa para entrar en calor primero. —Skye se desabrochó la chaqueta para entregársela.

—Muy bien. —La joven recibió la prenda, aún sorprendida por la forma en que le había respondido, al parecer no muy habitual en aquella panda de estirados—. Qué vestido más bonito.

—Gracias.

En efecto, se había esmerado en buscar algo con lo que estuviera a la altura del evento, y lo había encontrado: un espectacular vestido de cóctel negro que languidecía en su armario esperando una ocasión especial. Aquella lo era, desde luego. Y una pequeña, pequeñísima parte de ella, quería sentirse atractiva si se cruzaba con Owen… aunque no deseaba en absoluto analizar el motivo de ese deseo.

De modo que allí estaba, imponente con su vestido, sintiéndose una muñeca perfecta por fuera pero imperfecta por dentro. Algo que seguro disminuiría con una copa de champán, por lo que antes de darse cuenta estaba apoyada en la barra lanzando miradas compungidas al camarero.

Los camareros eran su especialidad, y aquel no iba a ser la excepción. Recompuso su ánimo para lucir una sonrisa brillante, sonrisa a la que el joven correspondió de inmediato.

—Buenas noches —saludó—. ¿Qué le sirvo?

—Champán —respondió, acomodándose en el taburete hasta donde su modelito le permitía.

—Tenemos un *Perrier-Jouet* excelente.

—Justo lo que tenía en mente —bromeó ella, y se bebió la copa de un trago sin pestañear—. Me ha sabido a poco.

El camarero se la volvió a llenar, alzando una ceja mientras valoraba si hacer algún comentario sobre su forma de beberse un champán tan caro.

Skye se moderó con la segunda, no tanto por el atento trabajador que tenía delante como por ser capaz de mantener la compostura durante la velada.

El camarero la contemplaba sin rubor alguno.

—Odio este tipo de fiestas —comentó, empezando a frotar copas con un trapo—. Estoy aburrido de las sesentonas que se sientan y me piden un gin-tonic con esto de tónica. —Hizo un gesto diminuto con los dedos—. Y esto de ginebra. —Señaló el resto del vaso.

—Todos odiamos estos eventos, por eso bebemos.

El joven rellenó su copa, esta vez sin que lo pidiera, y sonrió. Ah, aquí llegaba…

—Demasiado guapa para estar bebiendo sola en la barra. ¿Cuál es la trampa? ¿Psicópata?

Vaya, la primera frase no era muy original, pero la segunda parte no estaba mal.

—Te lo contaría, pero la lista es larga.

—Tengo tiempo.

El de Skye se había acabado. Alex acababa de verla, y alzó la mano con un gesto de saludo.

—¡Skye!

La rubia se deslizó del taburete con relativa facilidad y sonrió mientras iba al encuentro de su amiga. Alex estaba cambiada, eso fue lo primero que notó. A pesar de que su estilo seguía siendo natural, aparecía mucho más elegante. Por primera vez llevaba joyas discretas en orejas y muñeca, y el cabello recogido. Nunca había usado maquillaje y el que llevaba era sencillo, así que no desentonaba. Al igual que su vestido, de un discreto y elegante color beige. Su estilismo gritaba a todo pulmón que jugaba en otro nivel, pero su sonrisa y el brillo de sus ojos verdes continuaban siendo los de siempre.

—¡Vaya, estás increíble! —Skye se adelantó para abrazarla—. Mírate, coño. Ya tienes pinta de mujer de presidente.

Alex se echó a reír, entre divertida y abochornada.

—Sé que es ridículo, pero me dicen qué debo ponerme y qué no. —La miró unos segundos antes de estrecharla de nuevo con fuerza—. ¡Me alegro mucho de que al final hayas podido venir! Has elegido un vestido perfecto. Estás guapísima.

—Seguro que tenías miedo de que me presentara en vaqueros —bromeó Skye.

—Un poco. —Alex le sacó la lengua, echándose a reír después—. ¡Es broma!

—Sí, ya. ¿Sabes que el noventa por ciento de lo que la gente dice en broma en realidad es cierto? Solo es una forma de revelar lo que de verdad piensas sin miedo a quedar mal por ello.

El destello de un flash las interrumpió durante un segundo.

—¡Foto! —exclamó una voz masculina.

—Es el fotógrafo oficial —explicó Alex.

—Se avisa antes de sacar la foto, no después, que me has dejado ciega —dijo Skye.

—Perdón.

Mientras se disculpaba, les sacó otro par de fotos antes de alejarse y perderse en la multitud.

—Vas a tener que usar gafas de sol a este paso, ¡qué potencia de luz ha puesto el tío! —bromeó Skye.

Alex sacudió la cabeza, cogiéndola del brazo.

—Saca tantas que ya ni me entero.

—Bueno, ¿y el pedrusco?

Alex extendió la otra mano para que viera el anillo de compromiso. De oro blanco, con un diamante redondo que reflejaba toda la luz de la estancia.

—Vaya, qué bonito. —Silbó con admiración.

—A Peyton le parece pequeño, ya sabes, como puedo mover la mano… Prefería el suyo, que podía sacarte un ojo si te acercabas mucho. Anda, ven conmigo, Ethan quiere saludarte y mi padre también.

—¿Está la malvada hermanastra de «Cenicienta» acompañada de la bruja villana de «Blancanieves»?

—Por ahí andan, sacando pegas a la decoración. —Puso los ojos en blanco—. Ya sabes, siempre cualquier cosa que hayan organizado ellas será mejor.

Skye se dejó llevar. Era consciente de que Alex estaba muy nerviosa, lo notaba por las risitas agudas y constantes que salían de su boca. Era lógico, aquello era algo similar a una presentación en sociedad, y dar vueltas para charlar con todo el mundo tratando de ser educada y encantadora al mismo tiempo era un arduo trabajo.

—¿Qué tal va todo? —quiso saber Alex, mientras se encaminaban a una de las mesas donde Ethan hablaba con un grupo de gente—. ¿Y el trabajo?

—Ahí voy. Espero que no me maten por no presentar las fotos a tiempo. —Al ver la cara de Alex, se encogió de hombros—. Es tu fiesta, ¡no podía faltar! Me hubieran quitado el título de mejor amiga y lo sabes, las reglas son las reglas.

Alex asintió, de pronto su rostro se había convertido en una máscara de nostalgia.

—Te he echado de menos todo este tiempo —dijo en voz baja.

—Y yo… pero tengo mucho trabajo y tú una vida muy ajetreada. —Llegaron a donde se encontraba el senador—. Ethan Lewis, hay que ver qué buena pinta tienes. Aunque el mérito no es tuyo, claro, estarías bien hasta con un saco y una cuerda a modo de cinturón.

Ethan se acercó sonriendo.

—Me alegra que hayas podido venir. —La abrazó unos segundos—. Sé que para Alex no hubiera sido lo mismo sin ti.

Skye estrechó las manos del grupo de personas que se encontraban allí, soportando la inevitable charla trivial. Sus labios sonreían, pero su mente desconectó al momento de la conversación. Alguien colocó otra copa en su mano, Alex lo más seguro, y dio un sorbo pensando que tan solo llevaba un rato allí y ya estaba deseando escapar. Ojalá poder compartir un rato a solas con su amiga, precisamente aquel tipo de actos eran una de las causas de que hubiera decidido volar por su cuenta, lejos de su familia rica. Había acudido para pasar un rato con Alex, pero empezaba a sospechar que no podría hacerlo, o al menos no sin estar rodeadas de gente.

Sus ojos estudiaron a Ethan, maravillándose del cambio que se había obrado en él. Cuando lo había tratado en México era tan serio y rancio… Allí, en aquel momento, se encontraba en su elemento. Estaba relajado, sonriente, en su salsa. Había nacido para eso, la charla era natural y agradable, y mantenía a los presentes atentos y a gusto.

Skye desvió la mirada hacia el jardín, y entonces vio a Owen.

Había pasado un año desde que lo dejó dormido en la cama del hotel. Un año desde que había deslizado una foto como despedida sobre la almohada. Un año desde que había decidido que esas pecas y esos ojos, por mucho que le gustaran, no podían ser. Que ese carácter y esa conexión no podían ser.

Sin embargo, ese año estaba muy fresco al parecer. Era como si todo hubiera sucedido el día anterior, y la sensación de tener algo oprimiéndole el estómago le confirmó que, aunque se hubiera repetido mil veces que todo estaba genial, no era del todo cierto.

Owen estaba fuera, hablando por teléfono. Lucía uno de sus impecables trajes, como siempre, y no había cambiado en nada. La misma expresión seria, el mismo gesto nervioso de pasarse la mano por el pelo. Seguía siendo un chico delgado, de rostro pecoso y agradable, con unos ojos azules increíbles y tan ocupado que ni siquiera tenía tiempo de alzar la vista.

Lo siguió con la mirada, viendo cómo entraba y se encaminaba hacia la barra sin cortar la conversación telefónica.

Skye apretó la muñeca de Alex para atraer su atención.

—Voy un minuto al baño —susurró, aunque lo bastante alto como para que el grupo la escuchara.

Alex asintió con una sonrisa, señalando con la cabeza la dirección de los servicios. Skye decidió que hablaría con ella sobre el tema después, si era necesario. No le apetecía pasarse toda la fiesta escondiéndose o fingiendo estar despistada, ella no era de esas. Siempre era mejor enfrentarse a los problemas de frente. En su caso se arrepentía de la manera en la que había abandonado a Owen, y deseaba darle lo más parecido a una explicación siempre que él tuviera interés. Algo que no veía claro; un año era mucho tiempo y los hombres eran de memoria frágil en cuestión de aventuras.

Él permanecía apoyado en la barra, haciendo gestos al mismo camarero que la había atendido a ella un rato antes. Cuando se deslizó a su lado, Owen le lanzó una mirada de reojo al ver invadido su espacio personal. Entonces la miró dos veces, como para asegurarse de que sus ojos no le engañaban.

Skye articuló un «Hola», ya que al otro lado de su móvil alguien seguía hablando, sin notar que Owen se había quedado mudo de pronto.

El chico dudó unos segundos y volvió a su teléfono.

—Oye, te llamo mañana y terminamos la conversación, ¿te parece? Perfecto, así quedamos.

Cortó la llamada justo en el instante que el camarero depositaba junto a él una bebida. Miró a Skye de manera interrogante y ella respondió con una negativa, así que los dejó solos.

—Vaya, Skye Kaplan. —Al fin Owen reaccionó—. ¡Qué sorpresa! Pensé que no ibas a venir. Temas de trabajo, o algo así… Alex me dijo que no ibas a venir.

Ella estuvo tentada de replicar algo ingenioso o divertido, pero se dio cuenta de que no era el momento. La voz de Owen era cordial, sonreía, pero instintivamente se había alejado de ella unos centímetros, y su lenguaje corporal decía sobre Owen mucho más que su boca. El hecho de que hubiera repetido dos veces en la misma frase que no la esperaba dejaba claro que encontrarla allí le producía incomodidad como mínimo.

—Es su fiesta de compromiso, era un acto obligatorio —contestó—. Me acababan de meter en un círculo de matrimonios cincuentones experto en charlas de ascensor y te he visto. No me apetecía pasarme la noche haciéndome la tonta o viéndote esquivarme, así que he creído que era mejor venir a saludarte cuanto antes.

—Oh… pues gracias. ¿Cómo te van las cosas?

—He tenido temporadas mejores, la verdad, pero por ahora resisto. ¿Y tú qué, conseguiste los becarios que devolverían a tu vida las horas libres?

Owen sonrió.

—Tengo becarios, pero no tanto tiempo libre como querría. Estamos en plena campaña, eso es como un agujero negro que lo absorbe todo.

Ella asintió, permaneciendo en silencio unos segundos mientras trataba de elegir las palabras con cuidado. Owen mantenía la sonrisa, pero sus ojos la escrutaban con cautela. Lo veía, percibía aquella distancia, pero no sabía cómo derribarla.

—Oye, Owen, me gustaría hablar contigo unos minutos.

—Ya lo estamos haciendo, ¿no? —Él se bebió su copa de un trago.

—Sí, pero me refería a hablar en serio. Sobre la última noche en México, yo solo... bueno, pensé que...

—Skye —la interrumpió el chico, tras depositar el vaso sobre la barra, y ella enmudeció al ver su mirada—. No hay nada que explicar, no tienes que justificarte. Ha pasado un año, todo está bien, en serio.

—Lo sé. Pero...

Los ojos de Owen se desplazaron hacia la zona derecha del salón, como si buscara a alguien.

—Vas a tener que perdonarme —le dijo—. Tengo que hablar con esos dos peces gordos de ahí sin falta, es urgente.

Skye no se molestó en volverse. Comprendía que su tiempo para justificarse había terminado, además de saldarse con un fracaso. Tampoco él se lo había puesto fácil, pero no podía culparlo por ello.

—Me alegro de verte —añadió él de manera forzada—. Sé que no habría sido igual para Alex de no estar tú. Disfruta de la fiesta, ¿vale?

La joven lo dejó ir sin abrir la boca. Se subió al taburete otra vez, apoyando los codos en la barra y maldiciendo su poca habilidad para ser delicada cuando era necesario. Una copa se materializó junto a ella, con el extra del rostro comprensivo del camarero.

—Creo que la necesitas —observó.

—Gracias. Al final va a ser verdad que todos los camareros tenéis algo de psicólogos.

Se quedó allí charlando con él. El chico se llamaba James y aún estudiaba en la universidad; trabajos como ese le permitían pagar los estudios. Pareció fascinado cuando le contó que era fotógrafa y que podía ver su trabajo con regularidad en la revista *Oblivion*, además de ser amiga directa de la novia del senador.

Skye era consciente de que debería estar con Alex participando en su noche. Estaba siendo muy egoísta dejando que su malestar pasara por encima de lo más importante, tampoco era tanto esfuerzo charlar de tonterías con gente que no conocía, pero se sentía incapaz. Era una chica muy simpática el noventa y nueve por ciento de su vida, pero cuando ese diminuto uno por ciento asomaba la patita lo llenaba todo.

—Ah, estás aquí. —Alex se materializó a su lado con un suspiro un rato después—. ¿Dónde te habías metido? Hace más de una hora que te fuiste al baño.

—Me he liado un poco en el bar, ya me conoces. Es mi especialidad perderme.

—¿Te pasa algo? —Alex se giró hacia el camarero antes de que este pudiera preguntar—. Una piña colada, por favor, no muy cargada. O mejor que sean dos. —Volvió a mirar a Skye, guiñándole un ojo—. Como recuerdo de esas vacaciones… ¿Seguro que va todo bien? Te veo desanimada.

—Estoy bien. Me he encontrado a Owen, quien por cierto no tenía ni idea de que yo iba a estar aquí, y ha estado bien pero mal.

—¿Bien pero mal? —repitió Alex, frunciendo el ceño.

—Bien por educado, pero mal porque solo estaba dispuesto a intercambiar tres frases de ascensor.

Alex le dio un sorbo a su piña colada.

—No estábamos muy seguros de si decirle que venías o no. La primera vez, antes de que me dijeras que estarías liada, argumentó no sé qué informe para decir que quizá no aparecería. No sabemos si era verdad o una excusa, pero una vez tachamos tu nombre de la lista no puso pega alguna a estar. Así que cuando hace un par de días confirmaste la asistencia no quisimos tentar a la suerte, ya sabes.

—Es igual, no importa. Tiene razón, además. —Notó la mano de su amiga frotándole el brazo con suavidad y le sonrió—. Dios, soy lo peor. No me lo tengas en cuenta, Cuchipanda, he tenido un año asqueroso. Vamos a tomarnos estas piñas coladas y estaré encantadora y sonriente el resto de la velada.

Cumplió su palabra por Alex, por verla feliz, y se mantuvo distraída teniendo conversaciones aquí y allá sobre política, campañas, demócratas y republicanos. Vio de lejos a Jackie, la madre de Alex, tan emperifollada como siempre y claramente encantada de desenvolverse en aquel ambiente de lujo y personalidades influyentes. Peyton también estaba, tan arreglada como su madre y muy atenta a los invitados.

—Seguro que está buscando algún incauto al que cazar —susurró Skye a la morena, lo que hizo que soltara una carcajada de lo más inadecuada.

Cuando tanto el salón como el jardín estaban casi vacíos y Ethan estrechaba manos a modo de despedida, Skye consultó su reloj girándose hacia Alex.

—¿Te importa si me voy? Estoy un poco cansada con el vuelo y eso.

—Pues claro que no. —Alex puso una mueca tristona—. Podrías haberte quedado en nuestra casa, hay habitaciones de sobra.

—¿E interferir en vuestra vida conyugal? No, gracias. —Se rio la rubia—. Me gusta el hotel donde me alojo. Está cerca del aeropuerto.

—Tu vuelo sale por la noche, ¿no es cierto? ¿Crees que podremos vernos un rato mañana antes de que te marches?

—Yo te llamo. —Skye la abrazó con cariño.

—De acuerdo. Llámame cuando llegues al hotel para asegurarme de que estás bien.

Se abrazaron, ambas conscientes del poco tiempo que habían podido pasar juntas, además sin opción a profundizar. Alex esperaba que su amiga sacara un hueco al día siguiente para poder charlar un rato en condiciones, pero con Skye nunca se sabía.

—Hasta mañana, y descansa —le deseó.

Alex la despidió con otro abrazo antes de regresar al lado de Ethan. Skye recorrió el lugar para cerciorarse de que Owen no estaba a la vista, no quería repetir la jugada del año anterior, pero no lo vio. Se encogió de hombros y se encaminó hacia la entrada, no sin antes pasar por una de las mesas para robar media bandeja de canapés y un botellín de cerveza que le dejó a Travis al llegar a su lado.

—Tarde, lo sé —se excusó—. Mucha gente aburrida hablando de política.

—Más vale tarde que nunca —sonrió él. Le tendió la cerveza—. No puedo beber alcohol mientras trabajo, pero te agradezco la comida. Creo que ahí viene tu taxi.

—Genial.

—¿Ha estado bien la fiesta?

—No.

—¿Y cómo así? —preguntó el guarda, con cara estupefacta.

—Porque es el comienzo de una nueva etapa.

—No entiendo —murmuró él, mientras el taxi se detenía junto a la rubia.

—No tienes por qué —replicó Skye, abriendo la puerta— Adiós, vigilante de seguridad hambriento.

—Adiós, chica rubia extraña. Gracias por los canapés.

Skye se montó en el taxi con un suspiro. Era un alivio que la noche hubiera terminado al fin, pero se sentía triste. Entre otras cosas, se había dejado el abrigo dentro. El encuentro con Owen no podía haber ido peor. No había podido ser la chica alegre y chispeante que Alex hubiera necesitado junto a ella esa noche.

Ni siquiera sabía dónde se encontraba esa chica alegre y chispeante.

Capítulo 2

Skye despertó con el timbre del teléfono. Se había quedado dormida boca abajo, de forma que estiró el brazo hasta la mesilla y tanteó sobre ella para tratar de hallar el aparato, tirando en el proceso varios objetos al suelo.

La joven estiró la parte superior de su cuerpo, pero por poco se cayó de la cama, de forma que optó por incorporarse. Desorientada, tardó unos segundos en reconocer la habitación del hotel en la que se alojaba. Se frotó los ojos y entonces el móvil volvió a sonar.

Lo cogió, haciendo una mueca al ver el nombre que asomaba en la pantalla.

—Hola, papá —respondió, nada más descolgar.

—Buenos días. ¿Te he despertado?

—Ajá —murmuró ella, buscando su reloj en la mesilla para consultar la hora. Estaba en el suelo, con el resto de cosas que se habían caído, así que se dejó caer hasta quedar sentada y apoyó la espalda contra la cama.

—Ha llegado a mis oídos que estabas en la ciudad. ¿Tienes tiempo para comer con tu viejo padre?

El tono de voz era amable y Skye sintió un nudo en la garganta. Se recompuso, miró la hora y constató que eran las nueve y media de la mañana. Everett Kaplan no perdía sus costumbres, estaba claro.

—Sí, vale —murmuró.

—¿A las doce y media? Mandaré un coche a buscarte si me dices en qué hotel te alojas.

—Estoy en el Four Seasons.

—Pues estate en recepción para esa hora.

—Sin Lucinda —advirtió Skye, con voz firme.

—Sin Lucinda —corroboró él, antes de colgar.

Ella hizo lo mismo, quedándose pensativa unos segundos. No las tenía todas consigo sobre que no llevara a Lucinda, tampoco sería la primera vez que él le preparaba una encerrona con su madrastra. Pero confiaba en que no, su voz había sonado pacífica y ella no tenía el menor interés en discutir con su padre, menos habiendo llamado él.

Se levantó para ir al lavabo, y una vez allí se miró al espejo para ver cómo de mal estaba su aspecto. Entonces recordó que no había bebido demasiado y que se había marchado pronto, así que tenía buena cara a pesar del cansancio.

Se dio una ducha y después fue a buscar en su maleta algo adecuado que ponerse; estaba segura de que su padre la llevaría a un restaurante de nivel superior al habitual. Fue pasando las pocas prendas que había metido, para decidirse finalmente por combinar los vaqueros con una camisa blanca y una americana negra. Había gente que ni con el mejor traje de Chanel lucía bien, y gente que llevaba con clase un disfraz de perrito caliente, y Skye pertenecía al segundo grupo.

Con un poco de rímel y un toque en su melena rizada, la joven decidió bajar a tomarse al menos un café para despejarse.

Ojeó el periódico mientras tanto, encontrando en las páginas de sociedad una foto de Alex y Ethan, ambos sonriendo con sus inmaculados estilismos. Se quedó mirando la imagen durante un tiempo demasiado largo, tratando de buscar diferencias entre su amiga de toda la vida y la elegante mujer que le devolvía la mirada desde el periódico.

La fiesta de compromiso había resultado un éxito. Los adjetivos para describir a la prometida del senador, prometedores. Encantadora. Accesible. Sencilla. Simpática. De belleza discreta y natural. Educada. Muy cercana.

Skye cerró el diario y sacó su móvil para telefonear a *Oblivion*, esperando tener suerte y poder hablar directamente con Tamsin, que llevaba la compra de imágenes. Aunque seria y profesional, valoraba su trabajo lo suficiente como para darle tiempo extra si lo necesitaba. Si quien descolgaba era Amanda, la vieja arpía resentida que la sustituía cuando estaba liada, era posible que recibiera un rapapolvo con sermón incluido sobre la juventud y la poca seriedad.

Cuando escuchó un graznido similar al de un buitre al otro lado, se apresuró a colgar. Lo intentaría más tarde, que aún era temprano.

—¿Más café? —El camarero permanecía junto a ella con paciencia, cafetera en mano.

A saber cuánto tiempo llevaría a su lado.

—No, gracias.

Skye se incorporó del taburete, abandonando la cafetería. Le sobraba tiempo hasta la hora de la comida, así que se enrolló bien un pañuelo en el cuello para evitar el frío en la medida de lo posible y salió a la calle.

La zona no era la más cercana a su antiguo hogar, pero no tardaría en llegar y el aire frío le venía de maravilla para despejar su mente, así que empezó a caminar.

Estar en Boston recorriendo lugares familiares fue agridulce. Ya no reconocía la ciudad como suya —estaba adaptada a San Francisco—, pero al mismo tiempo se sentía como si hubiera regresado a su hogar.

La casa de sus padres siempre había estado en Bay Back, cerca de la biblioteca pública. Era un barrio lleno de calles empedradas y casas victorianas con una alta concentración de tiendas caras y locales de ocio, lo que propiciaba una buena ambientación. Se trataba de una zona cara y elitista, así que era habitual ver coches caros y gente ataviada con ropa de marca por la calle.

La cosa no había cambiado mucho, según pudo comprobar Skye mientras recorría la zona buscando diferencias con las imágenes de sus recuerdos.

Sus padres tenían una casa con jardín preciosa que no le hubiera importado volver a ver, pero no lo consideró oportuno. Una nunca sabía qué podía encontrar cuando regresabas después de tantos años, y aunque Lucinda no era lo que se conocía como un ama de casa al uso, le desagradaba la idea de toparse con ella.

Cuando era pequeña, había adorado a su padre. Era un amor puro, limpio, sin límites, y él había correspondido de igual manera. Everett supo muy pronto que su hija no era como las demás, un brillante entre piedras comunes. Aquello le gustaba porque él tampoco era un hombre normal, y podía observar en su niña todos y cada uno de los rasgos que compartían. Los que los diferenciaban del resto del universo.

Aunque era un hombre de negocios, gracias a lo cual tenían un alto nivel de vida, Everett encontraba muchos momentos para pasar tiempo con ella. Las tardes lluviosas de invierno se sentaba en su pequeño estudio, con una Skye pendiente de todos y cada uno de sus movimientos, y con sus propias manos fabricaba bellos y originales atrapasueños que luego le regalaba.

—¿Qué es un atrapasueños, papá? —preguntaba la niña, quien con sus ocho años creía que aquel hombre era un caballero de brillante armadura que hacía magia.

Everett sonreía mientras sus manos pulían el aro de madera, mientras colocaba con destreza la red interior, mientras elegía con sumo cuidado las plumas y abalorios que lo decorarían al final del proceso.

—Según la creencia popular, su función consiste en filtrar los sueños de las personas, dejando pasar solo visiones positivas; los sueños que no recuerdas son los que bajan lentamente por las plumas. Las pesadillas se quedan atrapadas en la cuenta, y a la mañana siguiente se queman con la luz del día, de ese modo no se cumplen.

Skye no se perdía ni uno solo de sus movimientos, fascinada por la meticulosa ejecución que llevaba a cabo su progenitor. Disfrutaba mirándole casi tanto como él creándolos.

Él la dejaba sentarse sobre sus rodillas y elegir el color de las plumas con una sonrisa de satisfacción, y siempre, siempre, le regalaba el resultado de su trabajo.

Skye guardaba todos y cada uno de los atrapasueños como si fueran tesoros. Recordaba colgarlos, y a su madre poniéndose de los nervios y chillándole a Everett por seguir fabricando. Pero ella los ponía a buen recaudo, cuidándolos como un pequeño botín. Ojalá hubiera conservado alguno, en ellos se condensaba todo el buen recuerdo de Everett que poseía.

Su madre, Elizabeth, era una mujer joven y no en exceso cariñosa. A pesar de eso, a Skye siempre le pareció que sus padres eran felices juntos. No se prodigaban atenciones de manera habitual, pero tenían ciertos detalles el uno con el otro que demostraba que se querían.

Cuando pensaba en Everett y aquella época, borrosa debido al paso de los años, siempre veía su rostro de mandíbulas cuadradas, aquel peculiar atractivo que atraía tantos coqueteos sutiles de las mujeres que se cruzaban en su existencia, y la paciencia. La bondad.

En su amor por él, Skye no le encontraba defectos, pero nada era eterno y al final los defectos la encontraron a ella.

La rubia se detuvo frente a un edifico que al momento reconoció como su antiguo colegio de niñez, al que acudió hasta los trece años. Allí había estado rodeada de un montón de niños y se había sentido sola e incomprendida. Era una niña diferente, que no necesitaba estar todos los momentos acompañada por los demás, que se sentía cómoda en su mundo, y a pesar de eso, los demás se empeñaban en hablarle. Querían jugar con ella, ser sus amigos, sin que Skye acertara a saber por qué. Aún era muy pequeña para comprender el significado de la palabra carisma, pero sí sentía que el interés de los demás resultaba abrumador, sobre todo porque no lograba corresponder.

En esa escuela había dado infinidad de clases, leído montones de libros, rellenado incontables blocs de dibujo, resuelto miles de problemas de matemáticas. Empezado a observar el mundo y a las personas como si fueran un pequeño cuadro, un cuadro muy pequeño con instantes robados.

También allí tuvo su primera pelea. Con once años, su inteligencia era superior a la media y comprendía a la perfección el instinto de otras niñas que deseaban humillarla solo porque no la entendían. Dos chiquillas de clase habían intentado robarle su cuaderno de dibujos, una posesión muy preciada, y no había dudado en empujar a una de ellas haciéndola caer de culo.

La niña lloró y ella se vio reprendida de manera pública por su tutora, la señorita Davey. Después la mandó quedarse al terminar las clases, y Skye hubo de soportar una reprimenda desproporcionada y llena de rencor de una profesora que nunca la había mirado con buenos ojos.

—Te crees mejor que los demás, ¿no? Esto hará que recuerdes que siempre habrá alguien por encima de ti.

Y la bofetada que le propinó allí, a solas, sin testigos y de forma ruin, había hecho saltar las lágrimas de aquella niña de once años que solo intentaba proteger sus dibujos.

La señorita Davey había acertado en una cosa, y era que Skye jamás había olvidado aquello. Incluso en aquel momento, veintitrés años después, recordaba todos y cada uno de los minutos que había pasado en el aula con la tutora. Recordaba la humillación y las lágrimas, cómo la había mirado sin un ápice de compasión, el tacto frío de su mano al entregarle la nota para sus padres.

Estos, por supuesto, habían entrado en cólera al enterarse. La rapidez con que acudieron al día siguiente a hablar con la tutora…

—¿Skye?

La joven se giró, descubriendo que un elegante coche negro se había detenido a su altura. Al otro lado de la ventanilla se encontraba Everett.

—Justo iba al hotel a recogerte y me has parecido tú. Un momento, por favor —indicó al chofer, mientras abría la puerta para salir.

Skye aguardó con cierta tensión mientras él se aproximaba. Llevaba más de dos años sin verlo y su altura y complexión aún la dejaban sin aliento. Una pena no haber heredado aquel estilo vikingo, seguro que podría haber hecho carrera de modelo, pero no. Skye se parecía a su madre.

Everett llegó hasta su altura y la estudió, como siempre había hecho. De niña no le importaba, pero ahora resultaba incómodo. No quería que leyera en ella.

—Mírate —repuso—. Te pareces tanto a Elizabeth. Es increíble.

Se acercó, y Skye depositó un único beso en su mejilla, apartándose un segundo después. Luego lo siguió de regreso al vehículo, donde ocupó el asiento de la esquina. Apretó el bolso con las manos en un gesto nervioso mientras le escuchaba dar instrucciones al conductor.

—No tardaremos, el sitio está cerca. Imagino que hoy volarás de vuelta a San Francisco.

—Sí —respondió Skye, mirándolo de reojo—. ¿Quién te dijo que estaba aquí?

—Tu amiga Alex me invitó a la fiesta de compromiso.

A Skye se le atragantó la respuesta, pero se controló. Tal vez no muy bien, porque Everett la miró con media sonrisa.

—No te enfades con ella por esto. Es tu mejor amiga desde hace años, invitarme fue un gesto de mera educación. Y yo decliné la oferta con la misma amabilidad.

Tenía razón. Skye frunció los labios y olvidó el súbito amargor que había sentido hacia Alex por hacer aquello. ¿Cómo no invitarlo? Era una simple cuestión de etiqueta.

—¿Y te informó también de mis horarios de vuelo?

—No, eso fue cosa mía.

—El brazo del poderoso hombre de negocios es largo, por lo que veo. Tanto como para violar la ley de protección de datos en una compañía de vuelo.

Él se encogió de hombros sin dejar de sonreír, como si fuera un niño al que hubieran pillado metiendo los dedos en el tarro de mermelada.

—Si es un crimen querer pasar un rato con mi hija, me declaro culpable —se excusó, aunque estaba claro que no sentía el menor remordimiento.

Los tiburones de los negocios como él estaban familiarizados con las maneras poco lícitas de conseguir sus objetivos, y blindados contra la vergüenza.

—¿Has estado recorriendo nuestra zona? —preguntó Everett, cambiando de tema.

—Tenía un rato libre y no me apetecía quedarme en el hotel.

—¿Y lo has encontrado muy cambiado? Lo comento porque como cada vez tardas más en volver…

Ella se encogió de hombros.

—Tengo trabajo.

—¿Alguien especial en tu vida también?

Skye se puso a mirar por la ventana, pues no le gustaba el cariz que estaba tomando aquel interrogatorio. Pareció que Everett fuera a insistir, pero el coche se detuvo frente al restaurante y decidió dejarlo correr.

Se llamaba Mistral, Skye se acordaba todavía. Uno de los lugares favoritos de sus padres cuando aún estaban casados.

—Te acuerdas del Mistral, ¿verdad?

—Claro que sí. ¿Sigues viniendo?

—De vez en cuando, pero no tanto como antes. Lucinda prefiere el Ostra. —Le sujetó la puerta.

—¿Cómo le va a la buena de Lucinda? —La frase y el tono terriblemente sarcástico salieron de su boca sin pensar.

Everett arqueó una ceja, acercándose a la mesa donde les conducía el camarero. Se sentó en la silla mientras se desabrochaba la chaqueta y la joven hacía lo mismo.

—¿De verdad te interesa?

—En realidad no, pero he aprendido mucho sobre corrección política.

—Oh, Skye, por Dios. ¿No podrías intentar ser más madura respecto a este tema? Supongo que no lo creerás, pero me ha pedido que te salude y te dé recuerdos…

El camarero regresó de nuevo para dejar las cartas, detalle que Skye le agradeció con una de sus sonrisas más deslumbrantes. No le apetecía nada meterse en una absurda diatriba en la cual Everett trataría de venderle las cualidades de su segunda mujer.

Con doce años, Skye había fingido una indigestión para salir dos horas antes de clase. Como era una niña que no solía dar problemas, la señorita Andrews no puso objeción alguna siempre que al día siguiente llevara una nota firmada por sus padres. La señorita Andrews era ingenua y confiada, un dato relevante a la hora de buscar profesora a la que engañar.

Quería recorrer todas las tiendas posibles buscando cámaras de fotos. Tenía dinero de sobra, y si no su padre se la compraría seguro, pero aun así deseaba hacerlo. Le resultaba inevitable, ejercían una gran fascinación sobre ella.

Fue de una calle a otra, una manzana, dos, tres, y se alejó de la zona conocida. Cuando se dio cuenta de que era casi la hora de comer estaba lo bastante lejos de su casa como para llegar tarde, cosa que no quería. Así que regresó a la calle principal, y cuando estaba a punto de cruzar un semáforo, vio a su padre al otro lado. Su primer impulso fue llamarlo con una sonrisa, pero entonces una mujer que no era su madre se colgó de su brazo y le besó. Everett le devolvió el beso y se echó a reír al darse cuenta de que le había manchado la cara de carmín.

La niña había retrocedido hasta situarse detrás de la persona que tenía al lado, volviéndose de ese modo invisible. Conocía a la mujer, desde luego. La veía todos los días en el colegio, era su tutora. La que la había abofeteado cuando se encontraban solas.

Al parecer, el día que sus padres habían bajado a protestar al colegio, ambos airados por el trato que había recibido su hija, uno de los dos había salido más convencido que el otro.

La señorita Davey —Lucinda para los familiares y amigos—, negó aquella bofetada, y afirmó con total serenidad que Skye a menudo se abstraía del resto del mundo, con lo cual bien podía confundir esas ensoñaciones con la realidad.

Ese mismo día, Skye dejó de mirar a su padre con amor ciego y lo vio como realmente era: un hombre normal con sus defectos. Y algo se rompió en su interior al comprender que no era el caballero de la brillante armadura que siempre había creído. No era la primera niña que se desengañaba sobre su padre, ni sería la última, claro.

Volvió sobre sus pasos hasta desaparecer de la calle general, y regresó a su casa despacio, sin poder olvidar lo que había visto.

¿Qué iba a hacer con esa información? No debería ocultarlo. Pero, ¿sería capaz de decírselo a su madre? La destrozaría. Cuando recordaba cómo se miraban sus padres, supo que si ella se enteraba todo acabaría.

Llegó tarde, recibiendo una reprimenda por ello que apenas escuchó. Fue a su habitación para dejar la mochila del colegio y lavarse las manos antes de comer, aún alterada. Al mirarse en el espejo vio que tenía la cara pálida, no le costaría colarle a su madre el cuento de la indisposición fingida en el colegio.

No se lo contó. Muchas veces le costaba sostenerle la mirada, pero no quería perderla y para eso debía guardar silencio.

Guardó uno a uno todos los atrapasueños que le había regalado su padre en una caja y la escondió debajo de la cama. Quería olvidar, que todo fuera como antes, recuperar sus sentimientos puros, pero no pudo y poco a poco comenzó a alejarse de él. Era doloroso, pero inevitable. Y Everett se dio cuenta, solo que no conocía el motivo. Notaba cómo ella se distanciaba más y más; ya no quería pasar tiempo a su lado como antes, ni escuchaba sus explicaciones con atenta adoración. Aceptaba los atrapasueños, pero no los colgaba.

Cuando quiso hablar con ella sobre qué le sucedía, encontró un hosco muro de silencio imposible de traspasar.

—¿Qué te apetece?

—Cualquier cosa. —Skye cerró la carta—. Decide tú por mí, eso se te da bien.

Durante unos segundos, notó como el párpado derecho de su padre temblaba ligeramente. Después se recuperó, haciendo un gesto al camarero para que le tomara nota mientras ella aguardaba con los codos apoyados sobre la mesa.

Una vez se hubo alejado el joven con la comanda, Everett se inclinó hacia ella bajando el tono.

—Te prometo que no sé por qué sigues molesta conmigo. Todas las decisiones que he tomado siempre fueron por tu bien.

Con trece años, uno después del amargo descubrimiento respecto a la infidelidad paterna, Elizabeth pidió el divorcio. Skye había logrado guardar el secreto durante ese tiempo, pero suponía que su madre lo había descubierto por su cuenta. O quizás tuviera otro motivo, algo que nunca supo porque no le dio ningún detalle excepto las frases que cabría esperar sobre falta de enamoramiento o cambio de vida. Jamás habló mal sobre Everett, y tampoco pudo llevársela con ella: al divorciarse, sus cuentas no terminaban de salir. Por mucho que le pesara, la fuente de ingresos de aquel matrimonio era el padre.

Así que Skye la vio marchar, entre lágrimas y promesas de visitas. Y una vez su madre abandonó el hogar para siempre, se temió lo peor. Y acertó.

Lucinda no tardó en mudarse, pese a las reiteradas negativas que le hizo llegar a su padre. Everett pensaba que aún continuaba dolida y echando de menos a su madre, lo que si bien era cierto, no era el mayor motivo para rechazar a su tutora. La convivencia se tornó difícil y desagradable con Lucinda en casa y la animadversión que existía entre ellas.

Unos meses después, Everett había entrado en su cuarto para sentarse en su cama con un folleto entre las manos. Alzó la mirada para recorrer las ventanas, antaño adornadas con los atrapasueños artesanos, y con un suspiró se lo entregó.

Skye miró la foto, llena de edificios y árboles, y leyó lo que había impreso encima: Internado.

Recordaba haber alzado la vista hacia él, más dolida que nunca. ¿A eso se había reducido todo, a volverse una molestia en su propia casa, con su propio padre?

Él le había devuelto una mirada apesadumbrada.

—¿Quieres ir?

—¿Tú quieres que vaya?

—Creo que necesitas un tiempo para asimilar los últimos acontecimientos y es evidente que ahora mismo en casa no eres feliz. Yo quiero que seas feliz, Skye.

—Y piensas que en un internado, lejos de todo, seré feliz.

—No te obligaré a ir si no quieres. Es solo una posibilidad. Lucinda y yo lo hemos hablado, y ambos creemos que necesitas algún tipo de ayuda, pero…

—¿Ha sido idea de Lucinda? —Skye hacía tiempo que no la llamaba señorita Davey, ya que en su opinión, de señorita tenía poco.

Everett se mantuvo callado. Era obvio que buscaba las palabras exactas para explicarse, pero por algún motivo no las encontraba. Era verdad que veía que Skye era cada vez más desgraciada y no podía permitirlo. Al hablar del tema con su nueva novia, había pronunciado la palabra «terapia» y ella otra, «internado». Everett no deseaba enviar a su única hija a un internado, por mucho que estuviera a las afueras de Boston y pudiera verla con cierta regularidad. Quería verla todos los días, aunque ya no fuera la niña de sus ojos.

Pero también pensaba que quizá le fuera bien. No quería que viviera tanto en su mundo interior, deseaba que hiciera amigos y una vida como la de cualquier otra niña. Si la dejaba se aislaría, ella con su cámara de fotos tendría suficiente.

Cuando la miró a los ojos, deseó no haber preguntado. Su hija no era feliz y en lugar de intentar que volviera a ser como antes, le hablaba de enviarla lejos de casa. Ni siquiera sabía por qué se le había pasado por la cabeza semejante idea, pero cuando abrió la boca para decirle que olvidara el tema, ella lo interrumpió.

—Iré.

—Puedes pensarlo todo el tiempo que quieras, hija.

—Tu haz una llamada para que pueda empezar la semana que viene.

—¿Estás segura? Una vez empieces no me gustaría cambiarte, y serán cuatro años.

—Es por mi bien, ¿no?

Podía haberle creído, si no hubiera visto con sus propios ojos que era capaz de engañar. Con trece años, Skye no entendía que un hombre pudiera amar y mentir a la vez a la misma persona, y quiso alejarse del todo. Fue el primer paso que dio hacia la persona que había terminado siendo, y aunque fue doloroso dejarlo atrás, cuando pensaba en ello de manera retrospectiva reconocía que había tomado la decisión correcta. Más que correcta, en realidad, teniendo en cuenta lo mucho que aprendió en el internado.

No se llevó la caja con los atrapasueños. No creía que fuera a necesitarlos.

Su hilo de pensamientos se interrumpió al regresar el camarero con la comida. Depositó una ensalada entre ambos y se retiró.

—¿Lucinda te tiene a dieta, o qué? —murmuró la joven.

—El doctor Cresswood dice que debo controlar mi peso —respondió Everett—. Ya no soy ningún niño, así que no me queda otra. Bueno, cuéntame sobre tu trabajo… estamos suscritos a *Oblivion* y *New world*, veo tus fotos con regularidad. ¿Volverás al retrato?

Skye se encogió de hombros.

—Preferiría no hacerlo. No es un trabajo muy agradecido.

—Algunas son preciosas. Mira. —Sacó su móvil y le mostró la pantalla, donde se veía un álbum—. Las que más me gustan.

—¿Qué son, fotos de mis fotos? —se burló Skye, reacia a mirarlas para no dar lugar a que su padre se pusiera sentimental.

—Por supuesto que sí, las que más me transmiten. Esta es mi preferida. —Y le mostró el atrapasueños de una tienda de souvenirs indios que había fotografiado hacía un par de años.

Una puerta se había abierto, trayendo una ráfaga de brisa con ella, y el atrapasueños tintineó. Hacer la foto había sido un impulso, pero captó el momento a la perfección.

—Me acuerdo cuánto te gustaban de pequeña estos chismes —siguió él, ignorando la expresión que se le había puesto a ella—. Tenías tantos que apenas te cabían en las ventanas.

Percibía nostalgia en su voz, nostalgia y una pizca de afecto. Una pequeña interrogación que le daba a entender que, a pesar de los años, su padre no comprendía por qué no habían logrado superar el pasado. Quizá algún día se lo explicara, pero no sería ese. El reencuentro con Owen ya había sido lo bastante triste como para añadir a la ecuación aquello.

—Siempre ibas con la cámara a todas partes. Rompiste tantas… pero no me importaba comprarte otra, en absoluto.

—No hace falta hablar de trabajo, papá, tampoco es tan interesante.

—De acuerdo. ¿Cómo le va a tu amiga con ese senador? Sale de vez en cuando en la zona de sociedad del periódico y parece feliz. Un poco emperifollada para lo que yo recuerdo, pero feliz. —Skye asintió con una sonrisa leve—. Según creo están a punto de salir de gira con la campaña, ¿no?

—Sí, me parece que sí.

Everett no volvió a sacar ningún tema personal y el resto de la comida fue soportable para la rubia, al menos hasta el momento de despedirse.

Everett la abrazó mientras su coche aguardaba, gesto que pilló a Skye por sorpresa y que solo devolvió a medias.

—Buen viaje —susurró él—. ¿Volverás pronto?

—Seguro —mintió la chica con aplomo, al igual que hacía siempre que le preguntaba.

Dos años podían ser muy cortos o eternos, ¿verdad?

Everett se despidió antes de entrar al vehículo. Skye lo vio alejarse con una sensación extraña, como se había sentido durante toda la comida. Los torpes intentos de su progenitor por congraciarse con ella le producían irritación, pero también culpabilidad.

Miró el reloj y escribió un mensaje a Alex diciéndole que no tendría tiempo de tomar ese café con ella y que lo lamentaba. Después subió a su habitación para recoger el equipaje, no sin antes pedir un taxi en recepción.

Tras facturar, mientras aguardaba para embarcar, volvió a telefonear a Tamsin. De nuevo no tuvo suerte y respondió Amanda, así que resolvió hablar con ella.

—No te disculpes —la interrumpió la mujer—. Estos retrasos se han vuelto intolerables. Entiendo que eres artista y trabajas por golpes de inspiración, pero tenemos unos horarios que cumplir.

—Lo sé, Amanda, lo siento —se disculpó usando su mejor voz de arrepentimiento.

—Yo también lo siento, y te diré qué voy a hacer. Por lo pronto, presentar una propuesta a la directora para contratar a otro fotógrafo más serio.

Skye se frotó la frente, alarmada.

—Oh, no, vamos, Amanda… ¡Lo siento! Era la fiesta de compromiso de mi mejor amiga, ¡no podía faltar! Las tendrás mañana a última hora, te lo prometo.

—Sí, tú envíalas. Pero la carta irá igualmente, y ya sabes lo que hay.

Si Amanda lo pide, se le concede.

—Si yo lo pido, se me concede. Ten buen vuelo. —Y colgó.

Skye la imitó, dejándose caer contra el asiento en el que estaba sentada. La maldita Amanda acababa de despedirla, ni más ni menos.

El final perfecto de un fin de semana de mierda.

Capítulo 3

—Más a la izquierda. No, más a la derecha. No, mejor no os mováis…

Alex reprimió el gesto de poner los ojos en blanco, manteniendo la postura y sonrisa ensayadas que ya había aprendido para salir bien en las fotos. Pensaba que Mike tenía todas las necesarias para la campaña, pero no, se había presentado aquella mañana para hacerles unas cuantas más y aprovechar «la luz natural de aquel día tan bonito».

Que, si se paraba a pensarlo, no tenía sentido porque se las estaba haciendo dentro de casa, en el hall que tenía el tamaño de su antiguo piso.

—¿Te falta mucho? —preguntó Ethan, sin moverse tampoco—. Tengo que hacer unas llamadas y…

—Cinco minutos más.

—Eso mismo me has dicho hace diez.

—¡No os mováis!

—¡Ethan, el presidente al teléfono! —llamó Owen a la vez, abriendo la puerta principal.

Miles dio un paso atrás justo en ese momento, por lo que su espalda chocó de pleno con el marco. Se giró para intentar evitar un golpe mayor, y se precipitó hacia el exterior. Owen le esquivó, pero justo detrás iba Peyton, sobre la cual cayó el fotógrafo cuan largo era.

—¡Socorro! ¡Me atacan! —gritó ella.

Le dio una patada entre las piernas, que hizo que Mike se apartara hacia un lado… y cayera rodando escaleras abajo. Las dos cámaras que llevaba salieron disparadas cada una a un sitio diferente, mientras Owen, Ethan y Alex observaban la escena como si sucediera a cámara lenta. El chico fue cayendo de escalón en escalón entre exclamaciones de dolor, hasta llegar a la última, con la pierna en un ángulo extraño.

Owen le pasó su teléfono a Ethan.

—Habla con el presidente. —Sacó otro teléfono de su bolsillo y marcó—. ¿Emergencias?

Alex corrió escaleras abajo, ignorando a su hermana al pasar a su lado. —Ay, Dios mío, Mike, ¿estás bien? —preguntó.

—¡Pues claro que no estoy bien! —Se miró la pierna—. Eso no es normal, ¿verdad? ¿Tú la ves? ¿O es por el golpe en la cabeza, que veo mal? Porque está muy torcida, y duele horrores. —Intentó moverse, pero soltó un grito—. ¡Quiero calmantes! ¡Morfina!

—No tenemos de eso, pero tranquilo, Owen está llamando a una ambulancia.

—¡Litio!

—Que no tenemos nada...

—¿Cómo que no? ¡Todos los peces gordos como vosotros van al psiquiatra, tenéis que tener drogas en esta casa! ¡Aunque sea valium!

—¡Yo tengo! —exclamó Peyton, desde el inicio de la escalera. Se había puesto de pie y estaba buscando en su bolso—. Pero me lo voy a tomar yo, estoy en *shock*.

—¿Qué *shock* ni qué porras? —replicó Owen, a su lado.

—Casi me violan delante de vuestras narices, ¿cómo quieres que esté?

—Peyton, que ha sido un accidente —contestó Alex, sin moverse del lado de Mike—. Se ha chocado contigo, ¿cómo va a violarte nadie a plena luz del día en el porche de mi casa?

—Hay chiflados en todas partes. —Se apartó de Owen, apretando el bolso contra ella—. Encima de que vengo a darte una buena noticia me recibís así.

—¿Qué buena noticia? —preguntó Alex, a su pesar.

Con suerte sería algo que la mantendría ocupada y así dejaría de visitarlos con cualquier excusa, para luego llenar sus perfiles sociales de fotos en la casa como si fuera la suya.

—Ya sé lo que quiero hacer con mi vida.

—¡Valeriana! —pidió Mike.

—Ya llega la ambulancia. —Alex le dio unas palmaditas—. Sorpréndeme, Peyton.

—Voy a ser bloguera. *Influencer*, para más señas.

—Justo lo que el mundo necesita —murmuró Owen a su lado.

—¿Ves? Hasta a Owen le parece buena idea.

—Sí, genial, voy a avisar a seguridad para que dejen entrar la ambulancia.

Y con esa excusa se alejó, cogiendo de nuevo el móvil para llamar.

—Tengo muchos seguidores desde lo del video —siguió explicando Peyton—. Al final me ha venido bien y todo, ya verás.

—Ya.

Alex podía pensar unas cuantas razones por las cuales no veía futuro en aquello, como que Peyton no era capaz de escribir una frase sin cometer al menos veinte faltas de ortografía, pero sabía que no tenía sentido discutir sobre el tema. Antes callaba porque entre su madre y ella la tenían intimidada, pero esa época ya había pasado. No malgastaba su tiempo en conversaciones idiotas, porque tenía asumido que ambas vivían en un mundo paralelo y no merecía la pena, así que solo discutía cuando el tema era importante. Que su hermana hubiera decidido por millonésima vez qué quería hacer en la vida no era nada prioritario.

—No te veo muy emocionada. —Peyton hizo un mohín—. Claro, ya sé, es la envidia de siempre. Como a mí me empezarán a llegar vestidos gratis de diseñadores para que me saque fotos en el blog…

De nuevo, Alex se quedó callada. La mitad de los que ella utilizaba eran pagados por el partido, y casi la otra por patrocinadores.

—¿Por qué no bajas aquí? —preguntó, en cambio—. Que esto de hablar desde un extremo de la escalera cada una es complicado.

—Bajo, pero porque me voy ya. —Se acomodó el pelo y se hizo una foto con una de las columnas de la entrada—. Era todo lo que quería contarte.

Bajó las escaleras sujetándose al pasamanos para no caerse con sus tacones de quince centímetros. Al llegar a su altura, los rodeó dejando bastante distancia.

—Sabes que todo el mundo conoce nuestra casa, ¿no? —preguntó Alex.

—No pasa nada por dar a entender que tengo una parecida. Os dejo, que os veo ocupados.

Echó una mirada a Mike y se estremeció antes de seguir su camino.

Owen bajó las escaleras y se agachó junto a ellos, mirando la pierna mientras movía la cabeza con gesto serio.

—Esto es un problema —dijo.

—¿Por qué? —preguntó Mike, angustiado—. ¿La ves muy mal? ¿Crees que podré volver a andar?

—Ah, de eso ni idea. —Alex le dio un empujoncito—. O sea, seguro que sí, tranquilo. Me refería a que nos vamos en dos días y con la pierna inmovilizada no podrás venir.

—Que sí, seguro, llevo unas muletas y ya está.

—No sé yo si…

—Si casi no me duele… No noto ni el pie.

—Creo que eso es una mala noticia. —De nuevo, Alex le dio con el codo—. O no, no sé, no soy médico. —Una ambulancia llegó a través del camino principal—. Mira qué bien, ya están aquí.

Extendió la mano para darle una palmada de ánimo, pero se equivocó de pierna y le dio en la rota, con lo que solo consiguió sacarle otro grito de dolor.

Dos chicos uniformados se bajaron de la ambulancia y corrieron a su lado. Mientras le entablillaban, lo único que el chico decía era «drogas, drogas», y algo debieron inyectarle porque cuando lo subieron al vehículo, tenía una sonrisa en la cara.

—Vamos contigo —dijo Alex.

—Tengo que llamar a… —empezó Owen, pero se calló al ver su mirada—. Pero puedo hacerlo en el coche.

—Es como un ángel… —decía Mike a uno de los enfermeros.

—¿De quién habla? —preguntó Owen.

—De una tal Peyton —contestó el chico—. ¿Es su novia? Quizá deberían llamarla.

—Sí, sí, llamadla, que venga a verme. Sé que me quiere, lo he visto en su mirada.

El enfermero cerró la puerta ante la mirada estupefacta de Alex y Owen y la ambulancia comenzó a alejarse.

—No sé qué le han dado —comentó Owen—, pero quiero un poco.

—¿Qué ha pasado? —preguntó Ethan, apareciendo junto a ellos.

—Parece que Mike se ha roto una pierna, se lo llevan al hospital —explicó Alex—. Vamos a ver qué tal está, ¿nos acompañas?

—Tengo que llamar a… —Alex levantó una ceja—. Ya. Lo sé. Las personas primero, la política después —recitó, como un salmo—. Está bien, llamaré desde el coche.

Y así fue como realizaron el viaje hacia el hospital: Owen con una llamada, Ethan con la otra y Alex sentada delante hablando con el chófer, que aunque no era lo que el protocolo mandaba, le causaba menos dolor de cabeza que tener dos conversaciones paralelas en el asiento trasero.

Tras ellos iba otro coche con el personal de seguridad, que se ocuparían de que no hubiera nadie cuando entraran en el aparcamiento del hospital.

Una vez dentro, Owen averiguó en información que se habían llevado a Mike a hacer unas radiografías. Le asignaron una habitación individual por ser miembro del equipo de Ethan, y allí fueron los tres a esperarlo.

No tardaron en llevarlo, pero estaba completamente drogado y se había quedado dormido.

—Si ya decía yo que no hacía falta venir —dijo Owen—. Ni sabe que estamos aquí.

La puerta se abrió y entró un médico sujetando una tablilla con el informe de Mike. Al ver a Ethan, se apresuró a estrecharle la mano.

—Soy el doctor Pearson. Un admirador suyo, senador —le dijo—. Espero que gane, yo le votaré para presidente.

—Muchas gracias.

Hizo un gesto y Owen sacó al momento un pin con el nombre de Ethan para colocárselo al médico en el uniforme.

—No pienso quitármelo hasta las elecciones —aseguró el hombre—. Mi mujer le adora, ¿nos podemos sacar una foto?

—Por supuesto.

El médico sacó el móvil y se lo dio a Owen, que sacó la foto de los dos juntos.

—Se la voy a enviar ahora mismo, se va a morir de la envidia —dijo el hombre, manipulando el teléfono—. Qué sorpresa encontrarlos aquí. ¿Están de campaña?

—No —contestó Alex, haciendo un gesto con la mano para llamar su atención—. Aquí el herido, es miembro de nuestro equipo.

—Ah, sí. —El médico pareció recordar entonces que llevaba un informe en la mano—. Por supuesto. Mike Fields. Pierna rota por tres sitios, lo vamos a llevar al quirófano. Habrá que ponerle algún clavo que otro, pero en unos seis meses estará como nuevo.

—¡¿Seis meses?! —exclamó Owen—. No, no, a ver, él decía que con el yeso podría andar si le damos unas muletas…

—No, imposible, tendrá que estar mínimo un mes de reposo. Siento no poder darles mejores noticias. —Levantó el pulgar hacia Ethan—. Suerte.

—Gracias —contestó él, imitando el gesto.

El médico salió de la habitación. Owen sacó su móvil con gesto desesperado.

—Pondré a mis chicos a buscar otro fotógrafo. ¡Con lo que nos había costado encontrar a uno que no fuera a revender las fotos!

Salió de la habitación marcando un número.

—Me encantan los elefantes rosas… —murmuró Mike.

—¿Qué le han dado? —preguntó Ethan—. Por pedir un poco, digo.

—Ajá.

Alex se había sentado a su lado y se mordisqueaba un labio pensativa.

—No te preocupes —dijo Ethan, pensando que estaba intranquila por Mike—. Ya ha dicho el médico que quedará como nuevo.

—No, no es eso. Estaba pensando otra cosa. —Miró hacia la puerta—. ¿Y si llamo a Skye?

Ethan miró también hacia la puerta, con Owen en su mente.

—Podemos preguntarle qué opina —contestó—. Pero de todas formas, ¿no me dijiste que tenía mucho trabajo? Por eso no se lo ofrecimos a ella en primer lugar, no tenía tiempo para estar tres meses de campaña recorriendo el país.

—Sí, pero no sé, quizá haya terminado los trabajos que tenía. Me dio la sensación de que algo no iba bien… podría ser eso o algo más personal, tampoco pudimos hablar mucho.

Ethan se acercó y se agachó para darle un beso.

—Ya sé que la echas de menos —le dijo—. Mira, llámala a ver qué te cuenta y si ves que le puede interesar, pues le preguntamos a Owen.

Alex le dio un beso y salió con el móvil. Vio a Owen gesticulando a un extremo del pasillo, así que se fue al otro lado y marcó el número de Skye. Suponía que no iba a poder, tres meses era mucho tiempo para estar alejada de sus clientes habituales, pero también era mucho dinero y quizá podría convencerla. Verla en su fiesta de compromiso no había hecho más que acentuar lo mucho que la echaba de menos, estaba deseando pasar algún tiempo con ella, pero la espiral política en la que estaba envuelta apenas le dejaba tiempo para nada.

—¡Cuchipanda! —contestó Skye, con tono alegre—. ¿Qué te cuentas?

—Pocas novedades, ¿qué tal el vuelo?

—Todo bien, algo de *jet lag*, pero nada del otro mundo. ¿Dónde estás? Te oigo como con eco… y tu casa es grande, pero no tanto.

—En el hospital. Pero no es nada, tranquila —se apresuró a tranquilizarla—. O sea, sí, es una pierna rota, pero ni mía ni de Ethan.

—¿Le ha pasado algo a Owen?

Y ahí estaba. Menos mal que el chico le daba igual, porque ahí tenía a su amiga, preocupada por él como podía deducir por su tono.

—No, ha sido Mike.

—¿Mike?

—El fotógrafo, el de las luces que te dejó deslumbrada.

—No le pongo cara, el destello me impidió ver nada. —Se quedó unos segundos callada—. Joder, ¡qué putada! Y con la campaña a punto de empezar.

—Pues sí. ¿Tú cómo estás?

—Bien, ya me viste.

—No, me refiero al trabajo… ¿Has conseguido hacer las entregas?

—Bueno… más o menos.

—Skye, venga, que soy yo.

Oyó un suspiro al otro lado.

—Vale, pues no, no me dio tiempo y he perdido el contrato.

Alex se sentó, sintiendo una opresión en el pecho. ¿Skye se había quedado sin trabajo por su culpa? No tenía que haberle insistido tanto para que fuera a su fiesta, sabía lo ocupada que estaba. Pero no había imaginado que por estar con ella peligraría su trabajo. Eso no era lo que quería, todo lo contrario.

—No pasa nada —siguió Skye ante el silencio de su amiga—. Encontraré otro.

—Podrías venir con nosotros. No te lo ofrezco por pena, sabes que me encanta tu trabajo. Y pagan mucho.

—Ya, pero son tres meses… y está Owen.

—Creí que habías dicho que no había nada.

—Y no lo hay. Si lo digo por él, a lo mejor le molesta que vaya con vosotros.

—Pues hablo con él. Si me dice que no tiene problema, ¿aceptarías? —Skye se quedó callada unos segundos—. Venga, oveja negra número dos, piensa también en lo bien que irá en tu currículum ser la fotógrafa del futuro presidente de los Estados Unidos.

—Bueno, vale. —Suspiró—. Pero habla con Owen, no quiero líos raros.

—Te llamo enseguida.

Cortó la llamada y vio que Owen ya no estaba en el pasillo. Debía haber regresado a la habitación, así que se dirigió allí. Un bedel sacaba a Mike del interior en aquel momento.

—Qué arcoíris más bonito —decía él, sumido en la nebulosa que las medicinas le provocaban—. Seguro que a Peyton le encanta…

—Por lo menos se le ve feliz —dijo Ethan, mientras la camilla se alejaba.

—En el mismo mundo paralelo que ella está, eso fijo —añadió Alex, acercándose con una sonrisa.

—Ya he avisado a su familia —informó Owen—. Así que podemos irnos.

—Una cosa, antes. ¿Has encontrado otro fotógrafo? —preguntó ella.

—Están mis escl… becarios en ello. ¿Por?

—Bueno… —Intercambió una mirada con Ethan—. Es que he hablado con Skye.

—¿No está muy liada como para alejarse tres meses?

No iba a ser Alex quien le contara lo que había ocurrido, si Skye quería contárselo ya lo haría, así que se encogió de hombros.

—Supongo que como es freelance puede acomodar las fechas —fue su respuesta—. Pero no sé qué opinas al respecto.

—Skye es buena fotógrafa.

—En esto estamos todos de acuerdo —dijo Ethan—. Pero Alex se refiere a si te parece bien que esté con nosotros tres meses, compartiendo autobús, hoteles… ya sabes.

—¿Por qué iba a importarme?

—Después de lo que pasó en México…

—Eso es historia pasada. Si a ella no le preocupa, a mí tampoco. —Sacó su móvil—. Voy a llamar a mis chicos para que dejen la búsqueda.

Se alejó en dirección al ascensor, mientras Ethan y Alex se miraban de nuevo.

—No parece importarle —comentó Ethan.

—Skye dice que tampoco. Bueno, pues habrá que creerlos. La llamo entonces. —Sonrió—. Ahora tengo ganas de empezar con el viaje. Hace siglos que no estamos juntas.

Se alejó también para llamar, mientras Ethan la seguía con una sonrisa. Viajar con él haciendo campaña era todo un sacrificio, nunca podría agradecérselo lo suficiente, pero al menos ahora Skye iría con ellos y Alex no estaría sola mientras él daba discursos o tenía reuniones.

Iba ser un gran viaje para todos, eso estaba claro.

Owen estaba junto al ascensor, esperando con impaciencia a que este llegara. Conociendo a sus dos amigos, seguro que continuarían con el tema de Skye en cuanto lo alcanzaran, y no tenía ni pizca de ganas de hablar de ello. Sí, había dicho que no le importaba, pero claro que no le daba igual si la chica iba o no. ¡Que no era de piedra! Y por mucho que hubiera pasado un año, aún se descubría pensando en ella de vez en cuando. Por no hablar de que seguía conservando la maldita y estúpida foto que le había dejado como despedida en la almohada.

Muchas veces se decía que era por eso por lo que no había podido olvidarla: porque no habían tenido una despedida propiamente dicha. Bueno, quizá en el viaje podría quitarse esa espina, porque la conversación de la fiesta había sido muy superficial. O quizá estaría tan ocupado que ni se daría cuenta de que ella estaba allí.

Sacudió la cabeza ante ese pensamiento que no se creía ni él.

—¡Ha dicho que sí! —exclamó Alex desde el otro lado del pasillo, agitando su teléfono.

—Silencio, por favor —le regañó una enfermera que pasaba por allí.

Al ver que la pareja se acercaba a él todo sonrisas, Owen se apresuró a ponerse el móvil en la oreja y les hizo gestos para indicar que estaba hablando.

—No, no, esos informes no, los del otro cajón. —Puso cara de estar muy concentrado mientras los tres entraban en el ascensor—. Sí, claro, haz eso. —De reojo vio que Alex le levantaba un pulgar y señaló el móvil con la otra mano—. No. Eso no es…

Un sonido estridente le hizo dar un bote y soltar el teléfono, que cayó al suelo bocarriba de forma que los tres pudieron ver en la pantalla «llamada entrante».

—¿No estabas hablando? —preguntó Alex.

—Sí, claro, por supuesto. —Cogió el teléfono—. Se habrá cortado y me estarán llamando otra vez.

Por suerte el ascensor llegó a su destino y pudo escapar mientras contestaba, esa vez de verdad.

Alex y Ethan se miraron, ambos pensando lo mismo.

—Creo que nos ha mentido, no estaba hablando —dijo ella.

—Querría evitar el tema de Skye. —Frunció el ceño—. ¿Por qué miente? Si de verdad no le importa que ella venga, no tiene sentido.

—Pues será que sí le importa. —Le dio una palmadita—. Tendrás que hablar con él. Como tu amigo, no tu jefe de campaña, que creo que últimamente no salís de esos roles. Un par de copas y solucionado, ya lo verás.

—¡No tenemos tiempo de ocio! Me podría contar las cosas cuando quiera, ¡si le veo más que a ti, y eso que nosotros vivimos juntos!

—Ethan…

Él suspiró, rodeando su cintura con un brazo para seguir a Owen, que seguía hablando por teléfono.

—Lo sé, lo sé, buscaré un hueco.

Alex tenía razón, lo sabía. Estaba tan centrado en la carrera que no recordaba la última vez que había hablado con Owen de otra cosa que no fueran reuniones, comidas o discursos. Tampoco él le había dado pie, pero claro, si estaban los dos en modo «adicción al trabajo», normal. Alguno tenía que dar el paso.

Owen subió al coche evitando mirarlos. Había terminado la llamada pero seguía con el móvil pegado a la oreja, aunque esta vez había tomado la precaución de quitar el sonido, tenía ahora un pitido persistente en el oído que le taladraba el cerebro. Igualito que la imagen de Skye en la fiesta, que desde que Alex la había mencionado no podía quitársela de la cabeza. Porque, ¿qué mejor manera de olvidar a una chica, que verla de nuevo y encima con un vestido que no podía quedarle mejor?

Le daban ganas de golpearse la cabeza contra algo, a ver si espabilaba. Porque si hubiera sido una relación de varios meses lo entendería, pero solo habían sido cuatro semanas y habiendo dejado claro desde el principio que no habría nada más.

Suspiró mirando por la ventana. Sin darse cuenta había apartado el móvil de su oreja y lo tenía en la mano, lo cual dio pie a que Ethan le diera un golpecito en el hombro.

—¿Podemos hablar? —preguntó el senador.

—Sí, claro. —Miró la pantalla, pero no había nada que pudiera usar como excusa—. El seguro de Mike lo cubre todo, no habrá problema.

—No era eso lo que tenía en mente, pero me alegro.

—Sí, los seguros que tenemos son bastante completos. Es un tema por el que nunca podrán ponernos pega, puedo pedir que te preparen un informe al respecto para que tengas todos los datos en caso de que surja la pregunta en algún momento. No es descabellado, teniendo en cuenta el accidente de Mike y que podría filtrarse a la prensa.

—Perfecto, nunca está de más tener información sobre eso… —Desde el asiento delantero, Alex interrumpió un segundo su conversación con el chófer para carraspear de forma sonora—. Pero quería hablar de otra cosa.

Owen abrió la agenda de su móvil, revisando el plan del día siguiente, pero Ethan le hizo un gesto con la mano.

—No, no, nada de trabajo. —Su amigo le miró con cara de no entender nada—. ¿Qué tal si nos tomamos algo juntos? Hace mucho que no tenemos un rato de relax.

Owen lo miró como si estuviera loco. Con todo el lío que tenían… ¿sería una excusa para ver si le sacaba algo sobre Skye? Al antiguo Ethan ni se le habría ocurrido, pero claro, la influencia de Alex lo había vuelto más «humano».

—No podemos salir a ninguna parte —contestó. Aunque estaba tentado, su parte racional pesaba más—. Solo faltaba que te sacaran alguna foto bebiendo justo antes de la campaña.

—Sí, eso es verdad.

El móvil de Owen sonó, así que la conversación quedó cortada. El coche llegó a la casa de Alex y Ethan y, tras pasar la verja de seguridad, se detuvo en la entrada.

Cuando Ethan se bajó Alex ya estaba fuera, así que le hizo unos gestos que no entendió. La chica elevó los ojos al cielo y se asomó por la puerta del asiento trasero.

—Owen, ¿por qué no pasas y tomáis algo?

—Estoy al teléfono… —intentó escaquearse él.

—Pues no son horas, que hasta es de noche. Venga, que tenemos un mueble bar muy infrautilizado.

Se quedó en espera, sujetando la puerta abierta. Owen dedujo que no tenía escapatoria, así que terminó la conversación y salió con gesto serio.

—Solo una copa —le dijo.

—A mí no me mires, que yo me voy a la cama. —Alex cogió a ambos de los brazos para llevarlos al interior y meterlos en el salón—. Que os divirtáis.

Y se marchó dejándolos solos. Ethan se fue al mueble bar y sacó un par de copas. Mientras Owen se sentaba en un taburete junto al mueble, preparó un par de gin tonics.

—No sé cómo estarán, hace siglos que no hago uno. Owen dio un sorbo e hizo una mueca.

—Cargados —carraspeó, pero afirmó con la cabeza—. Mejor, creo que me hacen falta.

Ethan probó el suyo y, efectivamente, tenía más alcohol del que había calculado, pero lo cogió para ir a sentarse junto a Owen.

—No sé si luego podremos bajarnos de aquí sin caernos —comentó Ethan—. Será por sofás…

Hizo un gesto hacia la estancia, donde había tres sofás y un par de butacas. Owen dio otro trago encogiéndose de hombros.

—Bah, si no llamamos a seguridad para que nos lleven a dormir.

—Me da que no les pagamos para eso.

—Llámalo «actividades extra» y ya está. Bueno, me tienes aquí, así que sea lo que sea suéltalo. ¿Te pasa algo con Alex?

No era lo más justo intentar desviar la conversación hacia otro tema, pero no le apetecía hablar de Skye y punto. Ethan lo miró sorprendido.

—No —contestó—. ¿Por qué? ¿Te ha dicho ella algo?

—No, qué va. Pero no tiene que ser fácil seguirte a todas partes y dejar el instituto.

—Ya, lo hablamos y le pareció bien. Me dijo que me apoyaba.

—¿Y lo de irse a vivir a Washington cuando ganes?

—Si gano —enfatizó el «si»—. Bueno, no lo hemos hablado, pero se sobreentiende. El presidente vive en la Casa Blanca, es lo que hay.

—Bueno, si tú no estás preocupado, yo tampoco.

—No…

Pero ya no sonaba tan convencido. Ethan siguió bebiendo de su copa, olvidando el porqué estaban allí. Se suponía que iba a preguntarle sobre Skye y de alguna manera la conversación se había desviado a su relación con Alex. ¿Y si ella no estaba tan feliz con todos aquellos cambios como parecía?

Owen volvió a cambiar de tema, sintiéndose algo culpable por haber preocupado a Ethan sin motivo. Pero aunque había conseguido su propósito de guardar silencio, eso no quería decir que se le hubiera quitado de la mente. Porque después de tres de aquellos gin-tonics mortales made in Ethan, la rubia seguía en su cabeza, junto al pitido del oído. Lo cual le llevó a otro pensamiento: tenía que cambiar la sintonía de llamada, después de lo ocurrido en el ascensor la odiaba.

Capítulo 4

Skye bajó del avión sin poder creer que hubiera conseguido llegar. Gracias a un retraso considerable en su vuelo se había pasado seis horas en el aeropuerto, durmiendo en una cabina con forma de sarcófago. Una vez instalados en el avión, habían tardado otra hora en despegar, y para ese momento no quedaba ninguna de las existencias de chocolate con las que se había provisto en la tienda. El vuelo desde San Francisco duraba cinco horas y media, que no era para tanto, pero como arrastraba cansancio y mal humor se le hizo mucho más largo.

Cuando por fin localizó su maleta de mariquitas rojas en la cinta de equipajes sintió un enorme alivio. Solo podía pensar en llegar al hotel, darse una ducha, pedir comida y relajarse leyendo los mil y un folletos sobre la ciudad que a buen seguro le esperaban en la habitación.

Sin embargo, apenas había cruzado la puerta de salida cuando se encontró con Owen esperándola. Estaba apoyado contra la pared y consultando el móvil, una manía que le producía ganas de pegarle un manotazo para hacer saltar el aparato por los aires.

Por supuesto no podía hacer aquello, así que se conformó con poner cara de sorpresa. Porque, ¿qué hacía allí? Después de la breve e incómoda charla de la fiesta no se creía que se hubiera acercado para darle la bienvenida.

Abrió la boca sin saber muy bien qué podía salir de ella, pero él se adelantó.

—Hola —saludó, en tono neutral—. ¿Qué tal el vuelo?

—Una mierda.

—Vaya, lo siento —comentó Owen, aunque por su expresión no parecía sentirlo mucho—. ¿Has llamado a un taxi?

—Pensaba coger el autobús.

—Ahora formas parte del personal de Ethan, así que no, no irás en autobús. He traído el coche para llevarte al hotel.

A Skye le irritó su tono, parecía haberse puesto en modo «jefe de campaña profesional».

—¿En serio? No sabía que hacías viajes personalizados, ¿vas a buscarlos a todos en persona?

—Por supuesto que no, tenemos un chófer que se encarga de ello. Pero esperaba poder hablar contigo antes de que nos reunamos con Ethan y Alex. —Owen se cruzó de brazos—. ¿Qué te parece si nos tomamos un café?

Sin esperar respuesta, el chico alargó la mano para coger la maleta. No hizo comentario alguno ante su llamativo estampado, limitándose a arrastrarla hasta una mesa exterior del Starbucks que había dentro del aeropuerto. Skye lo siguió sin saber qué esperar, aunque su voz y cara seguían igual de distantes que la última vez que habían hablado, así que no podía ser nada bueno.

Una vez hubo conseguido los cafés, Owen se sentó. Frente a ella, no a su lado, otro detalle que evidenciaba la actitud que pensaba tomar.

—¿De qué se trata? —preguntó Skye, quien en vista de su comportamiento tampoco tenía ganas de ser amable.

—Bien —empezó él, juguetecando con una libreta que había depositado junto al vaso de café—. El otro día apenas pudimos hablar, así que…

—Tú no quisiste.

—Soy consciente, pero ese día no tenía la menor idea de que terminaríamos trabajando juntos, de modo que ahora creo que tenemos que hacerlo.

Skye se acomodó contra el respaldo de la silla, se cruzó de brazos y puso expresión de franco interés.

—Adelante, te escucho.

—Tres meses por delante —matizó Owen, para que le quedara claro—. Vamos a tener que trabajar juntos, muchas horas, y debido a lo que… bueno, he pensado que tener unas pocas normas de comportamiento entre nosotros no estaría de más. Así evitaremos problemas.

La rubia procesó la información sin cambiar de gesto. Eso sí, tuvo que hacer un gran esfuerzo por no ofrecerle un hermoso ceño fruncido.

—Normas de comportamiento —repitió.

La mano de Owen se desplazó de manera inconsciente sobre la libreta, pasando la palma con suavidad por encima. Ella la señaló con la cabeza.

—Y al parecer las llevas apuntadas ahí —murmuró—. ¿Puedo?

Él no esperaba aquello, y se quedó indeciso unos segundos. Finalmente cedió, haciendo deslizar el cuaderno de notas para que Skye pudiera cogerlo.

—Última página —indicó.

La joven abrió la libreta, estudiándola con auténtico interés. Estaba claro que Owen no había contado con tener que enseñarle sus apuntes, le parecía estar revisando el bloc de un estudiante que había anotado todo de manera apresurada.

Si él pensaba portarse de aquel modo durante el viaje, Skye no estaba dispuesta a darle tregua de ninguna manera. Sí, tenía derecho a estar un poco molesto, aunque nunca le había mentido. Y aquella frialdad solo por no haberse despedido le resultaba desmedida. Sin embargo, ya que él no tenía intención de que hablaran con sinceridad, ella no sacaría el tema tampoco.

—«No comentarios irónicos o exceso de bromas» —leyó. Después bajó la libreta y lo miró—. ¿Esto significa que no puedo bromear?

—No demasiado. —Owen se encogió de hombros—. Ahora estás trabajando para el senador y tenemos que dar una imagen seria en general. Vamos a estar en el punto de mira de mucha gente, así que es importante que nos crean formales.

Skye frunció los labios, y siguió leyendo.

—«Limitar los *hobbies* al ámbito privado».

—El motivo es el mismo —aclaró Owen, y al ver su cara añadió—. Ya sabes, concursos de mojitos y cosas por el estilo. No se puede hacer eso en campaña.

—Estaba de vacaciones, solo por dejarlo claro. No me dedico a hacer concursos alcohólicos todos los días, y de todos modos creo recordar que tú participabas en esos «*hobbies*» de forma muy activa.

Owen puso una mueca de disgusto.

—Por si acaso.

Skye sacudió la cabeza, agitando con ello su melena rubia. Todo aquello le parecían sandeces, aunque comprendía el objetivo: Owen pretendía poner distancia, y de manera clara. Eso tiraba por tierra su deseo de que pudieran tener al menos una relación amistosa, pero no tenía otro remedio que aceptarlo.

Buscó el último punto que había anotado.

—«No habrá conversación personal». —Skye cerró el bloc, lanzándolo en su dirección—. De modo que, ¿no puedo hablar contigo?

—Pues claro que sí, pero de trabajo. Estrictamente profesional.

—¿Por qué has aceptado que esté aquí si en realidad está muy claro que es un inconveniente para ti?

—Me gusta tu trabajo y creo que puedes estar a la altura. Fuiste la primera opción que barajaron en su momento Ethan y Alex, pero tenías una agenda muy ocupada.

Era una respuesta muy insatisfactoria, pese al cumplido. Skye no era amiga de seguir reglas, pero entendía que si no daba su consentimiento Owen no estaría conforme. Y tres meses podían resultar muy largos si ambos estaban incómodos, tanto para ellos como para el resto del equipo que no tenía la culpa de nada.

Owen aguardaba con paciencia una confirmación. Skye se inclinó hacia adelante, apoyando los codos en la mesa, y le dedicó una mirada.

—¿Estás seguro de que este es el tipo de relación que quieres que tengamos?

—Bueno, esto no va solo de nosotros. Hay más gente implicada, mi mejor amigo, tu mejor amiga, la campaña y los resultados. Necesitamos trabajar sin altibajos, creo que es lo mejor para todos.

Skye se lo pensó unos segundos. Su naturaleza era cercana, le iba a costar comportarse así, pero en cierto modo le debía una a Owen y quería verlo tranquilo. No deseaba convertir su trabajo en una pesadilla, ya que al parecer era la única prioridad en su vida.

—Muy bien —aceptó—. Pero una duda, ¿puedo mirarte a los ojos, o tendré que apartar la vista al estilo Tom Cruise? —Hizo una mueca—. ¡Huy, perdona, pecoso! No me he dado cuenta, esta absurda manía de no controlar las bromas…

Owen arrojó el vaso de café a la papelera y se incorporó, negando con la cabeza.

—Prefiero que no me llames así… Venga, en marcha. Quiero enseñarte el autobús y presentarte a parte del equipo antes de dejarte en el hotel. —Se giró—. Porque sigues sin querer alojarte en casa de Ethan, ¿no?

—No. Soy un espíritu libre, ya me conoces.

«Lo sé bien», pensó él, consiguiendo no decirlo en voz alta con el tono amargo que estaba deseando emplear. Se contuvo de hacer más comentarios mientras iban al coche, pensando si debía ofrecerse a llevar la maleta. No pretendía ser demasiado caballero, pero tampoco un maleducado, así que cuando abrió el maletero alargó la mano para coger el equipaje.

—Déjame.

—No, puedo hacerlo yo. —Skye tiró de su maleta hacia ella, a la par que trataba de sujetar la bolsa donde llevaba su equipo fotográfico.

—En serio, trae —él insistió.

—¿Esto no viola las normas? Es decir, ¿se te permite ser amable, aunque sea en un plano superficial?

Owen hizo fuerza para coger aquella maldita cosa llena de bichos rojos que pesaba como si llevara dentro un par de cadáveres, y la depositó en el maletero tras lanzarle una mirada irritada.

—Sube al coche —murmuró.

—¿Delante, en plan incómodo, o detrás, en plan taxi?

—Donde quieras, pero en silencio.

El chico pegó un portazo para dar por finalizada la conversación. Si es que tenía que habérselo imaginado, como le había pedido que limitara su ironía ahora Skye la desplegaba en todo su esplendor. Bueno, siempre podía optar por fingir que no la escuchaba.

Skye se montó en la parte trasera del coche y lo ignoró durante el trayecto, dedicándose a mirar el móvil sin tratar de establecer ninguna conversación. Aquello tampoco le gustó a Owen, pero entonces se dio cuenta de que estaba siendo incoherente con sus peticiones y subió la música para ver si esta le distraía lo que quedaba del viaje.

Detuvo el vehículo frente a un aparcamiento privado y Skye se bajó cuando lo hizo él. Aunque por fuera estaba oscuro, en cuanto entraron la iluminación obró el milagro: la zona estaba vacía de coches, solo estaban allí el autobús de campaña y la furgoneta grande que los acompañaría con el equipo.

Skye se quedó sin habla al ver el autobús. Era tan inmenso que asustaba, y aún le impactó más al ver el rostro de Ethan en los laterales, con el nombre encima y el eslogan a un lado: «Nos importa». Había que reconocer que era un trabajo magnífico.

—¿Qué te parece?

—Una pasada —dijo la chica, aún sin reaccionar.

Se veía gente que entraba y salía, como el viaje tendría lugar al día siguiente estaban ultimando detalles. Owen le hizo un gesto para que subiera, de forma que Skye obedeció.

Si por fuera cortaba la respiración, por dentro era todavía mejor. Le recordaba a los jets privados que manejaban aquellos cuyo nivel de riqueza sobresalía por encima de los millonarios normales. Los asientos tenían aspecto mullido y había unos cuantos, además de mesas con suficiente espacio para trabajar sin necesidad de molestar a nadie. Justo al fondo, haciendo pared con la zona del conductor, había una pequeña cocina con mini frigorífico incluido.

—Los asientos y sofás se hacen cama —comentó Owen cuando subieron a la segunda planta, mientras ella inspeccionaba aquel lujo sin abrir la boca—. Pero bueno, en realidad dormiremos en hoteles. Esto es solo para descansar durante el viaje y relajarse.

Con aquella televisión de a saber cuántas pulgadas, cualquiera podía relajarse. Mientras bajaban de nuevo, Skye fue consciente en aquel momento de lo serio que era aquel trabajo, y de porqué Owen se mostraba preocupado por resultar profesional. Lo que tenían entre manos era importante y tenía que estar a la altura, se trataba del futuro de Ethan y Alex.

—Es increíble —se limitó a decir—. ¿Y la otra furgoneta?

—Para el personal.

—¿Qué personal?

—Llevamos una estilista, personal de seguridad y mis becarios. Pensamos en meterlos aquí, pero estaríamos un poco apretados.

Skye dejó sobre una de las mesas la mochila que contenía su equipo.

—¿Puedo dejar esto aquí? —Él afirmó—. Tendrás que conseguirme algunas cosas, me resultaba imposible traerme todo.

Owen sacó inmediatamente una libreta y un bolígrafo.

—Mis becarios se ocuparán.

—Necesito un trípode, uno corriente. Y material de limpieza, es un engorro cargar con eso. —Skye volvió a mirar alrededor, aún sin terminar de creerse que fuera a viajar allí—. ¿Cuánto cuesta todo esto?

—Mucho. —Owen escribió de forma apresurada—. ¿Algo más?

—Chocolatinas. Un montón. —La rubia le guiñó un ojo—. No puedo viajar sin chocolate, me pondría de un humor terrible y así es imposible hacer buenas fotos. —Él miró al techo, pero lo anotó—. También parasoles, unas cuantas tapas, un adaptador y una batería de repuesto. Ya está.

—Menos mal.

El tono fue irónico, lo que no dejaba de ser curioso teniendo en cuenta que había prohibido usar la ironía, pero cuando estaba a punto de hacer una observación al respecto salió del lavabo una mujer alta e interrumpió la oportunidad.

—Ah, ¡hola! —saludó al verlos, con una sonrisa.

—Hola —respondió Owen—. Esta es Malayka Deveraux, asesora de imagen. Te presento a Skye Kaplan, la fotógrafa que sustituirá a Mike.

Malayka rondaría la treintena, y era una belleza de piel ébano con ojos oscuros. Llevaba el pelo muy corto, lo que acentuaba sus rasgos exóticos. Cuando sonrió dejó al descubierto una hilera de dientes blanquísimos.

—Skye —dijo, acercándose para apretarle las manos—. ¡Qué guapa! A día de hoy me sigue fascinando este tipo de pelo y ojos. —Se apartó para mirarla mejor—. Me gusta tu estilo, chica.

—Lo mismo digo —comentó Skye, sin saber bien donde centrar su atención ante la cantidad de detalles de la indumentaria de aquella mujer.

—En mí no cuenta, soy asesora personal. —Se echó a reír, con una carcajada fuerte y contagiosa.

Cada vez que se movía se escuchaba un tintineo musical, y Skye necesitó unos segundos hasta que se dio cuenta de que llevaba joyas y pulseras en los tobillos. Su ropa era colorida y étnica… algo curioso, siendo la asesora de imagen de un senador.

—Un segundo, ahora vengo —repuso Malayka, cruzando el autobús para abrir una especie de armario encajado en la pared.

Owen se cruzó de brazos mientras ambos la observaban.

—Es curiosa —observó Skye mientras él asentía—. ¿Sabes? Cuando ha salido y me has dicho que era la asesora de Ethan me lo he imaginado vestido con turbante y chilaba. Perturbador…

Owen sacudió la cabeza, sin lograr evitar una sonrisa.

—No te preocupes, a pesar de lo que pueda parecer es una gran profesional.

—Ya vuelvo. —Malayka regresó junto a ellos, y alargó un objeto que puso sobre las manos de Skye—. Me gusta regalar cosas al equipo, siempre tengo amuletos de protección. Soy de Nueva Orleans, supongo que esa es explicación suficiente. De hecho he puesto algunas cosas aquí y allá… —dijo, mientras giraba la cabeza recorriendo el autobús con la mirada.

Skye miró el objeto que le había entregado: un atrapasueños.

—¿Cómo…? —preguntó, sorprendida, mirando a la mujer.

—No me preguntes cómo adivino qué regalos hacer… simplemente lo sé. Asegúrate de tenerlo cerca de ti y estarás bien. —Le guiñó un ojo—. Bueno, me voy a ir ya, todavía no he terminado de hacer la maleta y salimos temprano. Encantada de conocerte, Skye.

—Lo mismo digo —Skye respondió a la sonrisa y el apretón de manos mientras se guardaba el atrapasueños en el bolso—. Y gracias por tu regalo.

—No se merecen. Dormid bien esta noche, mañana empieza la aventura.

Abandonó el autobús tras recoger su bolso, dejando a Skye con cara de sorpresa. Llevaba una cazadora, de forma que era imposible que supiera que llevaba tatuado el objeto que le acababa de dar. Y dudaba que Owen se hubiera dedicado a contar detalles de su anatomía ante el personal de Ethan, la verdad. Qué raro todo.

Owen estaba encaminándose a la salida, así que lo siguió. Fuera había un hombre que rondaría los sesenta y cinco años, de una envergadura más que considerable. Estaba colocando bien los espejos retrovisores cuando los dos descendieron.

—Eh, Owen —saludó, acercándose mientras se sacudía las manos en los vaqueros—. Está todo a punto para salir, lo he revisado entero y también los chicos del taller han dado el visto bueno.

—Perfecto. Jan, Skye —presentó él—. Jan es nuestro conductor. Skye será nuestra fotógrafa.

—Encantado de conocerte.

El hombre le estrechó la mano con una delicadeza que sorprendió a la chica. Con aquel tamaño esperaba algo más rudo, pero no, el hombre resultaba amable. Tenía expresión comprensiva, justo lo que Skye pensaba que debía ser un padre.

Por otro lado, aquel señor tenía aspecto de estar a punto de jubilarse. Le extrañaba que fuera a conducir el autobús, por norma general se preferían chóferes jóvenes cuyos reflejos estaban más agudizados.

—También son más imprudentes —comentó él.

—¿Perdón?

—Nada, he visto en tu expresión que te sorprende que alguien como yo vaya a llevar el autobús y no eres la primera que pone esa cara.

Skye se giró hacia Owen, pero este volvía a hablar por teléfono. Se encogió de hombros.

—¿Enchufado? —preguntó, divertida.

—Un poco. —Jan le devolvió la sonrisa—. Soy amigo de la familia, la verdad, conozco a los padres de Ethan desde hace años. Y tú, ¿enchufada?

—Ajá. —Se echó a reír Skye—. Amiga de la novia.

—¿Profesional?

—Casi siempre, menos en las ocasiones en las que me cuesta concentrarme. ¿Y tú?

—Casi siempre, menos en las ocasiones en las que me cuesta orientarme.

Solo habían intercambiado cuatro frases, pero Skye simpatizó al instante con él. Aquel hombre tenía algo, espíritu, sinceridad… no sabía cómo denominarlo, pero fuera lo que fuera se notaba que poseía buen corazón.

Jan lanzó una mirada breve a Owen, que continuaba al teléfono mientras daba vueltas en círculo, y chasqueó la lengua. Se llevó la mano al bolsillo de la cazadora para sacar un paquete de tabaco, que tendió hacia la rubia.

—¿Quieres?

—No fumo, gracias.

—Y haces bien, qué carajo. A mí no me preocupa tanto. Mi mujer me dejó hace años y nunca tuvimos hijos, así que fumo cuando me apetece, como hamburguesas aunque sé que no debo y me tomo mis cervezas. —Ella alzó la ceja—. Nunca trabajando.

—Pues me alegra saberlo —se burló Skye—. Aunque podemos compartir unidades de alcohol cuando estemos en tierra, si quieres.

—Solo hay dos cosas que se me dan bien de verdad: una es conducir y otra beber. Por supuesto mejor con una jovencita guapa al lado. —Dio unas palmadas a un lateral del autobús—. ¿Lo has visto por dentro? ¿Qué te parece?

—Increíble. Nunca había visto nada parecido —contestó ella—. No he seguido mucho la carrera de Ethan, si he de ser sincera, así que no estoy muy familiarizada con este mundo.

—Y tampoco te interesa, ya puestos.

Skye sonrió de forma traviesa, encogiéndose de hombros otra vez.

—No es que me extrañe. La gente joven tiene cosas mejores que hacer que interesarse por la política —comentó Jan—. Aunque siempre hay excepciones, como ese enfermo del trabajo que anda paseando en círculo. No sé qué pasaría si le quitáramos el móvil alguna vez.

—Se sentiría raro, seguro.

—En fin. —Jan estiró la mano de nuevo en su dirección—. Ha sido un placer, Skye. Siempre que te apetezca estás invitada a charlar conmigo.

—Te tomo la palabra. —Ella correspondió a su gesto.

Jan se despidió con la cabeza antes de observar a Owen y poner los ojos en blanco. Mientras el chico terminaba la conversación, Skye se paseó recorriendo la parte trasera del autobús. Qué extraño le resultaba ver la cara de Ethan estampada a tan enorme tamaño, ¿qué pensaría Alex de aquello? Seguro que para ella resultaba raro también, aunque había tenido un año para acostumbrarse. Se había acercado al senador y alejado de ella, aunque siendo justa la mitad de la culpa era suya.

De pronto se sintió agotada, entre la escala, el viaje y las presentaciones no se sentía con fuerzas para seguir estrechando manos.

Y aunque Malayka y Jan le habían gustado, su capacidad para resultar simpática y agradable empezaban a evaporarse conforme pasaban los minutos.

—Pareces cansada. Vamos, te llevo a tu hotel. —Owen apareció junto a ella y la sacó de sus pensamientos.

—¿Han terminado las presentaciones?

—Mis becarios no están, y el personal de seguridad no vendrá hasta mañana, aunque presentarte a esos es un gesto simbólico, dado que no hablan.

—¿Cómo que no hablan? —Skye lo siguió apresuradamente hasta el coche.

—Ya lo entenderás —mientras hablaba, Owen abrió la guantera y sacó un mapa que le lanzó al asiento trasero, donde ella se había instalado por segunda vez—. El recorrido está marcado, por si quieres ir estudiándote los sitios emblemáticos.

—Sí, señor.

—Solo lo digo por las fotos, yo…

—No te preocupes. Las fotos saldrán bien, confía en mí.

Owen no insistió, dedicando su atención a la carretera mientras lanzaba miradas por el retrovisor con disimulo. La Skye que viajaba con él aún mantenía la sonrisa y la chispa, pero menos brillante que hacía un año. Owen no era el tipo de persona que se alegraba cuando a los demás les salían las cosas mal, de hecho le preocupaba verla así. Su instinto le movía a interesarse, pero pronto el sentido común se abrió camino a tortazos: le trajo el recuerdo, todavía nítido, de esa sensación desagradable al despertar solo en la cama cuando había estado barajando proponerle una relación. Owen aceptó el bofetón en silencio, agradecido de que al menos alguna parte de su cerebro se mantuviera fuerte a la hora de seguir sus propias normas.

Detuvo el coche frente al hotel y abrió la boca para hablar, pero la joven lo interrumpió.

—Gracias por traerme —dijo, abriendo la puerta—. No hace falta que bajes, yo me ocupo de mi maleta.

—¿Seguro?

—Claro que sí. Nos vemos mañana. —Y cerró la puerta como despedida.

Owen permaneció callado unos segundos, mientras escuchaba cómo la puerta del maletero se abría y cerraba. No era así exactamente como había pensado que sería su relación, pero era normal también que ella reaccionara de aquella manera.

Skye miró la fachada del hotel, el mismo en el que se había alojado durante la fiesta de compromiso. Llovía y hacía frío, el invierno empezaba a dejarse ver y echó de menos la calidez de los días soleados, aunque era ese tipo de persona que sabía apreciar el encanto de cada estación.

Una vez en su cuarto, colocó la maleta encima de la cama y la abrió, sacando ropa con la que ponerse cómoda. No se molestó en meterla en el armario, al fin y al cabo solo estaría esa noche. De cualquier manera, iba a hartarse de hacer y deshacer la maleta durante el viaje.

Se tumbó en la cama y cogió la carta para decidir qué comida pedir. A Skye le gustaban los hoteles, a pesar de que eran impersonales. Solía asociarlos a períodos vacacionales, a excursiones descubriendo ciudades, a ocio y diversión. En ese caso era por trabajo, pero esperaba poder escaparse también a conocer bien las ciudades que pensaban visitar… no con Alex, adivinaba que iba a estar ocupadísima acompañando a Ethan en los discursos y fiestas posteriores, pero seguro que el equipo saldría.

Hizo todas las cosas que solía hacer cuando estaba en un hotel: miró los canales de pago, se dio una larga ducha de agua caliente, abrió las cajitas de jabón del baño, utilizó el servicio de habitaciones para pedir un sándwich y retozó encima de la mullida cama con el albornoz todavía puesto. No era amiga de ver la televisión, prefería escuchar música, pero el Ipod iba dentro de la mochila con el equipo de fotografía, así que se metió en la cama y permaneció escuchando la lluvia golpeando en los cristales.

En contra de lo que esperaba, no concilió el sueño enseguida. Aceptar el trabajo le había parecido una buena idea a priori, aún recordaba la conversación que había mantenido con la directora de *Oblivion* tras la queja de Amanda, donde admitía que sus fotos eran geniales, pero no su compromiso con la revista. No era la primera vez que le ofrecía formar parte de la plantilla, algo que nunca había querido porque no deseaba verse atada.

Lo que más temía en el mundo era un trabajo de nueve a dos, de lunes a viernes. Copas el sábado con amigas, domingo en el sofá con pizza y resaca, vuelta a empezar el lunes.

No era una persona convencional, por eso huía de todo lo que sonaba convencional. Eso incluía trabajos, planes y relaciones rutinarias.

Ahora que ya no tenía trabajo en *Oblivion* debía pensar en su economía. *New world* aún quería su material, pero eso no era suficiente. La gira de campaña le dejaría dinero de sobra para no tener que preocuparse una larga temporada, así tendría tiempo de pensar qué hacer con su vida. Sonaba bien, pero la presencia de Owen creaba un problema en la ecuación.

No tenía claro que pudieran trabajar juntos sin problemas de por medio. Él era más profesional que ella, no le cabía la menor duda: sabría ser serio y estar centrado.

Pero Skye no. Y más si todavía se sentía atraída por él, como era obvio. Tomar la decisión de marcharse sin mirar atrás no significaba que no existieran sentimientos hacia el chico. Por eso había actuado de aquella manera, para cortar de raíz lo que empezaba a nacer en su interior... solo que no había cortado nada y era consciente.

Con suerte, ambos estarían demasiado ocupados para coincidir y no tendrían que interactuar, tenía esa esperanza. Con Ethan por un lado y su adorado móvil por el otro, Skye sentía un cierto optimismo y una relativa tranquilidad respecto a que Owen estaría muy liado.

Viajaría, conocería lugares nuevos, haría buenas fotografías, ganaría dinero y regresaría a casa con el corazón intacto. Esa era su intención.

Capítulo 5

Skye se bajó del coche con chófer que había ido a buscarla al hotel y se quedó parada mirando el autobús, lleno de gente en movimiento por todas partes. Vio a Ethan hablando con Owen en un lado, Jan justo estaba subiendo y, en la puerta, dos chicas y un chico, jóvenes los tres, parecían discutir entre ellos. Detrás, la furgoneta permanecía con las puertas abiertas y Alex comprobaba maletas con Malayka. Al verla, su amiga levantó una mano para saludarla con una gran sonrisa.

—¡Skye! —llamó.

Ella le devolvió el saludo y se dirigió hacia allí con su maleta de mariquitas detrás. Cuando llegó a su altura, Malayka señaló los dibujos afirmando con la cabeza.

—Justo la maleta que imaginaba para ti —comentó.

—Me alegro un montón de verte —dijo Alex, dándole un beso en la mejilla—. ¿Ya os conocéis?

—Sí, Owen nos presentó ayer.

—Ah, sí, dijo que a lo mejor iba a buscarte al aeropuerto. —Miró de reojo a Malayka—. Así que fue.

—Sí.

—¿Todo bien?

—Genial. —Le guiñó un ojo—. Ya me conoces. —Echó una ojeada al interior de la furgoneta—. Madre mía, pues sí que lleváis ropa.

—Habrá eventos, cenas, inauguraciones… —enumeró Alex.

—Hasta algún que otro paseo a caballo o por el monte —añadió Malayka—. Así que hay que estar preparados.

—¿A caballo? ¿Ethan se va a montar en un caballo?

—No le queda otra, tiene que conseguir votantes.

—Creo que este viaje va a ser más divertido de lo que pensaba…

—¿Divertido? —Ethan apareció a su lado y le dio un apretujón cariñoso—. Esta vez no habrá mucho sol, que los inviernos por el norte son duros.

—No importa, la nieve también me gusta —aseguró la fotógrafa—. ¿Pasaremos por algún sitio para esquiar?

—No sé esquiar… —empezó Ethan.

—Claro que sí, he metido ropa para el frío —contestó Malayka, interrumpiéndole—. Y para esquiar, se alquila y punto.

—Sobre eso… —intentó de nuevo Ethan.

—Aunque sea para la foto te lo pondrás —intervino Owen, que había llegado a su lado—. Está todo en el itinerario. No te preocupes, Skye, haré que uno de mis chicos te entregue una copia.

—¿Tus chicos son esos? —Señaló a los jóvenes junto al autobús.

—Sí. —Se dio cuenta de que estaban hablando cada vez más alto—. Voy a ver qué les pasa.

—Te acompaño y así me los presentas.

Se moría de curiosidad por conocer a los tres pobres desgraciados que iban a acompañarlos en el viaje. Ya sentía lástima por ellos: conociendo el ritmo de trabajo de Owen, debía tenerlos sin parar.

Él no dijo nada, dándose la vuelta para acercarse al grupo. Se colocó en el centro para que le pudieran escuchar todos.

—A ver, ¿qué os pasa ahora?

Los tres empezaron a hablar al mismo tiempo, hasta que el chico de pronto descubrió a Skye. Dejó la discusión y se acercó con una sonrisa de oreja a oreja, alargando su mano.

—Creo que no nos han presentado —dijo—. Soy Josh Madder, uno de los becarios de Owen. Aunque siempre tengo un hueco por si me necesitas para cualquier cosa.

—Skye Kaplan —contestó ella, estrechando su mano—. Soy la fotógrafa.

—Me lo había imaginado. Desde luego con esos ojos que tienes seguro que sacas unas fotos de alucinar.

—Sí, saca muy buenas fotos —intervino Owen, cogiendo al chico del brazo para alejarlo de Skye, mosqueado—. ¿Y desde cuándo tienes algún hueco? Porque si te aburres te busco algo más que hacer.

—Solo digo que si quieres añadirme alguna tarea para ayudarla con su equipo o lo que sea, no hay problema.

Guiñó un ojo a Skye, que sonrió divertida. Debía sacarle unos diez años a aquel chaval, que tenía pinta de recién salido de la universidad.

Ya le caía bien, le daba buenas vibraciones, y solo por las caras que le estaba haciendo poner a Owen, había ganado puntos.

—No hagas caso de Josh —dijo una de las chicas, poniendo los ojos en blanco y sacudiendo su corta melena, morena y rizada—. Es un adulador, si dedicara la mitad del tiempo que pasa ligando a trabajar, no tendríamos estos problemas. Soy Piper, por cierto.

Piper era bajita, redonda, y dejaba las pecas de Owen a la altura del betún. Su cara estaba, literalmente, llena de ellas. Le daba un aspecto infantil y divertido.

—Encantada. —Skye miró a la otra chica, que también era morena pero llevaba el pelo largo—. Y tú eres…

—Tatum —contestó ella—. La que más trabaja de los tres, no creas nada de lo que te digan.

Y aquello ocasionó protestas de los otros, por lo que empezaron de nuevo a hablar a la vez. Owen extendió los brazos para intentar poner algo de distancia entre ellos.

—¡Basta! —exclamó—. ¿Pero se puede saber cuál es el problema?

—El itinerario —contestó Tatum—. No entiendo que vayamos a Punxsutawney primero. El día de la marmota no es hasta el dos de febrero.

—Pensilvania es un estado clave —intervino Josh—. Y es un pueblo guay.

—Menuda razón.

—No podemos cambiar el itinerario ahora —dijo Owen—. Todo esto está hablado así que no hay cambios.

—Pero el problema principal es Jan —explicó Piper, agitando un aparato GPS frente al rostro de Owen—. No hay manera de convencerle de que use uno de estos, ¡dice que le distraen y que no los entiende! Que le vale con sus mapas.

—Es un conductor experimentado, si dice que con los mapas le vale, pues ya está. Tiene años de experiencia.

—No, si lo de los años se ve… —comentó Skye—. Perdón. Lo sé. Nada de comentarios irónicos. Es que es complicado quitarse esta manía de pensar en voz alta… —Retrocedió un par de pasos—. Pues nada, mejor voy a lo mío. ¿Conseguiste lo que te pedí?

—Por supuesto. —Owen se cruzó de brazos, ofendido por la pregunta. Como si fuera a fallar en algo, ¿no sabía lo controlado que tenía todo?—. Lo tienes en la furgoneta, habla con Malayka.

—Genial.

—Ah, espera, que faltaban los de seguridad, vienen por ahí.

Señaló hacia un par de hombres que se acercaban, ambos altos, vestidos de traje negro y aspecto imponente.

—Trevor y Travis —informó Owen.

—No, este es Travis y ese supongo que Trevor —corrigió Skye, estrechando la mano de ambos—. ¿Qué tal, Travis?

—¿Vienes con nosotros? —preguntó él.

—Sí, soy la fotógrafa.

Owen observaba el intercambio de palabras sin dar crédito. Para empezar, era la primera vez que oía la voz de alguno, porque cuando se dirigía a ellos, como mucho conseguía gruñidos o movimientos de cabeza. Quizá tuviera algo que ver que siempre los confundía... pero no era culpa suya que parecieran gemelos y encima se llamaran prácticamente igual.

—¿Pero os habíais visto antes? —decidió intervenir en la conversación.

—Sí, en la fiesta —contestó Skye.

—Ah, es verdad, que estuviste en la puerta. —Miró a Travis—. ¿No?

Movimiento afirmativo de cabeza. Otro gesto a su compañero y se alejaron para inspeccionar al autobús.

—No sé por qué decías que no hablaban, si es un tío muy majo.

—Sí, ya. —Miró el reloj—. Nos vamos en media hora.

Skye levantó un pulgar y regresó a la furgoneta. Efectivamente, todo lo que había pedido estaba allí, pero como iba a viajar en el autobús y no allí, cogió las cosas que iba a necesitar —el chocolate fue lo primero, por si acaso—.

—Me encanta cómo piensas —le dijo Alex, al verlo.

—Tranquila, que hay para las dos. —Owen estaba dando palmadas desde la puerta del autobús—. Esto es como ir en una excursión organizada. Echo de menos a Alejandro...

—Lo que daría por un par de margaritas y playa ahora mismo... ¿Estamos a tiempo de escapar? —bromeó.

Enganchó a Skye del brazo y se encaminaron hacia el autobús, sin darse cuenta de que Ethan la había oído y las seguía con cara de preocupación.

Según subían, Owen les fue entregando un dosier a cada uno con el itinerario y las actividades que iban a realizar. Una vez todos estuvieron sentados, se acercó a Jan, que estaba mirando unos mapas que había extendido sobre el volante.

—¿Todo en orden? —preguntó.

—Claro, he encontrado el mejor recorrido para llegar a nuestro destino. No te preocupes, jefe.

Parecía tan seguro que Owen no preguntó más, aunque él mismo le había dicho que era un poco despistado. Pero tenía que reunirse con Ethan y aprovechar las horas del viaje para revisar varios temas, así que le pidió que arrancaran y fue al fondo del autobús.

Skye y Alex habían ocupado asientos contiguos con una mesa delante, y ambas estaban mirando el dosier de Owen.

—Sí que tenéis actividades, madre mía —comentó la rubia—. Creo que voy a batir algún récord de fotos o algo. —Pasó varias hojas—. ¿No hay ni un día libre?

—Alguno que otro por ahí, pero pocos, las campañas son muy duras. Yo tampoco tenía ni idea hasta que lo he visto.

—Al final va a resultar que los políticos sí que se ganan el sueldo.

Alex le dio un codazo cariñoso.

—Unos más que otros —contestó—. Ethan se lo toma muy en serio, yo también pensaba que esto iba a ser aburrido, pero qué va. Y de verdad que puede marcar una diferencia.

—Ay, mírate, hablando como Jackie Onassis.

—Kennedy.

—Fue luego Onassis, ¿no? Pues eso. Si hasta tienes un guardarropa de alucinar.

—A eso me ha costado acostumbrarme un poco más, sabes que nunca me han gustado los tacones y ahora me los tengo que poner casi todos los días.

—Bueno, estamos en invierno, podrás ir más cómoda.

—Sí, Malayka ya se ha encargado de eso, claro. Aunque si fuera por Peyton no. Un día estábamos mirando botas para el agua y dijo que lo mejor son tacones, porque así vas por encima y no te mojas. ¿Te he dicho que ahora quiere ser *influencer*?

—¿*Influencer*? ¿Y a quién va a influenciar?

—Yo qué sé, parece que tiene muchos seguidores. Pero mira, así está entretenida.

—Voy a cotillear.

Sacó su móvil para buscar a Peyton y así pasaron un buen rato, mirando lo que publicaba y su amago de blog… que consistía principalmente en muchas fotos y poco texto.

Ethan terminó de repasar uno de sus discursos y miró la hora en la pantalla del ordenador.

—¿No deberíamos haber llegado? —preguntó.

—Tendríamos que estar cerca, voy a preguntarle a Jan.

Owen había calculado algo más de cuatro horas para llegar y ya había pasado ese tiempo. Se levantó con decisión, pero de pronto cayó al suelo cuan largo era.

—¿Estás bien? —Ethan lo miró extrañado, aunque no se movió por si acaso el suelo estaba mojado y así no resbalar también—. ¿Te has hecho daño?

—No sé qué me pasa. ¡No puedo mover las piernas!

—Se te habrán dormido. —Oyeron decir a Skye desde su asiento—. Que no te has movido desde que hemos arrancado.

Owen pensó en replicar, porque estaba seguro de que sí se había levantado. Pero ahora que se paraba a pensarlo, no lo había hecho, ni para ir al baño. Tendría que despertarlas como fuera y recuperar algo de su dignidad perdida, al menos no le había visto ninguno de sus becarios. Se dio un par de golpecitos y, agarrándose a un sofá, consiguió levantarse. Tuvo que quedarse quieto porque el hormigueo fue casi peor que la sensibilidad perdida. Cuando se le hubo pasado un poco avanzó por el pasillo, aún cojeando aunque intentó disimularlo.

Jan lo miró con una gran sonrisa cuando llegó a su altura.

—¿Todo en orden, jefe?

—Sí, todo genial. ¿Cuánto falta?

—Cinco horas.

Owen parpadeó, pensando que había escuchado mal.

—¿Cinco minutos? —preguntó, por si acaso.

—No, cinco horas.

—Pero si hace más de cuatro que hemos salido.

—Claro, y se tardan unas ocho o nueve en llegar a Punxsutawney. Además he cogido la carretera panorámica, ¿no has visto qué paisajes tan bonitos?

Owen no había mirado ni una sola vez por la ventana, aunque ahora se arrepentía de no haberlo hecho porque quizá se habría dado cuenta de que no iban en la dirección correcta. Después de coger aire para recuperarse del microinfarto que acababa de sufrir, señaló el dosier con el itinerario que estaba sobre el salpicadero.

—Este trayecto está dividido en dos partes para no hacerlo tan largo. La primera parada es Scranton para pasar la noche.

—¿En serio?

—Sí. Además, no puedes conducir más de ocho horas al día, ¡es ilegal!

—Bueno, bueno, no te pongas nervioso. —Giró el volante a la derecha de forma brusca para parar en el arcén, consiguiendo que Owen tuviera que sujetarse a las paredes—. A ver que miro…

Cogió uno de sus mapas y miró las carreteras, trazando diferentes caminos con un dedo mientras Owen lo observaba a punto de explotar, pero sin atreverse a decir nada para no distraerlo de su tarea y acabar en otra carretera perdidos.

—Todo arreglado, cojo este desvío, bajo por la…

—Lo que quieras, ¿cuánto más?

—Dos horas y media, tres. —Miró por el espejo retrovisor—. Viene uno de los de seguridad.

Owen se bajó del autobús. Detrás había parado la furgoneta y, efectivamente, Trevor —o Travis, otra vez se había quedado en blanco—, se acercaba con gesto serio.

—No pasa nada —le aseguró—. Estaba comprobando con Jan el camino. Mándame a Piper para acá, quiero que siga el viaje con nosotros.

Sin decir nada, el hombre se dio la vuelta y regresó a la furgoneta. Piper salió en pocos segundos y se acercó dando saltitos emocionada.

—Lo sabía, sabía que me necesitabas más que al resto —dijo con entusiasmo—. ¿Qué necesitas? ¿Hacer un discurso? ¿Contactar con algún pez gordo?

—No, que te sientes al lado de Jan y te asegures de que nos lleva a Scranton. Tenías un GPS, ¿no?

—Listo y preparado.

Lo sacó de su bolso y subió al autobús, ocupando el asiento más cercano a Jan. Owen le indicó que podían continuar y regresó al fondo junto a Ethan.

—Parece que algo se ha salido del plan —comentó Alex—. No llevaba cara de contento, precisamente.

—Esa cara la debió olvidar en México.

—Tiene mucho estrés. Pero bueno, ayer fue a buscarte, ¿no? Eso tiene que ser buena señal.

—Sí, que quería ponerme normas. —Alex la miró incrédula—. Sí, como te cuento. Que controle mis impulsos felices, no vaya a ser que le saque una sonrisa y le fastidie su humor serio continuo.

—¿Quieres que hable con él?

—No, tranquila, somos profesionales, ¿no? Cada uno a lo nuestro y arreglado.

Alex no estaba convencida de que cada uno fuera a ir por su lado como si nada, pero Skye tenía pinta de querer cambiar de tema así que le preguntó si quería ir a la otra planta a ver una película para pasar el tiempo y ella accedió. Subieron, abrieron uno de los sofás y se acomodaron como si estuvieran en un hotel de vacaciones pasando el rato.

—Esto es de lujo —comentó Skye, acomodando una almohada mientras Alex encendía la televisión—. No me extraña que no eches de menos tu antigua vida.

Alex emitió un ruidito que podía significar cualquier cosa, lo que hizo que la fotógrafa la mirara con curiosidad.

—¿Problemas en el paraíso? —preguntó.

—Es cierto que no puedo quejarme. Por lo menos ahora llego a fin de mes sin preocupaciones, eso fijo. —El tono fue de broma, pero se puso seria—. Lo que pasa es que sí echo de menos poder hacer lo que quiera, ¿sabes? Me gustaba dar clase y eso ahora va a ser imposible en una buena temporada. Años, si gana.

Skye no se había parado a pensar en eso, pero lo entendía. Era como si ella solo pudiera hacer las fotos que le dijeran, no las que le gustaran, por muy bien pagado que estuviera.

—Pensaba que eras feliz.

—Y lo soy, no me malinterpretes. Echo de menos algunas cosas pero el resto lo compensa. Porque Ethan ha metido propuestas en su campaña para ayudar a los colegios, como le pedí, y sé que desde mi posición podemos conseguir cambios. El puesto de «*mujer-que-acompaña-a-político*» ya no es solo de quedar bien en las fotos, ahora nos dejan hablar. —Le guiñó un ojo—. Así que aunque nunca pensé que estaría en esta posición ni que haría cosas así, he descubierto que me gusta.

—Mira que al final te haces política tú —bromeó.

—No creo. —Se echó a reír—. Al final del día me cansa tanto discurso y eso que no los doy yo. No, no es lo mío. —Pulsó botones en el mando hasta encontrar las películas—. Una comedia, ¿no? Que para serios ya tenemos a los de abajo.

—Por mí genial.

Alex escogió una al azar y la puso.

Por fin, tras tres horas, llegaron a Scranton. El hotel era una antigua estación, un edificio precioso que Skye se dedicó a fotografiar antes de quedarse sin luz. Después de cenar todos estaban cansados, por lo que se fueron a sus habitaciones.

Ethan se metió en la cama junto a Alex, abrazándola para atraerla hacia él.

—¿Todo bien? —preguntó.

—Genial, con Skye no se me ha hecho tan largo. ¿Y tú? ¿Mucho trabajo?

—Lo normal.

Se quedó pensativo, sin saber si preguntarle más o si estaría bien. Porque al menos con Skye, parecía disfrutar. Aunque no se le quitaba de la cabeza lo que le había dicho Owen ni el comentario que ella había hecho aquella tarde. Pero entonces la escuchó respirar con lentitud y se dio cuenta de que se había dormido. En fin, tendría que intentarlo otro día.

Como Owen les había hecho madrugar por si Jan volvía a liarla, llegaron a Punxsutawney con tiempo de sobra. Aparcaron cerca de la plaza principal, junto a una comisaría, y todos se bajaron para ir a ver a la marmota, metida detrás de un cristal para que todo el mundo pudiera contemplarla.

—Qué mona es —dijo Alex.

—Sí, sí, monísima —replicó Owen, sin prestar atención.

—Chico, ¡que es la marmota Phil! —exclamó Skye—. Si es super famosa.

—Que sí, lo que digáis.

Pero él seguía mirando a otra parte. Ethan suspiró y se puso a su lado, siguiendo la dirección de su mirada. Owen tenía la vista fija en la plaza, que estaba completamente vacía.

—¿Qué miras?

—No hay nada.

—Ya veo que no hay nada. ¿Qué tendría que haber?

—Sillas, pancartas, micrófono… ¡Algo! ¡Que se supone que das un discurso aquí en una hora!

—Ahora que lo dices…

—¡Josh!

El aludido corrió hacia él al oírlo, cargado con una carpeta.

—Sí, Owen, dime.

—¿Cuándo es el discurso de Ethan?

—En una hora.

—¿Y tú ves que este sitio esté preparado para un discurso? No te habrás equivocado de día, ¿no?

—No. —Abrió su carpeta y rebuscó entre los papeles, hasta sacar uno y entregárselo—. ¿Ves? Confirmado con el alcalde. Que prepararían la zona donde sale la marmota, y es aquí. He visto la peli mil veces, es esta plaza.

—Pues va a ser que no —intervino Tatum, apareciendo a su lado—. Mira el plano de aquella pared, marca otro sitio. —Le enseñó su móvil—.

Y según acabo de ver en la web del ayuntamiento, la peli se rodó aquí pero nunca se hace en esta plaza.

—¿Y por qué demonios no habéis comprobado esto antes de llegar? —Owen miró el reloj, agobiado—. Vamos, habrá que ir al otro sitio. Tatum, ¿por dónde se va?

—Pues marca por allí.

Señaló hacia un lado de la carretera. Owen llamó a todo el mundo e hizo gestos para que los siguieran, pero Malayka negó con la cabeza.

—Yo subo con la furgoneta, no vaya a ser que haga falta algún cambio de ropa. Os espero allí.

Piper y Josh corrieron a acompañarla, así como Jan, que alegó estar muy mayor para andar aunque fueran cien metros. Uno de los guardaespaldas también se fue con ellos, mientras el otro los seguía andando.

Tatum guiaba la marcha, con Alex y Skye detrás, adelantándose a los chicos.

—Espero que haya bebidas arriba —dijo Skye, acomodándose el equipo al hombro.

—¿Pensando en algún campeonato de chupitos?

—No creas que no me apetece pero no, no creo que tengan nada parecido. Y a Owen no le haría gracia, es una de sus normas.

—Mmmmm.

—Mmmmm, ¿qué?

—Quizá sea porque tema que le retes y acabéis como siempre.

—No digas como siempre como si fuera algo habitual.

—No, no, yo no digo nada. —Empezaron a subir una cuesta—. Tatum, ¿seguro que está cerca?

—No sé, en el plano no ponía distancias.

—No llegamos, no vamos a llegar —murmuraba Owen—. Les voy a matar. ¡Estoy rodeado de incompetentes!

—Relájate, que te va a dar algo —dijo Ethan.

Owen protestó de nuevo pero pronto dejó de hacerlo, porque la carretera subía y subía y no tenía aliento suficiente para protestar y andar a la vez.

Una larga y cansada hora después, llegaron al final de la cuesta. Estaban en medio de un bosque, con carteles explicativos sobre la historia del día de la marmota y una entrada enmarcada en piedra, donde ponía «Gobbler's Knob» y un cartel con la foto de Ethan incluyendo un mensaje de bienvenida.

El aparcamiento estaba lleno de coches. Malayka y los demás los estaban esperando al otro lado del cartel, hablando con un hombre.

—¡Ethan, aquí! —llamó Josh—. Mira, este es el alcalde Marnes.

Ethan apenas podía hablar. Estaba pensando en si volver para recoger el pulmón que se había dejado un par de curvas atrás, pero sacó todo su entrenamiento político y consiguió sonreír para estrecharle la mano.

—Perdón por la tardanza —se disculpó—. Pensábamos que era abajo.

—Suele ocurrir, la gente se equivoca por la película.

—En fin, es un placer estar en Punsatony.

—Punxsutawney.

—Punsutatony —le susurró Owen.

—¡Punxsutawney! —repitió el alcalde.

—Es un sitio precioso —intervino Alex, echando mano de sus dotes sociales para acercarse al alcalde—. ¿Nos enseña cómo llegar al lugar? Estamos deseando ver dónde sale la marmota cada febrero. Es una pena que no hayamos podido venir ese día, pero lo haremos cuando Ethan gane las elecciones, se lo aseguro.

El alcalde rio mientras comenzaba a caminar. Detrás, Ethan intentaba pronunciar el nombre pero sin lograrlo.

—Tenía que haber ensayado el nombre, tanto discurso y nos olvidamos lo más importante —le susurró a Owen.

—Lo tendré en cuenta. ¡Josh! Asegúrate de tener escritos los nombres de los sitios donde vamos y cómo se pronuncian.

—No hay problema.

—Vaya, pensaba que se te daban bien los idiomas —comentó Skye, a su lado—. En México bien que te entendías.

—Para desgracia de tu amigo Alejandro.

Llegaron a una explanada que estaba llena de gente. En un extremo había una tarima con un tronco falso que tenía una puerta, por donde salía la marmota cada año. Claro que las imágenes que se veían solo enfocaban eso y Owen hubiera apostado también por la plaza, pero no quitaba que tendría que volver a reunirse con sus becarios para espabilarlos un poco. Que entre la caminata, el nombre maldito y las tres horas de más de viaje del día estaba al borde un ataque de nervios.

Pero tendría que dejarlo para más tarde, porque ya estaban todos cerca de la tarima y Ethan había subido para comenzar a hablar entre los aplausos de los asistentes.

—Muchas gracias por el recibimiento, pueblo de Puns… Phil —saludó Ethan—. Acabo de verla y es un animal precioso. Se nota que le cuidáis. —Aplausos del público—. Bien, he venido hoy para…

——¡¡¡¡Tramposo!!!! —gritó una voz femenina.

El silencio se hizo mientras todos miraban a una mujer mayor que se había levantado de su asiento y agitaba la mano en el aire. La que estaba sentada a su lado la imitó, ambas sonriendo con entusiasmo.

—¡Estamos aquí, señor abogado!

—Que no, Olivia, que es senador.

—Bueno, pero allí pensábamos que eran abogados.

—Qué guapa está la novia, si ya lo decíamos allí, ¿verdad? Aunque sean unos tramposos. ¡¡¡¡Hola!!!!

Alex movió la mano para saludarlas, mientras Ethan reaccionaba por fin.

—Olivia, Millicent —saludó—. Qué encantadora sorpresa encontrarlas aquí. Lo de tramposos es una broma privada, tuvimos el gusto de conocerlas en un viaje hace un año. Un aplauso para ellas.

Esperaba que así se callaran y por suerte funcionó, porque ante la atención de la gente y los aplausos, las dos mujeres se pusieron a saludar con entusiasmo a diestro y siniestro hasta que por fin se sentaron emocionadas por haber sido el centro de atención.

Aliviado por haber apagado aquel fuego, Ethan siguió con su discurso y pudo terminar sin ningún otro incidente ni pronunciar el nombre del pueblo. Después llegaron los cientos de saludos y fotos con todos los que se acercaban. Skye ya se había dedicado a sacarle unas cuantas con la imagen de la marmota de fondo y el alcalde, por lo que se dedicó a pasear entre la gente para captar algunas del ambiente y el paisaje.

Como parecía que todo transcurría bien, Owen dejó solos a Ethan y Alex para ir a hablar con sus becarios.

—Bajad alguno a Jan con la furgoneta para que suba el autobús —ordenó.

—Ahora mismo —contestaron todos a la vez.

Owen los dejó discutiendo quién se encargaba, ya se apañarían solos y prefería estar cerca de Ethan por si surgía alguna situación o pregunta incómoda. Cuando se hubo alejado, Josh empezó a chistar para que las chicas se callaran.

—Qué ruido tan desagradable —dijo Tatum—. ¿Se puede saber qué te pasa?

—Tengo un cotilleo del jefe.

—Huy, yo también.

—Anda, y yo —añadió Piper.

—¿Qué habéis oído vosotras? Porque yo creo que hay algo con Skye. La he oído hablando con él, como que habían estado en México juntos. Y algo de un tipo, Fernando o no sé qué.

—Lo de México lo he oído yo también —corroboró Piper—. Cuando estuve ayer en el autobús, estaban hablando ella y Alex. No lo oí bien, pero sí que entendí que habían estado allí y Owen se había dejado su cartera o algo así, y ahora le había puesto unas normas porque parece que Skye se dedica a contar muchos chistes. Yo pensaba que era solo fotógrafa, pero a lo mejor es también comediante. ¿Y tú, Tatum?

—Escuché que hacen campeonatos de chupitos entre ellos, así que debe ser algo habitual.

—¿Owen, bebiendo? —Josh la miró incrédulo.

—Que sí, y que siempre acaban haciendo no sé qué. Aunque me lo imagino.

Los tres se miraron, evaluando la información que cada uno había aportado.

—Tiene pinta de que ahí hay lío —concluyó Josh, enumerando con los dedos—. Se han ido a México juntos, les gusta beber, tienen normas… Seguro que están liados y no quieren que nadie lo sepa.

—O lo han estado —corrigió Tatum—. Ella vive en San Francisco. Además, no han compartido habitación, me tocó anoche junto a Skye y no oí nada.

—Porque duermes como una marmota. —Se rio Piper—. Anda, mira, qué bien traído.

—Pues habrá que averiguarlo —sentenció Josh, frotándose las manos—. Este viaje comienza a ser interesante.

—No sé si Skye nos contará algo —comentó Tatum—. Apenas la conocemos.

—No, lo que tenemos que hacer es interrogar a Owen. Ya sé lo que me vais a decir, que es muy serio y no soltará prenda, pero si vamos en plan acoso y derribo seguro que algo nos dice, aunque sea para que le dejemos en paz. No os preocupéis, encontraré el momento. Vosotras solo tenéis que seguirme el rollo. ¿Trato hecho?

Levantó la palma y ellas se la chocaron, riendo.

En una zona de la explanada se habían colocado unas mesas con comida y bebida y la gente se había comenzado a dispersar. Ethan estaba deseando acercarse a una de ellas, pero todavía estaba cumpliendo las normas de cortesía cuando se acercaron Millicent y Olivia. Extendió la mano para saludarlas, pero ellas lo abrazaron como si lo conocieran de toda la vida y llevaran siglos sin verse. Tras soltarlo, hicieron lo mismo con Alex.

—¡Qué alegría veros! —exclamó Millicent.

—Cuando regresamos y vimos que eras senador, no sabes qué ilusión nos hizo.

—Aunque nunca hemos votado a tu partido.

—No, no, nosotras somos republicanas de toda la vida.

—Bueno, para eso estoy aquí —consiguió decir Ethan—. Para intentar que cambien su voto.

—Ah, por eso no te preocupes que ya lo hemos decidido —dijo Olivia.

—Sí, sí —confirmó Millicent—. Y vamos a ayudarte. Ya verás, es una sorpresa.

Ethan temía qué sorpresa sería aquella, pero no dijo nada, solo sonrió por si acaso.

—Muchas gracias —intervino Alex, abrumada como él por las dos mujeres—. Tenemos que acercarnos a la mesa de comida, las veremos más tarde.

—Eso seguro.

El tono con que lo dijo y las risitas entre ambas no les dejaron muy tranquilos, pero de nuevo se vieron envueltos en la vorágine de saludos y fotos y se olvidaron de ellas. Tenían comprometido todo el día en Punxsutawney. Tras la comida les tocó visitar oficialmente a la marmota, que no pareció estar muy de acuerdo en ser molestada porque cuando la cogió Ethan en brazos, se revolvió y le mordió el pelo… lo cual captó Skye en el momento justo. Lo malo era que tenía que enseñar todas las fotos a Owen para que le diera el visto bueno y ya preveía que aquella no le iba a gustar. Se ocupó de organizarlas todas aquella noche y así tenerlas listas para revisar en el autobús, mientras viajaban a Pittsburgh, su segunda y última parada en Pensilvania. Owen le había enviado un mail muy profesional y aséptico diciéndole que «todas las fotos serán revisadas al día siguiente de ser tomadas a las 8:00, para ser enviadas a la central y ser publicadas en los medios».

Así que cuando subió al autobús, fue directamente al fondo, donde estaba Owen esperándola. Se sentó a su lado pero evitando el contacto y abrió el portátil.

—He sacado muchas —comentó—. Nos llevará un buen rato.

—Tenemos una hora, deben estar enviadas antes de las nueve en punto.

Unos pitidos de un coche los sobresaltaron. Jan aún no había arrancado, así que no tenía que ser problema de la carretera.

—Ay, Dios mío —exclamó Ethan, sentado más adelante y mirando por la ventana.

—¿Qué pasa ahora?

Owen ya temía que se hubiera escapado la marmota y los culparan a ellos o algo, pero al asomarse se quedó sin palabras.

Fuera había un mini. Pero no un mini actual, sino uno que debía tener más años que él. Pintado con los colores de la bandera americana y una gran foto de Ethan en cada puerta. Y saludando con la mano a ambos lados del mismo, Millicent y Olivia, agitando unas banderitas del país.

—¡Os vamos a acompañar todo el viaje! —gritó Millicent.

—¡Vamos a conseguir que ganes! ¡Somos tus fans número uno! —aseguró Olivia.

Ethan miró a Alex, que estaba tan asombrada como él.

—¿Envío a seguridad? —ofreció Owen.

—Mejor dejarlas —dijo ella, al fin—. Se acabarán cansando, es un viaje muy largo.

Viendo la edad que tenían, Ethan pensó lo mismo y Owen se dio cuenta de que si enviaba a Trevor y Travis podía ser peor. Menuda imagen, dos tipos como aquellos evacuando a dos mujeres mayores. Así que lo dejó estar y le pidió a Jan que arrancara.

Regresó junto a Skye y comenzaron a revisar las fotos. Tal y como ella había predicho, descartó la de la marmota.

—Pero si le hace muy humano —protestó ella—. No puede salir perfecto en todas, que va a parecer un robot.

—¿Tú sabes la de chistes que pueden sacar de eso? Bórrala, no vaya a ser que se cuele por algún sitio.

—Vale, vale, luego lo hago.

Cosa que no tenía intención, pero encontraría la forma de hacer que se publicara alguna de las que él descartaba tan alegremente.

Capítulo 6

—Te digo yo que tiene que subirse a algún columpio —decía Tatum.

—Pero, ¿cómo va a subirse un senador con traje en un columpio? —replicó Piper.

—Habrá que hablar con Malayka, a ver qué ropa es la adecuada.

Owen estaba oyendo la conversación entre sus becarios aunque no prestaba atención, ocupado con su móvil mientras todos desayunaban en el hotel, pero al oír lo de la ropa decidió acercarse a ver qué sucedía.

—¿Cuál es el problema? —preguntó, temiendo la respuesta.

—Ohio es el estado columpio —explicó Tatum—. Así que Ethan tendrá que subirse a alguno.

Owen se pasó la mano por la cara, preguntándose qué había hecho para merecer eso. Cogió aire para armarse de paciencia.

—Eso quiere decir que no es un estado claro, en cada elección votan diferente. Y tiene dieciocho escaños, así que es clave. Por eso venimos. ¿Pero qué os enseñan en la universidad?

Hubo un incómodo silencio mientras Tatum enrojecía ante aquella metida de pata.

—Mucha teoría —contestó Josh, tratando de echarle una mano.

—Bueno, pero zumo de tomate tiene que beber —insistió Tatum—. Que es la bebida oficial.

—No creo que ponga pegas para eso —contestó Owen.

Tendría que revisar el dosier, visto que algunas cosas podían llevar a error y no quería que Ethan acabara vestido de cuervo solo porque fuera el pájaro de algún estado.

—¿Qué ocurre? —quiso saber Ethan cuando regresó a la mesa con cara de paciencia infinita.

—Nada. Mis becarios son anormales. —Alzó la mirada al ver las expresiones generales—. ¿He dicho eso en voz alta? Perdón. Quería decir que son un maldito desastre.

A Ethan le salió una sonrisa, pero ante la cara de Alex decidió esconderla detrás de su taza de café.

—A lo mejor es porque los tratas como descerebrados —comentó Skye, que estaba ojeando el itinerario del día.

Owen la miró con el ceño fruncido, pero antes de poder encontrar una respuesta sarcástica y perfecta que la dejara con la boca cerrada, la chica se giró hacia Ethan.

—Zumo de tomate y maíz. Maíz. —Se quedó pensativa unos segundos y empezó a dar golpecitos en la mesa con el tenedor—. ¡Ya lo tengo! ¿Qué te parece si buscamos una plantación y te hacemos alguna foto allí?

Hubo unos segundos de silencio en la mesa mientras todos miraban a Skye al mismo tiempo que valoraban su propuesta.

—Una plantación —murmuró Owen—. ¿Con qué finalidad?

—Es el producto estrella aquí. Estamos en un entorno rural —explicó la rubia—. No se trata de que parezca un granjero paleto, sino de lanzar el mensaje de que es accesible. Alguien con quien puedan sentirse identificados, lo que no va a suceder si aparece estirado y con traje y corbata en cada una de las fotos.

Alex pareció meditar unos segundos antes de acabar asintiendo. Ethan miró entonces a su amigo, a quien no parecía convencerle demasiado la idea de meter al senador en un maizal.

—Ella es la fotógrafa —comentó este—. Y no me parece mala idea.

—Es verdad que hay un tanto por ciento al que no llegamos por su imagen —añadió Alex—. Podemos probar a ver qué les parece a los votantes. La reacción en prensa y redes sociales suele ser instantánea.

Owen miró a unos y otros, y se dio cuenta de que no le quedaba otro remedio que aceptar la idea de Skye. Que además era buena, no podía desecharla solo porque fuera de ella. Asintió despacio, siendo consciente del gesto de alivio tanto de su amigo como de Alex. Los pobres también debían estar tensos ante sus continuos estallidos.

—¿Qué es esto de «Recepción formal»? —leyó Skye, otra vez con el programa entre las manos.

—Ah, eso son una especie de fiestas inofensivas que organizan algunos lugares como detalle hacia el senador. —Alex le sacó la lengua—. Nada muy farragoso, mesa de comida, bebida, un alcalde y unas cuantas manos que estrechar.

—Entonces a eso no hace falta que vaya, ¿no?

—Viene todo el equipo —comentó Owen—. Aunque no es obligatorio, claro. Si prefieres no estar nadie te dirá nada.

Skye se dio cuenta de que no se iba a librar de la parte social que tanto odiaba. Bueno, podía recluirse en su habitación de hotel y quedarse a solas con sus pensamientos, pero el resto del equipo terminaría pensando que era muy arisca cuando no se trataba de eso. De hecho, sí que le apetecía interactuar con los demás. Estaba muy bien con Alex, relativamente cómoda con Ethan e incómoda con Owen, lo que más le apetecía era juntarse con los «plebeyos» para cotillear y contar chismes de los de «arriba». Pero las recepciones formales… esas no.

—Voy a avisar entonces a Malayka para que vaya pensando en la ropa que tiene que ponerse Ethan —comentó Alex, incorporándose.

—Te acompaño. —Se apresuró a seguirla el aludido, aun a sabiendas de que Owen lo estaba mirando con mala cara.

Skye los vio alejarse sin parecer molesta. Al menos por fuera, claro, llevaba colocada su armadura de «profesional». Como la de Owen, cuyo rostro no dejaba entrever la menor pista de cómo se sentía en realidad.

Se odió por ello, porque era culpa suya. Owen no era así. Podía ser serio, pero aquello era diferente.

—¿Cómo se te ha ocurrido lo del senador accesible? —La voz de Owen interrumpió sus pensamientos.

—Cuando regresé del internado estuve unos cuatro años viviendo en casa de mi padre y su mujer. Se hablaba mucho de política —replicó, dando un sorbo a su café—. De hecho, era uno de sus temas favoritos y no había noche en que no lo sacara en la cena. Con el tiempo y sus diatribas terminé por tener mucha más información sobre el tema que cualquier otra chica de mi edad, aunque no hablaba nunca de ello con mis amigos, obvio.

—¿Por qué no?

—No les interesaba. A mí sí, sobre todo llevarle la contraria a mi padre… tenemos una relación un poco especial. —La chica hizo una mueca—. Discutíamos mucho. Yo no entendía por qué se empeñaba en hablar conmigo sobre política, hasta que un día me lo dijo.

—¿Qué te dijo

—Que aunque no compartiéramos puntos de vista, respetaba que al menos tuviera una postura. Que era la única persona de mi edad con el conocimiento e interés necesarios para discutir. Podía haberle explicado que en realidad eso era gracias a él, aunque no lo hice. Solo me puse a pensar, y como por entonces ya me dedicaba a la fotografía, me dediqué a analizar instantáneas de políticos. ¿Sabes lo que descubrí? —Él negó—. Que todos eran iguales. Estaban cortados por el mismo patrón. Tan serios, trajeados, inalcanzables. ¿Cómo iban a interesar a nadie? Era imposible sentirte cercano a ninguno.

Owen se acarició la barbilla.

—Tenemos que bajar a Ethan del pedestal —comentó Skye, apartando su taza de café vacía.

—De acuerdo. Pero no quiero un circo —avisó.

—¿A qué te refieres? —Ella le respondió con expresión de inocencia.

—Una foto absurda puede hacernos más daño del que parece. Lo último que necesitamos es que la gente crea que Ethan se dedica a hacer el tonto.

—Bueno, ahí es donde reside mi habilidad. —Skye se levantó—. Iré a buscar mi equipo, con este tipo de fotos cuanta más luz, mejor.

—Bien. Avisaré a Jan para que localice un sitio adecuado, no debería ser problema si estamos en la tierra del maíz.

—¿Media hora? —preguntó ella, y Owen asintió—. Ahora nos vemos.

Skye abandonó el comedor, dejando a Owen solo y pensativo. Esperaba que tuviera razón en cuanto a la foto y que Ethan no acabara siendo el hazmerreír al día siguiente en la prensa. Mandó un mensaje general al grupo de móvil donde estaban sus becarios avisando de que tendrían que estar pendientes de la reacción general cuando se publicaran esas instantáneas del senador, a lo que recibió tres pulgares hacia arriba y ninguna protesta.

Dejó el móvil con cierta suspicacia, aquellos tres jóvenes no eran malos, pero si por algo se distinguían era por pasarse el día discutiendo y protestando por todo. Un emoticono de conformidad y ninguna queja lo hacían sospechar, pero desistió para ir al hotel a cambiarse de ropa. Si Skye los iba a meter en zona rural no podía ir vestido como de costumbre, algo que había aprendido de sobra en México. No deseaba que le hiciera otra foto como aquella que aún conservaba en su cartera. De hecho, no deseaba recordar nada sobre México. Aunque el hecho de que ella le hubiera contado algo personal, por algún extraño motivo le gustaba. Se daba cuenta de que Skye no era solo diversión y concursos de chupitos, se había dado cuenta nada más verla bajar del avión. Al estar juntos en México creía haber llegado a conocerla, pero no, solo había visto la parte que ella había querido dejarle ver. Lo peor era que, lejos de generar rechazo, le producía interés y eso era mala señal.

Estaban a primeros de noviembre y el frío era cada vez más intenso, así que se puso unos vaqueros y ropa de abrigo, olvidando su traje en el armario del hotel. No quería congelarse en medio de un campo de maíz, ni tampoco quedarse atrapado en el barro o algo así por llevar zapatos inadecuados.

Cuando llegó hasta el autobús, los becarios lo estaban esperando fuera con sus gorros de lana y las bufandas bien enrolladas en el cuello. Lo miraron sorprendidos, hasta que él se dio cuenta que debía ser la primera vez que lo veían sin traje.

—¿Qué?

—¿Te han robado la maleta con tu ropa? —preguntó Piper.

—No quiero congelarme en mitad de ninguna parte, gracias —refunfuñó él.

—Con esa pinta pareces hasta normal —observó Tatum.

—Normal y diez años más joven —apuntó Josh, examinándolo sin el menor disimulo.

—Así vestido me iría de copas contigo, que lo sepas —siguió Piper.

—Vamos a ver. —Owen decidió restaurar el orden—. No creáis que porque me haya quitado el traje podéis hacer caso omiso de mi autoridad. Josh, vete a ayudar a Skye con su equipo. —Se giró hacia las chicas—. Piper, ¿has cogido los *walkies*? Pues corre. Y Tatum…

—¿Sí? —preguntó ella, adelantándose con una sonrisa.

—Vete al portátil y busca alguna zona donde podamos hacer las fotos. Ponte en contacto con el dueño, claro, y pide permiso.

—¿Hasta cuánto puedo ofrecer? ¿Tres, cuatro?

—Cuatro. Corre, a ver si puedes cerrarlo antes de que nos pongamos en marcha.

—A la orden, jefe. —Tatum salió corriendo hacia la furgoneta.

Owen comprobó que Jan estaba al volante y despejado, y después se aproximó despacio hasta la zona donde se encontraba aparcada la furgoneta. Trevor y Travis estaban sentados fuera, ambos con sus chalecos negros y fumando al mismo tiempo. Owen evitaba hablar con ellos en la medida de lo posible, aunque «hablar» era un modo de decirlo. La realidad era que le daban un miedo de cojones, con aquellas estaturas irreales, los doscientos kilos de músculo que sumaban entre los dos y sus rostros serios e inexpresivos. Eran como los guardaespaldas del villano de cualquier película de acción.

—Chicos —dijo, evitando así el trago de llamarlos por su nombre—. Tenemos sesión de fotos.

Los dos se miraron entre ellos, y después a él con fijeza.

—Entonces… eso, ¿quién viene? Necesitamos uno por lo menos. Aunque podéis venir los dos, si queréis. ¿Queréis? —Esperó una respuesta, pero ellos se limitaron a mover la cabeza con un gesto que lo mismo podía ser afirmativo que negativo—. Bueno, sea lo que sea lo que quiera decir eso, salimos en veinte minutos.

Se dio la vuelta para alejarse lo antes posible de aquellos dos. Nunca los había visto actuar con nadie, pero tampoco le apetecía demasiado. Además no parecía que le tuvieran mucha simpatía, aunque con las chicas se comportaban diferente los muy capullos.

Regresó hasta el autobús sin darse cuenta de que llevaba a Travis pegado a él, por lo que cuando se dio la vuelta casi se estampó contra aquel muro de piedra.

—¡Por Dios! —exclamó, con una mezcla de irritación y pánico al verlo tan cerca—. ¿No has oído hablar del espacio personal? —Al ver su cara rectificó a toda prisa—. Quiero decir… gracias por acceder a acompañarnos. Puedes ir subiendo al autobús.

Travis permaneció inmutable, como dando a entender que subiría al autobús cuando él quisiera, de forma que Owen lo dejó por imposible. A esas alturas solo deseaba alejarse, así que se aproximó a la furgoneta y tocó en la puerta.

—Ethan, ¿cómo vas? Tenemos que aprovechar la luz.

—Entra, casi lo tengo —respondió Malayka desde el interior.

Ethan estaba de pie en mitad de la furgoneta, mirándose al espejo. Malayka le había puesto unos vaqueros, una camiseta blanca y una cazadora de color ante, además de unas buenas botas, con el buen ojo de no usar unas nuevas y relucientes.

—¿Qué tal? —preguntó la chica, acercándose para revolverle un poco el pelo y que no pareciera ni peinado ni despeinado.

—Frío —se limitó a decir Ethan, con una mueca.

Owen suspiró aliviado. Temía que hubieran disfrazado a Ethan de ranchero o algo peor, ya imaginaba una camisa de cuadros y un sombrero de paja. Se obligó a recordar que Malayka era una profesional y que no debía preocuparse tanto, pero no podía evitarlo, lo llevaba de serie.

Ethan no parecía un granjero, sino un senador en un día libre vestido de forma casual. Perfecto, una cosa menos de la que encargarse.

—¡Tatum! —exclamó.

—Casi lo tengo, jefe, el primero no me cogía el teléfono pero he localizado otra zona y estoy a punto de llamar —gritó esta, desde el autobús.

—¿Piper?

—¡*Walkies* guardados! —vociferó ella, desde algún punto de la calle.

Se asomó para llamar a Josh, pero lo vio al fondo de la furgoneta con Skye. No sabía si la estaba ayudando en algo, pero al menos parecían entretenidos charlando. Si hubiera tenido una caja de antiácido se la hubiera tragado entera, podrían haberle dado una patada en las pelotas y no le hubiera molestado tanto.

¿Por qué le molestaba? Josh era solo un crío. Era casi imposible que Skye considerara la opción de tener nada con él. No era culpa de ella, Owen conocía bien el efecto que causaba entre el personal masculino… pudo comprobarlo en México de primera mano, ella tenía ese carisma, ese algo por encima de su belleza física que atraía a la gente. Tampoco era culpa de Josh, era lógico que se fijara en la chica. Entonces, ¿por qué le daban ganas de pegarle cuatro gritos y confinarlo a algún trabajo que lo obligara a estar enterrado en papeleo todo el día?

Era como si el efecto Alejandro hubiera regresado. Alguien insignificante, pero molesto. Alguien que se las apañaba para estar en todas partes, por si acaso tenía suerte.

Josh se dio cuenta de que estaba allí, y al ver su expresión carraspeó.

—Por aquí todo listo —se apresuró a decir, alejándose a toda prisa de la rubia con una sonrisa a modo de excusa—. Voy fuera a… ya me marcho.

Agarró parte del equipo fotográfico de la chica y pasó junto a su jefe evitando cualquier contacto visual con él. Skye observó la escena con una mezcla de diversión y desconcierto.

—Vaya. Sí que te tienen miedo.

—Tienen veinte años. Si no eres rígido con ellos no te respetan.

—Ya. —Skye se colgó la cámara al cuello y se aproximó hasta la puerta—. Bueno, por suerte ser rígido se te da de maravilla. Y aun así parecen adorarte, cosa que no entiendo.

Se deslizó por el espacio que había entre la puerta y él. Aquel comentario le había irritado y sabía que se reflejaba en sus ojos, pero no podía permitirse que cada palabra que ella dijera le afectara. Owen no acostumbraba a perder el control, pero Skye tenía una facilidad pasmosa para desestabilizarlo. Y eso no podía ser. O dejaba de tener los nervios a flor de piel o el viaje sería insoportable.

Un claxon lo sacó de sus pensamientos. Eso significaba que todos estaban listos y esperando, de forma que se apresuró a reunirse con los demás.

Malayka le daba los últimos toques a Ethan mientras sonreía.

—Ya está listo —informó, orgullosa.

—Bien. —Owen se acercó, entrecerrando los ojos—. Espera, ¿qué es eso que lleva en el cuello?

—¿El qué?

—Esto. —Owen tiró de una cadena fina que estaba oculta bajo la camiseta, revelando una especie de colgante de piel marrón adornado con dos plumas—. ¿Qué demonios es?

—Solo un amuleto pequeño.

—No, nada de amuletos, Malayka, ya hemos hablado sobre este tema.

—¡Pero si no se ve apenas! Por favor, Owen, es el senador, no le viene mal un poco de protección extra.

Owen negó, haciendo un gesto a Ethan para que se lo quitara.

—Nada de amuletos. Nada de plumas —dijo, obstinado—. Esto es serio. Sabes que dentro del autobús te dejo poner todas las pijadas que quieras, pero Ethan no puede aparecer con un collar de plumas y tienes que entenderlo.

Malayka frunció los labios, apenada, pero tendió la mano para recoger el colgante protector y se lo guardó en un bolsillo.

Tatum tenía el visto bueno del dueño de un maizal, de forma que señaló la dirección a Jan en el mapa y este se puso en marcha. Owen temía que se perdieran, pero por una vez hubo suerte y llegaron en unos veinte minutos. El dueño, un granjero de manual, parecía muy emocionado ante la idea de que fueran a hacer una sesión de fotos en su terreno con un senador, y Owen aprovechó para colocarle un pin y estrecharle la mano mientras le entregaba un sobre con la cantidad pactada como gesto de gratitud.

—¡Qué te parece! Muchas gracias. No suelo votar, pero me encantan las chapas —agradeció el hombre, todo sonrisas.

Mientras Skye empezaba a preparar el equipo con ayuda de Josh, Owen se encargó de que la furgoneta quedara justo en la entrada de la propiedad para que así nadie pudiera acceder al interior si los veían. Ordenó a Piper que estuviera pendiente, lo que se saldó con un ceño fruncido de la chica, que no quería perderse la oportunidad de ver al senador posando con una ropa tan distinta a la habitual. Owen no tuvo ninguna compasión a pesar de su gesto de súplica, y regresó hasta la zona donde comenzaban los maizales.

Se cruzó de brazos justo en el momento en que Alex aparecía con dos tazas de café.

—Hola —saludó, colocándose a su lado y echando un vistazo—. El dueño está muy emocionado y nos ha preparado un termo de café, toma.

—Gracias. —Él aceptó la taza, sin apartar la vista del improvisado escenario.

Las temperaturas eran bajas para estar a primeros de noviembre, aunque el día era luminoso y eso ofrecía una luz perfecta para hacer fotos. Owen contemplaba la sesión con su escepticismo intacto: aquello no podía salir bien, era imposible que unas instantáneas del estilo no despertaran la hilaridad general. Por mucho talento que tuviera el fotógrafo de turno, seguía sin verlo.

Skye se había puesto en modo profesional, algo que tanto él como Alex conocían. Solo se dirigía a Josh para darle órdenes y estaba totalmente centrada en su trabajo. Owen recordó la ocasión en que había estado con ella metido en un cuarto de revelado, siguiendo todos sus movimientos con la leve iluminación rojiza tan habitual de esos lugares. El interés que había demostrado por su trabajo esa noche era sincero, el que tenía por ella mucho más y de pronto sintió una punzada porque parecía que no hubiera avanzado durante ese último año. Allí estaba ella, dando indicaciones a Ethan como si nada, y él incapaz de quitarle los ojos de encima.

—No te preocupes —intervino Alex, sacándole de sus pensamientos—. Saldrá bien. Skye sabe lo que hace. ¿Cómo lo llevas?

Él la miró de reojo con cierto recelo.

—¿A qué te refieres?

—Pareces preocupado.

—Será porque todo sale mal —respondió Owen, cruzándose de brazos.

—Nada está saliendo mal —repuso Alex, apretándole el hombro para darle ánimos—. Además, algún que otro contratiempo es normal. Lo raro sería no tenerlos.

Durante unos segundos se limitaron a contemplar la sesión en silencio, ambos centrados en sus propios pensamientos hasta que Skye hizo un alto.

—Paramos cinco minutos —dijo, mirando a Ethan—. Voy a buscar un café, que sé que con esa ropa te estas quedando helado.

—Perfecto, revisaré mis mensajes mientras —decidió él, sacando el móvil y empezando a moverse en círculo para intentar entrar en calor.

Skye asintió y fue al encuentro de Alex, que aún conservaba el termo.

—Anda, dame una taza —pidió—. No quiero que el senador me acuse de maltrato por condiciones meteorológicas adversas.

—¿Vamos bien de tiempo? —quiso saber Owen.

—Sí, voy a hacerle algunas fotos más dentro del maizal y podremos irnos.

—¿Y dónde está? —Alex estiró el cuello para localizar a su prometido, encontrándose con que ya no estaba en el lugar donde la rubia lo había dejado.

Tanto Owen como Skye siguieron la dirección de su mirada y quedaron perplejos.

—Estaba ahí hace un segundo —dijo la chica, sin entender nada—. Se quedó comprobando los mensajes.

—A ver si se ha metido hacia dentro y no es capaz de encontrar la salida —murmuró Owen, acaparando la atención de ambas—. ¿Qué? ¿No habéis visto «Los chicos del maíz»? Todas las hileras son iguales, no lo veo tan raro.

Sacó el *walkie talkie* para contactar. Cuando se había empeñado en llevarlos consigo durante la campaña había tenido que soportar bastante cachondeo, pero él conocía de sobra lo útiles que eran. Los móviles estaban muy bien, pero uno tardaba menos en apretar un botón y hablar que en sacar el teléfono, buscar un contacto, llamar y esperar a que el aludido lo oyera. Por no hablar de que por aquellas zonas rurales la cobertura muchas veces brillaba por su ausencia. Ese método milenario resultaba muy eficaz, como quedó demostrado en cuanto Piper contestó.

—¡Aquí, jefe! ¿Qué pasa?

—No vemos a Ethan, asómate desde ahí a ver si lo localizas. Repito, puede ser que el senador se haya perdido en el maizal.

—¿Qué? —Las carcajadas de Piper hicieron que apartara el aparato de sí.

—Lo que oyes, avisa a TrevorTravis y empezad a buscar por un lado, que nosotros iremos por otro. Y llevaos al dueño si es necesario, para algo es su maizal.

Cortó sin dar tiempo a más risas, aunque Piper no estaba muy alejada e igualmente oyó las carcajadas en vivo y en directo. Se encaminaron hacia el lugar donde Skye lo había dejado por última vez, pero allí solo había hileras e hileras de maíz.

—Qué mal rollo —musitó Alex, mientras escuchaba voces por otras zonas—. ¿Os he contado alguna vez que esa película me dio miedo?

—No seas tonta, no puede andar lejos. —Skye le dio un codazo—. Lo encontraremos en nada y esto quedará en una mera anécdota. Vamos a separarnos.

—¿En serio? —Alex la siguió intranquila—. ¿Y si nos perdemos nosotros también?

—Ya mandaran helicópteros —bromeó su amiga, metiéndose entre unas mazorcas que medían más que ella.

—No tiene gracia —gruñó Owen, desviándose por otro camino—. Seguro que después tendré que soportar a Malayka diciendo que esto ha pasado por no llevar su amuleto de plumas.

Se fue refunfuñando.

Alex se encontró sola, así que empezó a dar pasitos lentos para no alejarse demasiado de la zona central, ella no tenía tanto espíritu aventurero como su amiga. No estaba realmente asustada por Ethan, aparecería en cuestión de minutos, pero sí preocupada por Skye. Hacía mucho tiempo que no la veía «tan poco Skye». El año anterior no habían compartido las vacaciones anuales debido a los compromisos de su nueva vida junto al senador, lo que la había entristecido mucho, sobre todo por ella misma. No se había parado a pensar en Skye y en si quizá, de haber estado a su lado, en ese momento estaría más normal. O al menos, más como ella la recordaba.

Alex sabía mucho sobre su vida, era una de las personas que tenía ese privilegio. Su amiga era positiva, pero como toda persona brillante había tenido momentos de oscuridad, momentos que ella había vivido a su lado hasta que se mudó, sobre todo para alejarse de su familia.

Y jamás habían perdido el contacto ni las confidencias, así que Alex conocía de primera mano sus reticencias, las malas experiencias y un largo etcétera en el camino recorrido por la rubia. Pero ya no, porque había perdido un año, un año en el que había estado muy ocupada en sí misma. Un año en el que Skye, por el motivo que fuera, había dejado de brillar. La culpabilidad le cayó encima como un jarro de agua helada y se sintió mal, pese a tener la certeza de que Skye no la culpaba.

Como buena Kaplan, no era muy amiga de exteriorizar sus problemas y Alex lo sabía. Era de las pocas personas con las que se sinceraba. Iba a tener que sentarse a hablar con ella en serio, era necesario para intentar devolver el brillo a los ojos de la rubia. Se habían ayudado mutuamente desde niñas, así que no podía hacer como si nada…

Oyó un siseo tras ella y de pronto alguien la cogió del brazo, haciendo que pegara un grito. Al ver a Ethan con una sonrisa divertida soltó un gruñido.

—¿Se puede saber a qué juegas? ¡Me has dado un susto de muerte!

—Solo quería unos minutos a solas con mi prometida —dijo él con una mueca juguetona—. Que casi no tenemos tiempo para nosotros.

Alex sacudió la cabeza, conteniendo las ganas de pegarle un coscorrón. Cedió y le rodeó el cuello con los brazos, besándole mientras el viento arrullaba el maizal a su alrededor.

—¿Estás disfrutando de esto dentro de las posibilidades de disfrutar? —preguntó él.

—Claro que sí, ¿lo dudas?

—No lo sé. Si fuera al contrario, ¿me lo dirías?

Ella sonrió.

—Estoy recorriendo parte de Estados Unidos contigo. Tengo un fondo de armario maravilloso, nos hacen recepciones y cenas y Skye está conmigo —enumeró—. Es todo genial. Bueno, también está Owen y su estrés, pero estoy tan acostumbrada que ni lo noto.

—¿Seguro? —insistió Ethan—. Es que has dejado muchas cosas por mí. Sé que te gustaba mucho dar clases y que lo echas de menos.

—Solo de vez en cuando. Esto lo hablamos cuando ganaste las primarias, ¿por qué tienes dudas ahora?

—No quiero que te arrepientas.

Ella abrió la boca para replicar, pero entonces escucharon un *walkie* crepitar.

—¡Lo veo, lo veo! —La voz de Piper sonaba entrecortada—. ¡Está bien, está con Alex!

—Se acabó el momento a solas. —Ethan puso los ojos en blanco mientras ella se echaba a reír al ver su expresión—. En fin, espero que estas fotos sean un acierto y mañana los ciudadanos me vean más cercano.

—Seguro que sí. Confía en ella, Ethan. —Le guiñó un ojo, separándose.

—Si vas a ser mi mujer, Skye se convertirá en algo parecido a una cuñada, ¿no? Creo que tendré que sentarme en algún momento y conocerla mejor. —Él sonrió—. Pero ahora más bien debo regresar para que siga dándome órdenes.

—¡Lo tengo! —exclamó Piper, aproximándose a donde se encontraban—. ¡Jefe, los he encontrado yo, y están bien! ¡Los he encontrado yo!

—Ya te he oído, Piper —se escuchó a Owen responder desde el *walkie talkie*—. Venga, tráelos de regreso para que podamos terminar las fotos. Ya estamos fuera de horario, tenemos que volver a comer y repasar el discurso antes de la charla y luego hay que estar listos para la cena esa formal que nos han organizado.

Tanto Ethan como Alex se miraron, encogiéndose de hombros.

—Gajes del oficio —suspiró ella, siguiéndole a través del maizal mientras Piper abría la marcha.

—Mi vida es una locura —asintió Ethan, preguntándose cuándo podrían hablar a solas—. Pero me quieres igual.

Consiguieron salir del maizal-laberinto y no tuvieron tiempo ni de hablar porque Skye volvió a la carga con sus fotos.

—¡Estás guapísimo, senador! —exclamó de pronto una voz.

Todos miraron hacia allí y se encontraron con Olivia y Millicent, que estaban junto al dueño del maizal vestidas con unas camisetas que tenían el rostro de Ethan impreso en ellas.

Owen se acercó con rapidez, preguntándose cómo demonios habrían pasado la vigilancia.

—Señoras, no pueden… —empezó.

—Ya te vale, simpático —interrumpió Olivia con tono de enfado—. Así que a este señor que no conoces de nada le das un pin y a nosotras, que somos de la familia, ¡ni agua!

—Bueno, yo…

—Ni bueno ni porras, danos nuestros pines —exigió Millicent—. Ni que fueran de oro.

Owen temió que fueran a golpearle con alguna de las banderitas que agitaban en el aire así que se metió la mano en el bolsillo y sacó un par de pines para ponérselos. Al momento las dos mujeres empezaron a sacarse fotos con sus móviles así que se alejó, no fueran a pedirle algo más, y dejó pendiente hablar con los guardaespaldas sobre ese tema.

Capítulo 7

La recepción de aquella noche era en uno de los centros sociales del ayuntamiento, engalanado para la ocasión, y cuando llegaron se encontraron con que todo el pueblo estaba allí. Tras unos cuantos saludos, el discurso de agradecimiento y aplausos varios, Ethan tuvo que iniciar el baile con la esposa del alcalde mientras Alex hacía lo propio con el susodicho.

Owen, tranquilo porque todo había salido bien, fue a la zona de bebidas y cogió un *Bloody Mary*. No era su bebida favorita, pero tampoco había mucha más variación… parecía que lo del zumo de tomate se lo tomaban muy en serio.

Se dio la vuelta para ver cómo iba el baile, pero no pudo moverse porque se encontró con sus tres becarios rodeándole.

—¿Qué se ha roto? —preguntó.

—Nada —contestó Josh—. ¿Qué tal eso? ¿No prefieres los chupitos?

—¿Qué?

—¿Recuperaste tu cartera? —preguntó Tatum.

—¿Mi cartera?

—¿Qué tal Fernando? No sabíamos que tenías amigos mexicanos.

Owen estaba aturullado, mientras le hacían esas preguntas raras los iba mirando alternativamente y cada vez entendía menos.

—No tengo amigos mexicanos —contestó a la última pregunta, sin tener ni idea de a qué venía eso.

—Huy, entonces será que ese Fernando le robó la cartera —concluyó Josh—. Claro, es lo que tiene hacer campeonatos de chupitos, que luego uno pierde la noción de lo que pasa a su alrededor.

—Yo no hago…

Se quedó callado de pronto. Solo había hecho eso con Skye, pero dudaba mucho que la chica hubiera contado algo a aquellos tres chiflados. Entonces su cerebro empezó a conectar. Seguro que Fernando era Alejandro, aunque lo de la cartera no lo pillaba.

—¿De qué estáis hablando exactamente? —preguntó.

—Bueno, hemos oído cosas —dijo Tatum—. Sobre un viaje en México.

—Y que te dejaste la cartera allí, pero claro, puede que te la robaran —añadió Piper—. No lo oí bien.

—Y dale con la cartera.

—Anda. —Piper abrió los ojos comprendiendo de pronto—. ¿Y si era tu cara? La que te dejaste allí, porque estaban diciendo que no tenías cara de contento.

—Pero, ¿quién? —Owen empezaba a desesperarse—. ¿De quién estáis hablando?

—Conversaciones de Alex, Skye, comentarios tuyos… —enumeró Josh—. Así que hemos sumado dos y dos.

—Y os habrá dado cinco, que os conozco.

—¿Entonces niegas que haya habido un rollo entre Skye y tú? —atacó Tatum directamente.

«Cuando quieren, bien que discurren», pensó Owen, viendo que estaba atrapado y que no iban a cesar en su interrogatorio hasta que no les dijera algo jugoso.

—Primero, eso no es de vuestra incumbencia —contestó.

—Eso suena a sí —susurró Piper.

—Y segundo, lo que haya ocurrido fue en el pasado. Skye y yo somos dos amigos que trabajan juntos. Nada más.

—¿Y quién es Fernando entonces? —preguntó Tatum, no satisfecha con aquella respuesta, al igual que sus compañeros.

—Nadie. Se llamaba Alejandro y era un chófer de México.

—Así que lo admites, ¡estuvisteis en México!

Owen se maldijo por bocazas, pero claro, es que eran todos contra él, y parecía que cuando se juntaban conseguían formar un cerebro entre los tres. Estaba claro que tenía que separarlos, juntos eran peligrosos.

—Fue un viaje con Ethan y por casualidad estaban Alex y Skye allí también —explicó—. Nada escandaloso, no le busquéis tres pies al gato.

—Cinco —corrigió Josh, mirándole con suspicacia—. ¿Y cuándo fue ese viaje? Porque no recuerdo haber visto nada en la biografía del senador que nos hiciste aprender.

—¿Fue después del escándalo? —aventuró Piper—. Eso de la hermana, la exprometida. Buah, aquello sí que fue una bomba y…

—¿Y qué más da cuándo fuera? —Vio que Trevor (o Travis) pasaba a su lado y le hizo un gesto para que se acercara, pero el hombre lo miró de arriba abajo y se alejó—. Mierda.

—A nosotros nos lo puedes contar —siguió Josh—. Seremos tumbas.

«En una tumba os voy a meter si no me dejáis en paz», pensó, pero no lo dijo, porque por un lado estaba temiendo sufrir un infarto y por otro porque seguían siendo tres contra uno.

—Este tema se ha acabado —zanjó, con su tono de «ordeno y mando» y su cara más seria—. Tengo que ir a hablar con… con alguien, haced… lo que sea que hagáis cuando no estáis fastidiándome.

Se terminó la bebida de un trago y se abrió paso entre sus becarios como si estuviera atravesando una multitud. Se alejó de ellos aliviado, sin ver cómo se ponían a cuchichear entre ellos con gestos de determinación.

Entre la gente vio a Skye hablando con un chico que llevaba una cámara y se acercó a los dos.

—¿Tienes un segundo? —preguntó.

—Mira, Owen, este es Nelson, el fotógrafo del ayuntamiento.

—Sí, encantado, hemos hablado por correo electrónico. —En un gesto automático, se metió la mano en el bolsillo y le dio un pin—. Me enviará las fotos luego.

—No lo dude —contestó él, colocándose el pin—. ¿Quiere echarle un ojo a las que llevo ahora?

—No es necesario. ¿Skye?

—Vale, vamos.

La chica se despidió de Nelson y siguió a Owen hasta una zona algo más tranquila, preguntándose qué mosca le habría picado.

—No hables con mis becarios —espetó él.

—¿Perdona? —Se cruzó de brazos, mirándolo con los ojos entrecerrados—. Yo hablaré con quien quiera y cuando quiera.

—Me refiero a que no hables con ellos de nosotros.

Aquello la sorprendió aún más.

—¿Hablar de nosotros? —repitió—. ¿Y por qué iba a hacer eso? Además que no hay nada que contar, no hubo ningún «nosotros», fue algo pasajero.

—Perfecto, entonces no hay más que decir.

Y se alejó sin darle tiempo a añadir nada más, molesto por aquel «pasajero» que había utilizado para describir su relación. Cierto que era lo que habían hablado allí y que él lo había tenido claro, pero también recordaba perfectamente la última noche, cómo se había sentido al pensar que no iba a volver a verla y que aquello le había hecho recapacitar. Pero claro, ella se había ocupado bien de que no pudieran tratarlo desapareciendo al día siguiente.

Sacudió la cabeza molesto. Había pasado un año, era un adulto. ¿Por qué demonios seguía dándole vueltas al tema?

Verla salir a bailar con el Nelson de marras no ayudó a mejorar su humor, así que no esperó a que acabara la recepción para marcharse al hotel.

* * *

—No va a ponerse a comer rodajas de melón delante de la gente —decía Owen a sus becarios.

—Pero es lo que más se cultiva en Indiana —replicó Josh.

—Me encanta el melón —intervino Skye, acercándose al oírlos discutir—. ¿Qué ocurre?

Era superior a ella. Desde que habían llegado a Indiana Owen había estado más gruñón que de costumbre, y aunque había intentado evitarlo, escucharle decir que Ethan no podía comer melón había despertado su lado rebelde.

—¿No le gusta a Ethan? —preguntó, con voz inocente.

—No puede comer una rodaja de melón sin arriesgarse a ponerse perdido el traje —contestó Owen—. Así que habrá que buscar otra cosa que hacer.

—¿Pero a él se lo has preguntado?

—¿Qué habláis de melones? —intervino Alex, que se había acercado a ellos—. Ahora no es época, ¿no?

—Problema solucionado, entonces, no hay melones —ordenó Owen—. Dispersaos.

Sacó su móvil y se alejó para hacer unas cuantas llamadas. Alex miró a Skye con curiosidad.

—Parece molesto —comentó.

—Ya se le pasará. ¿A Ethan le gusta el melón?

—Claro, ¿por qué?

—Owen ha dicho que… —empezó Piper.

Pero Skye ya se alejaba tirando de Alex del brazo. Estaban en un colegio de primaria y Ethan iba saludando de clase en clase. Lo siguiente era comer con ellos en el comedor del colegio, por lo que supuso que la discusión sobre los melones habría salido de allí.

—¿Has mirado el menú? —preguntó Skye.

—No, será de esos de colegio que mejor no pensarlo, ¿por qué?

—Pues que Owen no quiere que Ethan coma melón por si se mancha, así que espero que haya para darle.

—Y que se manche.

—No, mujer, que se lo partan en trozos en vez de en rodajas y ya está, pero me encantará verle la cara Owen cuando oiga que va a comer melón.

—Eso si hay.

—He visto invernaderos.

Se adelantaron al resto de la comitiva para llegar las primeras al comedor. A Alex le parecía un poco infantil toda aquella historia del melón, pero era justo el tipo de cosas que le encantaban de Skye y que había echado de menos. Además veía que aquel tema, aunque era una simple nadería, iba destinada a socavar la autoridad de Owen, y no tuvo ánimos para impedírselo.

Llegaron a las cocinas, donde había un par de mujeres moviéndose entre las cazuelas.

—Perdón por molestar —dijo Alex acercándose a ellas con la mano extendida una sonrisa—. Soy Alex Jones, la prometida del senador Lewis.

—¡Qué emoción! —exclamó una de ellas, estrechándole la mano—. Nos encanta el senador.

—Sí, ¡es tan guapo!

—Un motivo tan válido como cualquier otro para votarlo —dijo Skye. Alex le dio un codazo—. Perdón. Una cosa, ¿qué postre hay hoy?

—*Pudding* de chocolate, yogures y manzanas. ¿Es por si no le gusta?

—Bueno, es que como el melón es la fruta de Indiana, nos preguntábamos si podría comer eso.

—Claro que hay melones, todo el año. No hay problema, le prepararemos un bol. ¡Le va a encantar!

—Genial, muchas gracias.

Salieron justo cuando llegaban todos con los niños correteando detrás. Ethan se puso a la cola con ellos mientras Owen le seguía hablando con su inseparable móvil, por lo que ni miró lo que caía en su bandeja.

Ethan se sentó con los profesores y el director para comer y así intercambiar impresiones con ellos. Cuando llegó la hora de los postres, se levantó con el bol de fruta.

—Muchas gracias por la acogida tan agradable que nos han dado —dijo—. Y qué mejor manera de terminar que con un melón de esta tierra.

Owen alzó la cabeza al instante y se levantó como impulsado por un resorte, colgando la llamada que estaba realizando. Abrió la boca para decir algo, pero al ver que algunas personas le estaban mirando se calló. ¿Qué iba a gritar? ¿Melón, como si fuera una bomba?

Entonces vio que Ethan tenía un tenedor en la mano y lo introducía en un bol, a la vez que por el rabillo del ojo localizaba a Skye, que sacaba fotos con una sonrisa que le pareció burlona… algo que le quedó claro cuando ella lo miró y le guiñó un ojo divertida.

Se sentó de golpe, enfurruñado, y metió la cuchara en lo que fuera que le habían dado, que no era otra cosa que puré de guisantes. Miró su segundo plato… brócoli. Genial. Habían ido a dar con el colegio más sano del país. Tendría que sacarse algún sándwich o moriría de hambre el resto del día.

Pero después empezaron con las visitas a las instalaciones deportivas, luego los laboratorios de ciencias con los consabidos experimentos infantiles… por lo que para cuando terminó el día, estaba a punto de comerse alguna silla que pillara por el camino.

Solo quería llegar a su cuarto, pedir algo al servicio de habitaciones y revisar sus correos electrónicos con tranquilidad.

Con esa idea en mente se dirigió al ascensor del hotel, para encontrarse allí con sus tres becarios hablando animadamente con Skye mientras esperaban a que se abrieran las puertas. Entraron todos juntos y él procuró colocarse en una esquina, pero enseguida sus becarios lo rodearon.

—¡Tengo muy buenas noticias! —anunció Josh, agitando su móvil frente a él.

—Sorpréndeme.

—Las fotos de Ethan en el maizal, ¡twitter ha ardido!

—¿Y eso es bueno? —Miró de reojo a Skye, que parecía muy satisfecha—. Porque como estén las redes llenas de memes…

—No, no. Bueno, alguno hay, claro, pero la mayoría de los comentarios son guais, mira. Hablan de lo normal que parece así, lejos de un despacho.

Le pasó su móvil y Owen leyó varios de los hilos. Efectivamente, la respuesta había sido positiva, lo cual lo tranquilizó un poco. Le devolvió el móvil a Josh sin quitar su gesto adusto del todo.

—Seguid mirando por si acaso —ordenó—. No vaya a cambiar la tendencia.

—Claro, jefe.

El ascensor se detuvo y los tres becarios se bajaron, despidiéndose con una sonrisa. Owen no se movió de su esquina, evitando mirar a Skye mientras fingía estudiar algo en su móvil. No quería oír un…

—Te lo dije —comentó ella.

—Que haya salido bien no quiere decir que tengas vía libre y le pongas a subir árboles la próxima vez.

—Huy, pues sí que estás de mal humor. ¿Qué te pasa? ¿No ha salido bien la cosa en el colegio?

—Todo bien. —Se guardó el móvil—. Solo tengo hambre y estoy cansado. Aunque también quiero saber por qué socavas mi autoridad.

—No sé de qué me estás hablando.

—Yo creo que sí, y me estoy refiriendo al tema del melón. Porque me escuchaste hablar con…

De pronto el ascensor se detuvo y ambos se miraron con suspicacia.

—¿Lo has parado tú? —preguntaron a la vez. Volvieron a mirarse—. ¿Y por qué iba a pararlo yo? —volvieron a hablar al mismo tiempo.

Se quedaron mirándose unos segundos, ambos cruzando los brazos a la defensiva.

—Tú estás al lado del panel —dijo Owen.

Ella se apartó para mirarlo por si había pulsado algo sin querer pero no, el botón de parada estaba apagado.

—Parece que es una avería.

Owen se acercó y pulsó el botón de alarma. Sonó un timbre y después unos tonos de llamada, hasta que escucharon una voz.

—¿Cuál es la emergencia?

—Se ha parado el ascensor —contestó Owen.

—Sí, nos aparece en el panel. El ascensor sur. Enseguida enviamos un mecánico. Gracias.

Y colgaron.

—¿Para qué pregunta? —dijo Skye—. Es el teléfono de emergencia de un ascensor, ¿cuál va a ser la emergencia?

—¿De qué estabas hablando con mis chicos?

—¿Otra vez con el temita? Owen, no voy a decirles nada.

—No es por eso. Sé que has tenido algo que ver con el melón. —La apuntó con el dedo—. Di órdenes específicas para que Ethan no comiera melón y de pronto lo veo haciéndolo delante de todo el mundo. Y tú estabas con esa sonrisita.

—Y tú eres tonto. —Le dio un manotazo en la mano para que la apartara—. Acabas de ver que las fotos que le hice han resultado, la gente quiere ver un político real, no un señor con traje ajeno a la realidad. No hubiera pasado nada porque se hubiera manchado un poco con una rodaja de melón.

—Así que lo admites.

—¿El qué?

—Que lo hiciste tú.

—Pero si lo comió a trozos. ¿Dónde está el drama? De verdad, Owen, necesitas relajarte un poco.

—¡Si es que no me dejáis! ¿Cómo voy a relajarme si te veo confabulando con mis becarios por ahí?

Skye se echó a reír, no podía evitarlo. Era todo tan absurdo... Solo le había gastado una pequeña broma y él hablaba como si hubiera estado maquinando alguna especie de plan malvado para acabar con la carrera de Ethan.

Owen frunció el ceño, mosqueado porque veía que la chica no lo tomaba en serio. El tema no era el melón de marras, sino el hecho de que hubiera hecho algo a sus espaldas, desobedecer una orden directa suya, provocarlo. O que se llevara tan bien con Josh, que no le hacía más que ojitos. O que tuviera esa maldita sonrisa que le hacía pensar en otro lugar, en otro momento, en otro ascensor...

Mierda. Ojalá se hubiera tomado unos margaritas, porque entonces tendría una excusa. Pero no había bebido nada más fuerte que el zumo de naranja artificial de la maldita escuela. Tenía que ser eso, la falta de alimentación. Porque de otra forma no se explicaba que de pronto solo estuviera pensando en besarla.

Skye notó el cambio en el ambiente. De pronto sintió que el aire estaba más pesado, que el ascensor se hacía pequeño, y todo por la forma en que Owen la estaba mirando. Ya no parecía enfadado, más bien al contrario. Dejó de reírse y tragó saliva mientras lo veía aproximarse más, sin dejar de mirarla. Owen apoyó los brazos en la barra que había tras ella, poniéndolos a ambos lados de su cuerpo. No llegaba a tocarla del todo, pero sentía su roce y aquello empezó a ponerla nerviosa.

—Hace un poco de calor, ¿no? —preguntó, por decir algo.

—Quizá.

—Seguro que vienen pronto a sacarnos de aquí.

Aunque en aquel momento no estaba tan segura de querer ser rescatada. Porque Owen estaba inclinándose hacia ella y, en lugar de apartarlo, sus manos se movieron para tocarle los brazos. Elevó el rostro hacia él, pensando que aquello era una mala idea y que ojalá pudiera achacarlo al alcohol, pero dudaba que el agua del colegio llevara nada. La verdad era que quería besarlo, aunque no iba a pararse a analizar el por qué. Sus labios estaban muy cerca y notó que su corazón se aceleraba. Sintió que se rozaban pero, justo cuando iba a abrazarlo, el ascensor se sacudió con brusquedad y él se apartó.

—¿Qué…? —empezó.

—Hemos solucionado el problema —dijo la voz del teléfono—. Perdón por las molestias.

El ascensor se detuvo y se abrieron las puertas.

—Skye, yo… —empezó Owen.

—¡He sido yo, jefe, he sido yo! —interrumpió Piper, que estaba al otro lado—. Yo he dado el aviso.

—Que conste que estábamos todos aquí esperando por si necesitabas algo —dijo Tatum.

—Pero, ¿qué hacéis ahí? —preguntó Owen—. Vuestras habitaciones están abajo.

—Vimos que se paraba el ascensor y quisimos ayudar —explicó Josh—. ¿Qué tal ahí dentro? ¿Mucho agobio? —Les tendió un par de botellines de agua—. Tomad, para que no os deshidratéis.

—Hemos estado cinco minutos, estamos bien.

—Gracias —dijo Skye, deslizándose a su lado sin tocarle y cogiendo la botella—. Me voy a la cama, ha sido un día muy largo.

Y se escapó corriendo hasta su habitación sin mirar atrás, no fuera a quedarse Owen solo y se le ocurriera tirarse encima de él. Cogió el móvil y dudó unos segundos, no quería molestar a Alex pero necesitaba hablar con ella como en los viejos tiempos.

«¿Estás despierta?»

«Viendo una película.»

«Owen ha estado a punto de besarme.»

«Estoy ahí en cinco minutos.»

«No hace falta, hablamos mañana si no.»

Se quedó esperando, pero Alex no contestó. Dos minutos después, oyó que tocaban a la puerta. Se levantó para ir a abrir, y a medio camino se detuvo. ¿Y si era Owen?

—Soy yo, Alex. —Oyó que decía su amiga.

Skye fue abrirle la puerta y mientras entraba miró a ambos lados del pasillo, encontrándolo vacío.

—Traigo provisiones.

Alex le mostró una botella de ron y unos paquetes de patatas fritas. Skye aplaudió y fue a sacar unos vasos y refrescos para mezclarlo. Una vez instaladas encima de la cama y tras beber un par de tragos, estaba preparada para hablar.

—Ha sido en el ascensor —empezó.

—¿Pero qué os pasa a vosotros con los ascensores? —Movió la cabeza—. De verdad, que no lo veo. No tiene que ser nada cómodo.

—No te pierdas con los detalles. A mí el sirope me parece una guarrería y no te digo nada.

—Hablábamos de ti. —Enrojeció y se rellenó el vaso—. ¿Le disteis al botón otra vez sin querer?

—No, fue una avería. Y no sé, me estaba echando la bronca por lo del melón... —Alex emitió una risita—. Y de pronto se paró, dimos a la alarma y no sé, algo cambió.

—«¿Algo?»

—Empezó a acercarse y yo qué sé. No me mires así, tampoco había mucho sitio para apartarse.

—Es un ascensor para quince personas. Sitio hay.

Skye agitó una mano en el aire quitándole importancia al detalle.

—Esos números los calculan muy a la ligera —contestó.

—Sigue, anda.

—Pues no hay mucho más. Justo cuando íbamos a besarnos se ha puesto en marcha y ahí estaban sus becarios al rescate cuando se abrieron las puertas.

—Aja. —Le llenó su vaso—. ¿Y luego qué?

—He venido corriendo a mi cuarto y te he llamado.

—Huida en toda regla.

—Más o menos.

Alex se quedó pensativa unos segundos mientras bebían un vaso cada una y volvían a llenarlos. Cogió un puñado de patatas fritas, saboreándolas.

—Hacia siglos que no comía de estas —comentó—. Grasas inútiles.

—Que te pierdes. Ya solo te falta echarles sirope.

Alex le sacó la lengua mientras cogía otro puñado.

—¿Qué vas a hacer? —preguntó—. Quiero decir, sé que sois profesionales y blablablá. Pero eso de mantener las distancias por lo que veo no lo lleváis muy bien.

—Yo pensaba que sí. Y él ha estado muy distante, así que creía que de verdad estaba todo olvidado. Pero es que... cuando nos hemos quedado ahí solos... no sé. —Sacudió la cabeza—. Es como si no hubiera pasado el tiempo y todo lo de México hubiera sido ayer.

—Te recuerdo que fuiste tú quien no quiso que fuera a más.

—Y no quiero. —Se mordió el labio—. ¿No? No, no quiero. Es imposible, tú me conoces, sabes cómo soy. Además no nos parecemos en nada, vivimos vidas opuestas. Que no, Alex, que no insistas, no puede haber nada con él. Ha sido todo un lapsus y punto.

Aquello del lapsus Alex no lo tenía nada claro, pero el alcohol empezaba a hacer efecto y con ello su capacidad de razonar empezó a verse mermada. Así que se limitó a darle la razón como su amiga que era y a esperar que todo aquello no acabara mal.

—Yo he tenido una conversación extraña con Ethan —comentó.

—¿A qué te refieres?

—Me ha preguntado si echo de menos dar clase. Es un tema que ya estaba hablado y cerrado, así que no entiendo que lo saque ahora.

—Quizá tenga miedo de que sea todo demasiado para ti.

—¿En qué sentido? ¿Crees que puede arrepentirse de estar conmigo?

—¿Qué? —Movió la cabeza al ver su gesto de preocupación—. No, no quería decir eso.

—Es que… —Se mordisqueó un labio—. Últimamente ni hablamos, ¿sabes? Y sé que es una tontería, pero tanto tiempo en el autobús sin nada que hacer da que pensar… y… —Miró su anillo—. A veces me pregunto si no me he precipitado.

—Pero si hacéis una pareja genial y os queréis.

—No digo que no me quiera. Digo que quizá si no estuviéramos en medio de todo este lío de la campaña no me habría pedido que me casara con él tan pronto. O, de haberlo hecho, yo no habría aceptado.

Skye no sabía cómo tranquilizarla porque no tenía una respuesta buena sobre aquello.

—A veces las circunstancias aceleran las cosas —dijo al fin—. Pero eso no quiere decir que estén mal.

—Supongo.

—Y lo de que no habláis… bueno, ahora hay mucho lío con la campaña y tal, seguro que cuando todo acabe mejora.

—No creas. Si pierde, el partido quiere que siga siendo senador y que se vuelva a presentar a las próximas. Y si gana, ya sabes lo que hay.

—Una gran casa blanca. —Le dio un empujoncito cariñoso—. Lo que siempre has querido, ¿no? Una casita con una valla…

—… Y perro y tres niños. —Se rio— No, si por casa no será. Ni por vallas, que hay doble y bien altas. Pero, ¿ves? Eso que acabas de decir, pues a veces me da por pensar. ¿Y si solo nos casamos porque es lo que conviene? ¿Será lo mismo con los hijos y el perro? —Sacudió la cabeza—. Todo empieza estar demasiado planeado.

—Antes no te gustaba improvisar. Ni las sorpresas.

—Desde México no ha habido nada improvisado en mi vida. —Se encogió de hombros—. Pero bueno, no me hagas mucho caso. Ya te digo que son solo momentos raros que me dan, en general estoy contenta.

—Vale, si lo dices con esa cara de acelga me lo creo. —Le sacó la lengua—. Pero lo que no entiendo es por qué cuando él te ha preguntado, no le has dicho la verdad y le has soltado que todo son unicornios y nubes rosas.

—Ya tiene bastante estrés, no quiero que se preocupe por mí además. —Se metió otro puñado de patatas en la boca—. Es cuestión de tiempo y adaptación, nada más.

Y mientras lo decía lo creía, porque las veces que se paraba a pensar en todo lo que había dejado atrás, repasaba lo que le deparaba el futuro y enseguida se le pasaba la melancolía. Porque no solo quería a Ethan y sabía que iban a compartir su vida, sino que desde ese lado de la valla, dentro del sistema por así decirlo, podía de verdad influir para mejorar las cosas. Los asesores de Ethan podían ser un peñazo, pero también se habían preocupado de que ella tuviera su lugar y no actuara de florero, como habían previsto con Peyton. Una vez terminada la campaña tendría su propia agenda, asociaciones de las que formar parte, instituciones que visitar… estaba deseando que llegara ese momento.

Owen estaba esperando al servicio de habitaciones cuando oyó que le llegaba un mensaje al móvil. Al librarse de sus becarios había ido hasta la puerta de Skye, pero se dio media vuelta sin llegar a llamar. Si ella hubiera querido hablar, no habría salido corriendo, así que se había dicho que mejor así. Tampoco tenía claro qué le hubiera dicho, porque no se explicaba qué se le había pasado por la cabeza en el ascensor para querer besarla.

Cogió el teléfono y vio que era Ethan.

«¿Qué ha pasado?», preguntaba el senador.

Owen repasó todo el día en su mente. Todo bien en el colegio, buenos resultados de las fotos, ninguna noticia rara…

«Alex ha salido corriendo», añadió Ethan.

Mierda, se refería a Skye. Pues sí que corrían las noticias. Se quedó pensando unos segundos qué decirle.

«Nada, un lapsus.», escribió al fin. «Casi nos besamos en el ascensor pero no ha sido nada.»

«¿Un lapsus? ¿Como el de México?»

«Que no, que no ha pasado nada.»

«¿Seguro?

«Somos profesionales, no te preocupes. Ella por su lado y yo por el mío».

«Lo que tú digas».

Lo malo de los mensajes era que uno no podía poner entonación, pero Owen estaba seguro de que aquel último implicaba que no había creído ni una palabra.

«Vete a dormir», le contestó, zanjando la cuestión. «Mañana es un día muy largo».

«Como todos.»

Y de nuevo le puso una entonación sardónica. Así que dejó el teléfono y encendió la televisión, no fuera a seguir leyendo mensajes y poniéndoles entonaciones que quizá no eran las correctas.

Capítulo 8

El sábado había sido duro en Springfield. La noche anterior habían llegado de madrugada al hotel, de manera que a ninguno le sobraban horas de sueño. Por la mañana habían hecho las fotografías oficiales al senador en la capital de Illinois, y de paso estrechado unas cuantas manos para acabar comiendo de manera apresurada antes de que Ethan pudiera dar el discurso.

Pero al término de este, en lugar de escapar con relativa rapidez al hotel, el senador se había visto retenido por una horda de fans y posibles votantes deseosas de charlar unos minutos con él. Los minutos se habían convertido en horas mientras el equipo se iba dejando caer en las sillas que tenían repartidas por el local y para cuando Ethan se vio libre todos estaban agotados.

Owen entró en su habitación y cerró, deshaciéndose de la chaqueta y la corbata. Necesitaba una ducha y desconectar, aunque fuera extraño en él quería evadirse del tema campaña.

Porque, incluso con tres becarios, volvía a sentirse superado por el trabajo. Sabía que en parte era culpa suya, quería controlarlo todo tanto que las horas volaban ante sus ojos sin que supiera cómo detenerlo. Y siempre le pasaba lo mismo: no sabía desconectar. Así que esa noche pensaba hacerlo no haciendo nada.

Pidió comida al servicio de habitaciones y se dio una ducha mientras llegaban. Luego se dejó caer sobre la cama y encendió la televisión; esa caja que resultaba estupenda para dejar la mente en blanco. Picoteó sin llegar a comer realmente hasta que sus ojos se posaron en la chaqueta, arrojada encima de la colcha de cualquier manera. Agarró la cartera que asomaba de uno de los bolsillos y la abrió, buscando hasta encontrar la foto.

Ni siquiera sabía por qué la guardaba. Debería haberla tirado. Cuando pensaba en aquel momento solo sentía malestar y tristeza. Frustración. Quizá porque dolía tener que admitir que sí, se había enamorado de ella, por mucho que intentara negarlo. Y conservar la fotografía era como tener un pedacito de lo que habían tenido, por eso se sentía incapaz de deshacerse de ella.

La guardó otra vez en su sitio, sin dejar de pensar lo curioso que era que una instantánea destinada a hacer sonreír consiguiera el efecto contrario.

Apartó la comida y se acomodó en la cama dispuesto a quedarse dormido. Pero cuando ya tenía los ojos cerrados y Morfeo tiraba de él hacia su terreno, escuchó sonar su móvil.

No era tan tarde como para ignorar la llamada, que podía ser importante, así que se incorporó con un resoplido y descolgó.

—¿Qué?

—Vaya forma de contestar al teléfono, jefe. No me extraña nada que no tengas novia.

—¿Piper? —preguntó él, estupefacto.

—Yo misma —dijo la chica, con voz cantarina.

—Os he dicho mil veces que nada de llamadas después de las diez —contestó Owen.

—Son menos cuarto, así que no hemos roto las reglas. Jefe, espero que no estés metido en la cama, estos dos dicen que sí porque eres un rollo, pero seguro que se equivocan.

Owen frunció el ceño.

—Ve al grano.

—Vamos a salir de copas y queremos que vengas.

Owen se quedó mirando el móvil como si de pronto Piper le hablara en otro idioma.

—¿Jefe? —insistió ella—. Sabemos que últimamente estás bajo mucha presión y no nos gusta verte así, solo queremos que te diviertas un poco y dejes de pensar en el trabajo. Te prometo que nos comportaremos, de verdad.

Él cogió el reloj de la mesilla para corroborar la hora. Si fuera muy tarde tendría una buena excusa, pero siendo las diez menos cuarto si decía que estaba metido en la cama sería muy patético. Y aunque no le importaba demasiado lo que pensaran sus becarios de él, tampoco quería que le pusieran fama de muermo.

—Un par de rondas y podrás irte —añadió Piper.

—No sé si salir de copas con mis becarios es muy correcto que digamos.

—Es sábado, podemos dejar la corrección a un lado durante unas horas. Tatum y Josh no dejan de hacerme gestos para que insista, así que aquí me quedaré hasta que aceptes.

Él se frotó la frente, incorporándose.

—Bueno —concedió—. Una copa, nada más. ¿Dónde estáis?

—Oh, aquí fuera, en tu puerta. ¿Nos abres?

—¿En mi…?

Owen se encaminó hasta la puerta para abrir y, efectivamente, allí estaban los tres preparados para ir de fiesta y con una gran sonrisa. Se quedó mirándolos, de nuevo aturdido, pero los maquillajes brillantes, las faldas cortas y el pelo de Josh lleno de gomina no engañaban: lo esperaban para sacarlo de juerga.

Owen se preguntó en qué universo paralelo creían sus becarios que alguien como él podía sentir interés en beber con chavales de veinte años, pero al ver sus sonrisas no se sintió con fuerzas de mandarlos a pastar. Se apartó de la puerta para que pudieran entrar y después cerró.

—¡Lo sabía! —exclamó Josh—. Os dije que estaría acostado. Diez pavos y diez pavos, por favor.

Tendió ambas manos hacia las chicas, que lo fulminaron con la mirada.

—Olvídate, no vamos a pagarte —contestó Piper—. Además hoy estaba justificado, ha sido un día muy largo. Jefe, vístete.

—¿Con vosotros aquí? Ni de broma.

Tatum se acercó de manera resuelta hasta el armario y lo abrió para echar un vistazo al interior ante la expresión pasmada de Owen. Con mucha diligencia sacó una percha donde tenía colgados los vaqueros y se la tendió mientras revisaba las baldas en busca de la prenda más informal que pudiera encontrar.

—¡Ajá! Camiseta negra, nunca falla. —Se la tiró desde donde estaba—. Y cazadora. Tampoco es para tirar cohetes, pero al menos no es un traje.

Owen se quitó la camiseta de la cara, donde había aterrizado, y vio que los tres lo observaban como si creyeran que iba a desnudarse delante de ellos.

—¿Qué tal si me esperáis fuera?

—De eso nada —respondió Piper, tirándose encima de la cama para comenzar a buscar canales con el mando—. Vístete en el baño si quieres, nos quedamos aquí dentro para que no cambies de opinión y te vuelvas a la cama.

—¿En serio? —volvió a preguntar él.

Tres cabezas afirmaron al mismo tiempo, así que Owen se metió al baño de mala gana mientras escuchaba a Josh quejarse de que su habitación era mucho mejor que la que le habían dado a él.

Se cambió de ropa y se miró en el espejo, consciente de que no tenía la mejor cara del mundo. Tampoco quería beber, tenía demasiados años como para que los locales llenos de gente gritando borracha le apetecieran, pero ante tanto empeño…

Mucho empeño, demasiado.

Abrió la puerta del lavabo y los tres lo miraron.

—¡Oh, jefe, estás muy bien! —dijo Piper, saltando fuera de la cama para ir hacia él—. Solo deja que te despeine un poco, ya verás.

—Un momento. ¿A qué viene este interés en que os acompañe de copas? Ni vosotros me tenéis cariño, ni yo a vosotros.

—Hombre, no digas esas cosas —cortó la morena, obligándole a sentarse en el borde de la bañera mientras enredaba en su pelo—. Claro que nos caes bien, ¡te queremos mucho!

—Hay que divertirse —añadió Tatum, colocándose al otro lado de Piper para evaluar si el peinado aprobaba.

—Ya, pero… —empezó a protestar Owen, mientras escuchaba el ruido de una puerta que se abría en el dormitorio y el sonido tintineante de una botella—. ¡Josh, deja el minibar! En serio, chicas… —Apartó las manos de ambas empezando a desesperarse—. ¿Queréis dejar mi pelo en paz de una vez?

Se levantó para mirarse en el espejo y acto seguido asomar la cabeza al cuarto.

—¡Josh, que dejes el minibar!

—Solo he cogido un Kit Kat, jefe —se excusó Josh, con media chocolatina en la boca.

—Vámonos —intervino Piper, tirando de su brazo antes de que cambiara de opinión—. Me han hablado muy bien de un local que hay cerca.

Owen la siguió poco convencido.

—¿Quién? No conocemos a nadie aquí.

—Jan se conoce todos los locales importantes —contestó ella como si nada.

Owen cerró la puerta de la habitación y se guardó la llave, caminando tras ellos en dirección al ascensor. No es que le extrañara la información sobre Jan, beber cerveza era un hobby para el conductor, pero aun así sentía que le ocultaban algo. No era muy normal que se metieran en su cuarto y lo arrastraran de juerga, ni que él fuera el alma de la fiesta…

Sus sospechas se confirmaron cinco minutos después de entrar al local elegido. Era un sitio con música y gente, pero no el típico donde los altavoces amenazaban con destrozar los tímpanos de cualquiera que osara acercarse en un radio de cien metros. Era diferente, algo más informal, con mucho ambiente amistoso y poca gente salida de un *after*.

Y en una mesa, junto a una máquina de discos retro, estaban sentadas Alex y Skye con tres vasos ante ellas. Owen miró a sus becarios sin disimulo alguno.

—¿Qué hacéis? —preguntó, mientras ellos intentaban hacerse los distraídos—. ¿A qué viene esto ahora? ¿Es una especie de encerrona?

—Yo voy a pedir —se apresuró a desaparecer Josh al ver su cara.

—No es ninguna encerrona —respondió Piper, girándose hacia él—. Queremos conocerla un poco, eso es todo. Ella misma nos invitó.

—¿Os invitó?

—Sí, nos dijo que vendría luego con Alex y Jan y que podíamos apuntarnos si nos apetecía —contestó Tatum, arreglándole la camiseta—. Tú no te preocupes por nada, nosotras te vamos a proteger, ya verás.

Owen dejó de prestar atención a su camiseta para mirarla a ella.

—¿Protegerme de qué?

—De lo que sea que te haya hecho en el pasado. Tú eres nuestro jefe y ella el enemigo, por eso queremos conocerla mejor… ya sabes el dicho, ten a tus amigos cerca y a tus enemigos aún más cerca.

Piper asentía a todas las palabras de su compañera.

—No nos dejaremos engañar por su supuesta simpatía.

—Y aprovecharemos para sonsacar información.

—¿Y yo qué pinto aquí? —las cortó Owen, con cierta brusquedad.

Se sentía incómodo por la situación en la que lo habían colocado. No quería estar allí. No quería sentarse en una mesa a beber con Skye delante. No quería cruzar una mirada con ella y estar de regreso en México en cuestión de segundos. No veía qué necesidad tenía de pasar por aquel trago, la verdad, pero no podía explicárselo a aquellas dos veinteañeras descerebradas.

Jan regresaba de la barra y los vio parados delante de la entrada, así que agitó la mano para saludar, gesto que llamó la atención de las dos chicas. Alex sonrió y Skye les hizo un gesto para que se acercaran.

—Allá vamos —dijo Piper—. Tú no te preocupes por nada, jefe.

—Deja de decirme que no me preocupe, ¡no estoy preocupado!

—Vale, vale. No te enfades —susurró la joven, tirando de su brazo.

Owen se dejó llevar hasta la mesa con cierta reticencia, pero ya no podía echarse atrás. No tenía otro remedio que coger la ola que iba directa hacia él, así que forzó una especie de gesto amable cuando estuvo a su altura.

—¡Hola! —saludó Skye con una de sus mejores sonrisas—. Habéis venido, bien. No todo es currar en esta vida, ¿eh? Sentaos, venga.

—Owen, cómo me alegro de verte por aquí. —Alex le dio una palmadita cariñosa—. Seguro que Ethan se hubiera animado de saber que estarías tú, pero como no le pueden pillar bebiendo…

Él asintió, haciendo el amago de sentarse a su lado, pero se vio detenido por sus dos becarias, que de un tirón lo desplazaron para que quedara entre ellas. Controló un comentario desagradable mientras Jan sonreía.

—A veces hay que sacarse el palo del c… —empezó, pero Alex le dio un manotazo en la espalda que lo hizo toser—. ¡Perdón!

La camarera se aproximó a tomarles nota.

—A ver qué os parece —comentó Skye, antes de que nadie abriera la boca—. La especialidad de este sitio son los daiquiris, podéis elegir cualquier sabor. Daiquiris y chupitos, ¿alguien tiene pegas?

—Yo no —contestó Josh, apareciendo de la nada y empujando ligeramente a Jan para poder sentarse junto a Skye.

—Josh, ¿qué haces? Ven aquí y no molestes —le dijo Tatum, señalando un sitio donde estaban ellas.

—Aquí estoy bien, gracias.

La camarera tomó nota del pedido y se marchó hacia la barra. Alex se levantó un segundo a poner una canción en la máquina, para después volver a sentarse junto a su amiga.

Owen estaba deseando desaparecer. Alex sonreía, despeinada y un poco ruborizada, lo que le dejaba claro que les llevaban ventaja en cuanto a unidades de alcohol ingeridas.

Skye compartía con ella el rubor en las mejillas y lo odiaba porque le sentaba bien. Estaba achispada pero no demasiado, los ojos brillantes y la sonrisa eclipsando lo demás. Esa Skye la conocía muy bien, no necesitaba apenas esfuerzo para meterse a todos en el bolsillo.

La camarera regresó con una bandeja cargada de chupitos y daiquiris coloridos, lo que hizo que aplaudieran al verlo.

—Hemos tenido un día duro —dijo Skye—. Vamos a brindar. Para que mañana nos levantemos justo para comer pizza y chocolate.

—¡Sí! —exclamó Piper, alzando su vaso con entusiasmo.

Después de brindar y dar un sorbo, frunció el ceño y bajó la copa al recordar que no estaban allí para sintonizar con la rubia, sino para recoger información.

—Pues aunque sea duro, yo estoy disfrutando del viaje —comentó Josh, tragándose de golpe su segundo chupito y agitando los hombros al ritmo de la música.

—¿Qué mejunje es este? —protestó Jan, tras probar un daiquiri de piña—. Me temo que estoy chapado a la antigua y me gustan bebidas de viejos. Cerveza, whisky.

—Hay que modernizarse, Jan —le dijo Skye con una sonrisa—. Sin miedo, hemos venido andando, así que podemos volver a cuatro patas si es necesario.

Tatum se atragantó con la bebida al escucharla y no escupió encima de Owen de milagro al imaginarlos a todos caminando a cuatro patas. Se limpió la cara murmurando una disculpa mientras Owen miraba al techo con cara de paciencia.

—Esto lo hemos bebido tantas veces… —dijo Alex, mirando a su amiga con cariño.

—¿Os conocéis hace mucho? —preguntó Piper, con curiosidad.

—¡Oh, desde los trece años que coincidimos en el internado! —exclamó Alex, apoderándose de otro vasito para tragárselo de golpe.

Piper y Tatum se miraron, las dos pensando que Alex no se veía muy refinada tragando chupitos de aquella manera. Ninguna osó hacer comentarios al respecto, aunque la respuesta de la morena sí atrajo su atención.

—¿Internado? —dijo Tatum—. Oh, siempre he querido ir a uno. Debe ser por esos libros que leía de pequeña donde chicas pre púberes iban y siempre les sucedían mil aventuras. ¿El vuestro molaba, o era una especie de castigo por parte de vuestros padres?

Alex se encogió de hombros con una sonrisa tontorrona provocada por el alcohol. Apoyó la cabeza en el hombro de Skye sin quitar la expresión.

—Skye es mejor que yo contando historias —murmuró.

La rubia sacudió la cabeza, divertida. Entonces se percató de las miradas de curiosidad de las dos becarias y se encogió de hombros.

—Ah, sois de las cotillas. Vale. —Se bebió un chupito de un trago—. Creo que ambas dimos con nuestro culo ahí porque molestábamos en casa… Alex a su madre y yo a mi madrastra, ¿me equivoco, oveja negra número uno?

—No, oveja negra número dos.

—La madre de esta chica está un poco loca y solo se preocupa por su hermana. En mi caso, mi padre se casó con mi antigua tutora del colegio. —Piper hizo el gesto de vomitar—. ¡Exacto, gracias, era vomitivo! No nos llevábamos muy bien, y de repente un día aparecieron los folletos del internado como por arte de magia. ¡Zas! Dicho y hecho, en menos de una semana me habían aceptado y llegué allí con trece años y dos maletas.

Alex la escuchaba con media sonrisa, consciente de la versión azucarada que estaba relatando su amiga. Cuando hablaba de esa forma, con aquella sonrisa y el tono divertido, era fácil perder la perspectiva y creer que estabas escuchando un relato novelado de una historia graciosa con final feliz. Pero no había sido así ni mucho menos.

Skye había llegado con trece años y dos maletas, sí. Y triste.

En el internado, la mayoría de las niñas compartían habitación con otra compañera. Alex estaba sola por una mera cuestión numérica: las niñas de su grado eran impares, por eso tenía un cuarto con dos camas donde vivía sola.

Un día, la directora se había pasado para comentarle que tendría una nueva compañera. Así que limpió por encima la habitación, quitó las cosas que había ido dejando tiradas sobre la cama desocupada e hizo hueco en el armario. Soltó las chinchetas que sujetaban los posters del lado del cuarto que ya no le pertenecía y quitó los montones de libros del otro escritorio.

Se pasó tres días elucubrando sobre cómo sería la nueva, si le gustaría, si se llevarían bien. Ella era pacífica y sensata, incluso aburrida. Le gustaban los libros y las películas, a menudo las otras niñas se burlaban de ella por esos motivos.

La chica apareció un par de días después, con la directora acompañándola. Las presentó de forma breve, le deseó a la nueva una feliz estancia y desapareció para ir a alguno de sus quehaceres, dejándolas solas.

Alex recordaba ese momento. Aquella niña le había parecido guapísima, pero triste. Como si alguien la hubiera arrancado de algún sitio y la hubiera depositado allí por error.

Respondió varios «gracias» mecánicos ante las indicaciones de Alex, pero no parecía muy dispuesta a charlar ni a volverse amiga suya. Alex no insistió, no era su estilo ser pesada. Tampoco cambió su actitud agradable, no tenía motivo. Solo porque la recién llegada no resultara comunicativa no merecía desprecio.

—¿Y en seguida os hicisteis amigas? —preguntó Tatum, estirando medio cuerpo por encima de la mesa para coger un daiquiri y empujando a Owen de paso al hacerlo—. Perdón.

—Alex y yo tuvimos una conexión especial, ¿verdad? Semanas después éramos inseparables y un montón de compañeras querían entrar en ese círculo. Pero allí no entraba cualquiera.

Alex continuaba asintiendo, aunque por dentro comparando la versión auténtica. No había sido «semanas» después, sino unos cuantos meses. Durante bastante tiempo se habían limitado a ser cordiales desconocidas cuyas conversaciones podían reducirse a tres o cuatro palabras, de las cuales «Buenos días» y «Buenas noches» eran la mitad.

La nueva alumna sonreía y su rostro reluciente atraía a los demás, eso era cierto. Pero detrás de aquella apariencia luminosa había cierta frialdad. A veces era taciturna y le costaba mantener la atención cuando alguien intentaba hablar con ella.

Y lo intentaban, vaya si lo intentaban. A veces Alex se decía que la vida no era justa: si una chica fea era solitaria, la trataban de apestada y justificaban ese comportamiento debido a su físico. Pero en ese caso, como la nueva era una belleza, todas rumoreaban sobre su misteriosa forma de ser, pensando en el tema de un modo romántico.

Le ofrecían formar parte de los equipos de estudio. Del equipo de natación, o del de gimnasia. Del club de lengua, de arte, de música, de baile.

Skye los rechazaba a todos con educada cortesía. Alex fue la única que se mantuvo al margen durante esas primeras semanas, decidida a respetar su forma de ser. La recién llegada no parecía tener el menor interés en la vida social y ella quería que al menos en su habitación pudiera estar tranquila. Se dedicó a sus libros y estudios, y ambas convivieron en una armonía casi perfecta durante unos cuatro meses.

No charlaban, no eran amigas, no se contaban confidencias, pero se respetaban. Y Alex tenía suficiente con aquello, no pedía más.

Luego hubo una tarde que, mientras estudiaba en la biblioteca, empezó a notar que su estómago se revolvía. Algo comprensible cuando recordó que había comido demasiadas patatas fritas durante el almuerzo, así que agarró sus libros y se levantó para encaminarse a la habitación temiendo sufrir náuseas.

No vio a su compañera en el escritorio, pero cuando abrió la puerta del baño la encontró allí. Estaba sentada en el borde la bañera, sujetando un objeto entre las manos y con la cara desencajada.

107

Alex se quedó parada en la puerta; las molestias estomacales pasaron a segundo plano al momento porque era la primera vez que veía a Skye sin estar serena.

—¿No sabes llamar? —le reprochó la rubia, al verla allí quieta.

—Lo siento, es que era una especie de emergencia —se disculpó.

Volvió a mirar y descubrió más cosas: el objeto seguía sin saber qué era, pero había una carta arrugada sobre la falda del uniforme escolar. Y una expresión que dejaba claro que estaba a punto de llorar, si no lo había hecho ya.

—¿Te pasa algo?

La niña rubia la miró, primero irritada, después confusa. No respondió, aunque arrojó el objeto extraño al suelo. Tras vacilar unos segundos, Alex se agachó para recogerlo y poder examinarlo a fin de descubrir qué era.

Lo sujetó del cordel hasta que aquella cosa redonda de madera y llena de plumas quedó en el sentido correcto.

—¿Qué es? —preguntó.

—Un atrapasueños.

—¿Objeto de decoración? —La vio asentir—. ¿Utilidad? —Ella negó—. ¿Superstición?

—Ajá.

Skye se puso en pie. Le quitó el atrapasueños de las manos y lo colgó junto a la ventana del lavabo, donde la brisa hacía que las plumas se agitaran.

—Se deshace de los malos sueños —explicó—. En teoría.

—¿Quién te lo envía?

—Mi padre. Eso y la carta es su manera de excusarse por enviarme aquí.

Otra vez la rabia había regresado. Alex la vio tirar la carta arrugada a la papelera. También vio cómo su mirada se desplazaba al misterioso objeto, seguramente valorando si arrojarlo a alguna parte.

—Déjalo —murmuró—. Nos vendrá bien, ¿no te parece? Aunque yo no sea supersticiosa es muy chula esa cosa.

Skye se quedó observando el atrapasueños y suspiró.

—Los hace mi padre. Puedes quedártelo si quieres, tengo montones en casa.

Aquella era la conversación más larga que habían tenido desde que la rubia asomó la cabeza en la habitación a su llegada. Alex se dio cuenta de que el hecho de haberla visto en un momento personal y vulnerable iba a cambiar las cosas. Lo tuvo claro cuando Skye se acercó a ella con un amago de sonrisa; no le tocaba los ojos, pero era mejor que las lágrimas.

—¿Tienes fotos? —preguntó.

—¿Fotos?

—Sí, ya sabes. De tu familia, tu casa, tu perro, tus amigos. Fotos.

Alex se encogió de hombros.

—Poca cosa, la verdad.

—No te preocupes, eso va a cambiar a partir de ahora.

Tenía razón. Skye le brindó no solo su amistad, sino un montón de fotos. Alex no tardó en darse cuenta de que la chica no era como las demás, pero aquello le pareció bien porque ella nunca se había sentido tampoco la adolescente típica.

Skye era divertida e inteligente, pero no con todo el mundo. Elegía bien a qué personas mostrar su personalidad, a quién regalar sus horas. Con el tiempo, Alex empezó a conocerla realmente bien, y a pesar de su juventud, notó que su brillante sonrisa a menudo escondía muchos momentos de oscuridad que no alcanzaba a entender.

—Alex. —Owen la sacó de sus pensamientos y ella lo miró sobresaltada—. Que si quieres algo, la camarera está esperando.

—Ah, más chupitos.

—A ver si vas a tener que llevarla como un saco de patatas hasta la cama del senador... —se burló Skye, mirando a Owen.

—Yo nunca haría eso —dijo él. Y añadió—: Le diría a TrevorTravis que la llevara como un saco de patatas hasta la cama del senador.

Piper soltó una risita y escupió su bebida sobre Josh, que pegó un salto.

—¿Qué haces, tía? ¡Que me pones perdido!

—Dejad a la chica que se divierta —repuso Jan—. Se pasa el día siendo correcta, porque se desmadre un poco no se va a hundir el mundo.

Tatum golpeó la mesa con las manos para atraer la atención de Skye otra vez a la conversación. Owen se dio cuenta entonces de que las dos veinteañeras se lo estaban pasando de maravilla con las historias de la rubia; entonces supo que todo aquello de protegerlo se había evaporado.

Tampoco es que le sorprendiera mucho, aquellos tres tenían pinta de abandonar a su mejor amigo por una barra de labios o unas deportivas de marca.

—¿Cuántos años estuvisteis allí?

—Cuatro. Cuatro laaaaaargos años —contestó Skye—. El segundo fue la bomba. Teníamos catorce y estábamos en plena efervescencia hormonal, imagina. Nuestro internado tenía dos edificios, uno de chicas y otro de tíos, así que había una gran actividad de intercambio.

Alex volvió a sonreír al recordar aquella época. En esa parte Skye decía la verdad: el segundo año fue uno de los mejores. Tras el verano se habían reencontrado en el mismo cuarto, de manera que su amistad se afianzó por completo creando aquel círculo del que había hablado antes la rubia. Con catorce años, ambas dejaban atrás la niñez para entrar en la adolescencia más pura: Alex poseía aquellas curvas que la acompañarían hasta la edad adulta, Skye su mezcla de belleza y carisma. Por vez primera, Alex conoció de primera mano algo parecido a ser popular. Y le gustaba, no podía negarlo. Ese año supo lo que era despertar el interés de algún chico, y también pudo observar lo que era ser un imán para ellos a través de su amiga.

Skye recibía más invitaciones de las que podía rehusar. Recibía notas que aparecían entre sus libros como por arte de magia. Recibía llamadas todos los fines de semana para hacer «algo». Recibía hasta chocolatinas, sin que ninguna supiera bien cómo las hacían llegar a la habitación.

Algunos le gustaban, pero ella no se mojaba. Y cuando Alex le preguntaba por qué no salía con ninguno, Skye se limitaba a sonreír y a responder que le gustaba ser libre.

Ese segundo año fue el que descubrieron el maquillaje y que la ropa interior podía ser bonita. El año en que una noche se saltaron el toque de queda del internado para poder ver actuar a un grupo de rock. El año en que, mientras correteaban por la feria, unos universitarios las invitaron a una fiesta en su fraternidad (a la que no fueron). El año que compraron una botella de vodka entre las dos, se la bebieron en dos veces en su cuarto y después arrastraron las consecuencias durante días. El año en que la cámara de fotos de Skye recibió un golpe en un partido de béisbol y se rompió en mil pedazos sin que las incesantes disculpas del autor consiguieran consolarla. El año en que Alex se dio cuenta del potencial de su amiga si lograba dejar de lado sus momentos de sombra. Fue el año de la diversión y las risas.

El siguiente regresaron siendo conscientes de que durante el verano se habían echado mucho de menos. De nuevo mismo cuarto y misma compañera, ellas no podían estar más felices. Skye empezó a hablar con Alex sin filtros y esta hizo igual. Tenían quince y las hormonas continuaban junto a ellas, al igual que las ganas de hacer locuras. Tenían quince y todos los chicos eran guapos, todos eran aptos para jugar a la botella, para coquetear, para probar a qué sabían los besos. Tenían quince, y la idea de bañarse en la piscina por las noches con algún que otro candidato les parecía excitante. Alex estudiaba y leía, Skye estudiaba menos y hacía muchas fotos con su nueva cámara colgada del cuello. Las chicas la envidiaban por tener ese algo que la diferenciaba del resto, pero ella las ignoraba. Por las noches, ambas permanecían despiertas contándose cosas sobre sus familias y sus sueños.

—Entonces a los dieciséis os separasteis —aventuró Josh.

Le puso un brazo alrededor de los hombros a Skye en plan amistoso, pero lo quitó a toda velocidad al ver la mirada que le lanzaba la chica. Owen lo celebró para sí, pero cuidándose mucho de que se reflejara en su cara. Le estaba bien empleado, por listo.

—Claro, estábamos a punto de entrar en la universidad —repuso Alex.

El último año, el de los dieciséis, había sido el más duro. Porque ambas sabían que cuando terminara quizás dejarían de verse. Y su amistad se había hecho tan sólida que incluso dejaba atrás los lazos familiares de las dos. Dedicaron mucho tiempo a planear la manera de no perder el contacto. Y, aunque disfrutaron de ese curso, la sombra del final planeaba cada segundo sobre ellas.

—¿Y cómo fue posible mantener la amistad? —quiso saber Piper, mirándolas a ambas.

—No es tan difícil —respondió Skye—. Ambas vivíamos en Boston. Al principio parecía que sería complicado coincidir, porque ella iría a la universidad Lesley y yo al colegio de arte y diseño, pero al final nos las apañamos para vernos los fines de semana. A veces iba yo, otras venía ella, y hablábamos mucho por teléfono. Todo el tiempo.

—Mi madre me mataba cuando le llegaban las facturas telefónicas —balbuceó Alex, con la voz ligeramente estropajosa—. Ya me había dicho varias veces que no le gustaban «esas amistades de secundaria». Pero no podía evitarlo, la echaba mucho de menos. Mucho, mucho.

Todos intercambiaron una mirada de curiosidad al darse cuenta de que Alex estaba más borracha de lo que parecía.

—Es que hace mucho que no sale —aclaró Skye, dándole una palmadita en el hombro.

—Iré a buscar agua —comentó Jan, abandonado la mesa en dirección a la barra.

Tatum y Piper querían continuar preguntando, pero la rubia parecía más preocupada de atender a su amiga para que no cayera dormida encima de la mesa que de seguir respondiendo al interrogatorio. Se miraron entre ellas, levantándose al mismo tiempo mientras Owen alzaba la ceja.

—¿A dónde vais?

—En seguida venimos, vamos un segundo al lavabo.

Él las miró con suspicacia, así que Piper suspiró antes de agacharse junto a él y bajar la voz.

—Vale, estábamos equivocadas. Es maja.

—¿Qué? —exclamó Owen, y se calló al ver cómo lo miraba los demás.

—Hemos decidido que nos gusta y, por extensión, ha dejado de ser el enemigo —siguió la chica, sin la menor duda en la voz—. Entonces Tatum y yo nos vamos al baño para pensar en la nueva estrategia.

—¿Qué estrategia?

—Cómo ayudarte para que lo que sea que tengas con ella salga bien.

Owen se quedó boquiabierto. No se creía que sus becarios se estuvieran tomando semejantes licencias, que una cosa era aceptar salir a tomar una copa y otra que creyeran que podían meter las narices en su vida sentimental.

—No quiero saber nada. Por mí como si hacéis una bomba de humo, las dos —refunfuñó, apartando a la pecosa de él.

Piper meneó la cabeza con exasperación, pero se reunió con Tatum.

—Josh, vamos —lo llamó.

—No, id vosotras, yo me quedo para ayudar a Skye con Alex.

—De eso nada, te necesitamos un momento. —Tatum lo fulmino con la mirada.

—Pero es que no me apetece…

Piper estiró la mano y lo apresó del brazo, haciendo fuerza como si tuviera una tenaza. Josh soltó una queja y se incorporó a toda prisa con una sonrisa de disculpa.

Owen se dio cuenta de que se habían quedado solos, porque Alex en estado semi inconsciente no contaba. Jan parecía haberse perdido buscando el agua dichosa.

—Solos tú y yo otra vez —dijo ella, pareciendo leer su pensamiento—. Lo mejor que podemos hacer para pasar este pequeño momento incómodo es beber.

—¿Tú crees? —preguntó él de manera inútil, ya que Skye estaba empujando un vaso hacia su lado de la mesa—. ¿Cuándo beber nos ha dado como resultado algo sensato?

—¿Quién ha mencionado esa palabra? Venga, toma. Relájate un poco.

Él empezaba a aburrirse de que todo el mundo le mandara relajarse y le recordara continuamente lo serio que era. Como si no lo supiera. También que estaba en tensión más tiempo del deseable. ¿Emborracharse haría que eso desapareciera? No lo tenía claro, menos después del momento del ascensor.

Fue a coger el vaso y sintió que ella le acariciaba el dorso de la mano durante dos segundos que parecieron interminables. Notó un chispazo y que algo se agitaba en su interior, así que se bebió la copa de un trago para sofocar esa sensación. No podía ceder a lo que estaba pensando, no si apreciaba su sentido común.

—Será mejor que la lleve al hotel.

Owen la miró, aturdido, sin comprender a qué se refería hasta que recordó a Alex.

—¿Puede andar? —preguntó, moviéndola para ver si reaccionaba.

—Puedo, puedo. —La voz de Alex surgió de algún punto entre la mesa y su cabeza—. Solo necesito unos segundos… o minutos. Un ratito de nada.

Ellos intercambiaron una mirada. Skye echaba de menos a Jan, que podía haberles ayudado a cargar con Alex, además de aliviar la tensión que flotaba en el ambiente. Owen maldecía en silencio a sus becarios; para una vez que los necesitaba no los veía por ninguna parte. No era rencoroso, pero cierto trío se iba a pasar los próximos días acarreando maletas y bolsas sin parar.

—Lo de siempre— dijo Skye— A beber se apunta todo el mundo, pero a arrastrar amigos a sus camas sanos y salvos…

—Vamos, te ayudaré.

Entre los dos levantaron a Alex y consiguieron salir a la calle. El trayecto de cinco minutos hasta el hotel se convirtió en uno de veinte al tener que parar en cada jardinera porque Alex amenazaba con vomitar, aunque al final consiguieron llegar sin que eso sucediera.

—Creo que le tocará a Ethan la mejor parte —comentó Skye en el ascensor, mientras subían a su planta.

—En lo bueno y en lo malo, ¿no?

—Creo que eso todavía no lo han firmado.

El ascensor se detuvo y llevaron a Alex hasta la puerta de la habitación. Tuvieron que llamar varias veces hasta que por fin Ethan abrió, medio dormido.

—Estaba en la cama —dijo, frotándose los ojos, pero al ver el estado de Alex se terminó de despertar con rapidez—. ¿Qué ha pasado?

—Nada, tranquilo —le aseguró Skye—. Nos hemos pasado un poco, mañana estará como una rosa.

—No sé yo si…

Pero ellos ya habían soltado a la chica, así que tuvo que cogerla en brazos para que no cayera al suelo.

—Seguro que duerme del tirón —volvió a asegurar la rubia, mientras retrocedía—. Hasta mañana, senador.

—Tranquilo, si no duermes no pasa nada —dijo Owen, imitándola—. Mañana tenemos el día libre, ¿recuerdas?

Y aceleró el paso para alcanzar a Skye, que se alejaba pasillo abajo. No miraron atrás, pero cuando giraron al final del mismo ambos se pararon para echarse a reír a la vez.

—Pobrecito —dijo Skye—. ¿Hemos sido muy malos?

—No creo.

Skye le tocó la punta de la nariz con el dedo de forma juguetona.

—Hacía tiempo que no te veía así —comentó, apoyándose en la pared.

—¿Así, cómo?

Se apoyó también mientras hablaba, acercándose, de forma que sus rostros quedaron a poca distancia.

—Sonriendo.

—La campaña…

—Tienes tres becarios, utilízalos más a menudo. ¿No se suponía que iban a quitarte trabajo?

—A veces creo que me dan más.

—Si son majísimos. Mira cómo se preocupan por ti, sacándote a tomar algo y todo para que te relajes.

Owen no contestó, limitándose a mirarla. ¿Era su imaginación o estaba cada vez más cerca? Tragó saliva, pensando en que debía alejarse antes de hacer algo de lo que se arrepintiera después.

—¿Está tu habitación cerca? —preguntó Skye. Él afirmó con la cabeza—. La mía también.

—Deberíamos irnos a dormir.

—Sí, deberíamos.

Pero ninguno se movió, con la mirada fija cada uno en el otro. Skye se humedeció los labios, sintiendo calor de pronto. Tenía que irse, aquello no era un espacio cerrado como el ascensor, pero temía lanzarse a su cuello en cualquier momento. Sin embargo, se acercó un poco más. Era como si su cuerpo tuviera vida propia y se moviera y pensara de forma independiente a su cabeza.

—Ha sido una noche rara —continuó él.

—Sí, las otras veces que hemos bebido juntos no han terminado así.

Mierda. Pues si encima lo sacaba a colación… Mal iba, mal.

—Cierto, creo que nunca había visto a Alex tan borracha.

Se movió de forma que sus labios quedaron a pocos milímetros de los de ella. Estuvo a punto de añadir que la noche aún no había terminado, pero no sabía si sonaría demasiado directo. Porque lo último que quería era acabar la noche como la había empezado: solo en su habitación. Con ese pensamiento en mente, decidió que ya era el momento de besarla, pero justo cuando iba a hacerlo, se abrieron las puertas del ascensor de ese lado y sus tres becarios se precipitaron al pasillo, cayendo unos sobre otros.

Al momento, ambos se separaron de la pared y se alejaron el uno del otro carraspeando y evitando mirarse.

—En fin, esto… —Skye señaló una puerta—. Me voy a dormir.

—Sí, yo también.

—¿No vas a ayudarlos?

—Ya se desenredarán solos, seguro.

Escuchó que Piper decía su nombre y que Tatum pedía ayuda, pero se apresuró a sacar la llave de su habitación y meterse dentro para escapar.

Una vez a salvo, cogió aire para recuperar la cordura. Porque no estaba escapando de sus chicos sino de Skye y lo que ella le hacía sentir.

Después de un año, nada había cambiado.

Capítulo 9

—Parece que vamos a estar en «La casa de la pradera» —comentó Skye, mientras Malayka les mostraba las prendas que iban a ponerse aquella noche.

—De eso se trata —contestó ella, con una gran sonrisa.

—No entiendo por qué yo también tengo que vestirme así. —Señaló a Alex, que estaba mirando uno de los vestidos floreados—. No soy parte de la comitiva oficial.

—Es una tradición y todo el mundo va así en este pueblo el día de Acción de Gracias —explicó ella—. No querrás llamar la atención, ¿verdad?

Skye cogió uno de los sombreros lleno de cintas y bordados y movió la cabeza.

—No, estoy segura de que con esto pasaré totalmente desapercibida.

—Además cenarás con nosotros —añadió Alex.

—¿Cómo? Si tengo que sacar fotos no podré…

—Para empezar, nos han invitado a todos. Y para continuar, habrá un fotógrafo del ayuntamiento, no tienes que trabajar. Puedes relajarte.

A Skye se le ocurrían mil formas mejores de pasar una noche libre que vestida de colona y cenando con desconocidos, pero por otro lado, no tenía dónde escapar. Era el día de Acción de Gracias, todo el mundo se reunía con sus familias o amigos. En el caso de Ethan y el equipo, tenían el compromiso de cenar con todo el pueblo en un granero dispuesto con mesas para alojarlos a todos.

En Nickommoh, Idaho, no solo se celebraba el día americano por excelencia, sino que se reproducía con trajes de la época y por esa razón estaban con Malayka en la habitación del hotel probándose los vestidos.

El comité que organizaba la cena les había prestado varios de diferentes modelos y tallas para que no hubiera problemas.

—Hay cosas aquí que ni siquiera sé cómo se ponen —protestó, cogiendo una especie de camisa.

—Eso va por dentro —informó Malayka—. Ven, te ayudaré. Los corpiños son complicados, tendremos que atárnoslos entre nosotras.

—¿Corpiños? —repitió Alex.

Ya no sonaba tan convencida. Sí, estilizaban la silueta, pero como los llevaran muy apretados, veía complicado cenar… por no hablar de respirar. Ya una vez había tenido que disfrazarse de Escarlata O'Hara en un evento con Ethan y no le había quedado muy buen recuerdo, solo las marcas de las ballenas en las costillas durante toda la noche.

—No los apretaremos mucho. —Llamaron a la puerta—. Ah, serán Piper y Tatum. Perfecto, así podemos vestirnos ya.

Abrió la puerta y, efectivamente, las dos chicas estaban al otro lado. Rápidamente corrieron hacia los vestidos, pero la asesora de imagen se interpuso en su camino.

—Quietas ahí, yo os diré lo que va a llevar cada una.

Volvió su atención a los vestidos y empezó a separar por montones lo que debía ponerse cada una: camisa interior, corpiño, vestido, delantal, medias o pololos, enaguas, zapatos y gorros con cintas. La vestimenta era artesanal, de algodón y sin cremalleras, solo botones, ya que toda la ropa estaba confeccionada tal y como se hacía en aquella época.

Una vez vestidas, Malayka las alineó delante de la puerta para revisar que todo estuviera bien y les puso el último toque: un chal de punto sobre los hombros.

—Como si no tuviéramos suficiente ropa —suspiró Skye, atándole un nudo a la prenda para no perderla.

—Piensa que podría ser peor —le dijo Alex.

—¿Peor cómo?

—Ahora verás.

Malayka por fin dio su visto bueno y salieron de la habitación. Bajaron hasta la recepción, donde las estaban esperando el resto del grupo… y entonces Skye entendió. Porque la ropa de mujer era incómoda, pero al menos les quedaba bien. La de hombre ya era otro tema.

Todos iban de negro, con sombreros altos, chalecos y unos pantalones que era imposible que quedaran bien a nadie: abullonados y justo por debajo de la rodilla. Por no hablar de los zapatos con enormes hebillas plateadas o doradas.

—No sé cómo se reproducían en aquella época —comentó Skye.

—¿No decías que a Ethan hasta un saco le quedaba bien?

—Es que esto es peor que un saco.

Alex le sacó la lengua como despedida. Se acercó a Ethan y le cogió del brazo, sin poder evitar sonreír divertida.

—No creí que llegara este día —comentó.

—¿Qué día?

—En que te pusieras algo que te sentara mal —bromeó ella.

Ethan pensó en replicar, pero se miró las piernas cubiertas por medias blancas y aquellos incómodos pantalones y tuvo que admitir que no era su modelo favorito. Le dio un beso en la mano con una sonrisa juguetona.

—Tú, en cambio, estás muy guapa —le dijo.

—Todo listo —anunció Owen, acercándose con su móvil en la mano—. Podemos irnos.

—Creo que eso no pega con la ropa —le picó Skye, haciendo un esfuerzo por no reírse ante las pintas que llevaba.

Era lo más antierótico que había visto en su vida. Pero eso era casi peor, porque le daban más ganas de quitárselo. Apartó ese pensamiento como si fuera una mosca molesta mientras los becarios rodeaban al chico.

—Jefe, te queda genial —dijo Josh.

—Pareces un *leprechaun* —dijo Tatum, lo cual hizo que él la mirara con el ceño fruncido—. Que lo digo en el buen sentido, si los duendes irlandeses son monísimos. —Se acercó para que solo la oyera él—. De calle te la vas a llevar con esto, no hay más que ver cómo te ha mirado.

—Prefiero no saber cómo ha sido, la verdad —respondió él en el mismo tono.

—Llevan la ropa verde —intervino Piper, moviendo la cabeza de forma negativa—. Y el pelo rojo. No se parece.

—En las pecas sí.

Owen se fue alejando sin que se diera cuenta, enfrascados como estaban en aquella conversación que, sabía por experiencia, no llevaría a ningún lado. Llamó a Jan para avisarle de que ya salían.

Ya fuera, subió al autobús y simuló mirar la pantalla de su móvil mientras Alex y Skye hacían lo propio. Maldita fuera. El día de la salida había bajado la guardia, no podía dejar que pasara otra vez. Porque aun con aquel vestido floreado que parecía un prado la encontraba deseable.

Y deseable no era lo que tenía que pensar. Profesional, compañera de trabajo, incluso amiga, sí. Pero nada más, no quería volver a cruzar aquella línea porque sabía cómo iba a acabar.

El equipo se repartió entre el autobús y la furgoneta como siempre hacían y Jan los llevó hasta las afueras del pueblo. Aparcó junto a una explanada adornada con antorchas y velas, donde había gente bailando al ritmo de un grupo de música que solo tenía instrumentos antiguos, sin conectar a nada eléctrico.

A un lado había un enorme granero con las puertas abiertas de par en par, iluminado de igual forma y adornado con telas de colores azul, rojo y blanco.

Un hombre con un enorme sombrero adornado con una hebilla acorde se acercó del brazo de una mujer vestida con un elegante traje tradicional, pero de seda en lugar de algodón.

—¿Por qué no hemos venido de gala nosotras? —susurró Skye—. Eso sí que es un vestido bonito.

—Para mezclarnos mejor con la gente del pueblo —contestó Malayka, en igual tono—. Sin diferencias sociales.

—Bienvenidos —saludó el hombre—. Soy el alcalde Michaels, y ella es mi esposa Donna. Estamos encantados de recibirles.

—Es un placer estar aquí —contestó Ethan con tono amable—. La ambientación está muy lograda.

Owen echó mano a su bolsillo automáticamente para coger un pin y entregárselo, hasta que se dio cuenta de que uno, no había cogido, y dos, no pegaba con aquella ropa.

—Gracias. Síganme, por favor, estamos a punto de empezar.

Todos le siguieron hasta el interior. Ethan y Alex se sentaron con ellos en la mesa principal, presidiendo el lugar, y el resto fueron ocupando sitios en los bancos donde ya había gente del pueblo.

Poco a poco se fue llenando el granero, hasta que el alcalde se levantó con una copa en la mano y realizó un brindis en honor de Ethan.

—… y ya llegan los indios, así que a disfrutar de la cena —terminó.

—¿Indios? —Skye miró a su alrededor—. ¿Había opción de vestirse de indios?

—No, tú no puedes ser lo más opuesto a una india —dijo Malayka—. Tienes la piel muy blanca y el pelo muy rubio.

—Perdona, pero eso es contrarracismo. O como se diga. —Un grupo de personas vestidas de indios empezaron a desfilar entre las mesas, cargados con cestos de mazorcas de maíz—. Ay, mira qué vestidos más bonitos.

—Me encantan las cuentas que llevan —corroboró Malayka.

—Seguro que son más cómodos que esto.

Tiró de su cuello por millonésima vez pero no había forma de que aquello dejara de apretar. Miró al resto de chicas y vio que todas parecían estar igual de incómodas, lo cual tampoco la consoló mucho. Al menos

Malayka no le había apretado mucho el corpiño y, cuando empezaron a repartir los alimentos, pudo comer.

En la mesa principal, Alex saboreaba el pavo mientras mantenía una conversación intrascendente sobre las cosechas con la mujer del alcalde. Hubiera preferido mil veces estar en una de las mesas con el resto de la gente, pero de vez en cuando le tocaba aburrirse y aquel era uno de esos momentos.

—¿Y cuándo piensan casarse? —preguntó la mujer, pillándola desprevenida.

—¿Perdón?

¿Cómo habían pasado de hablar de mazorcas de maíz al matrimonio? A lo mejor se había quedado ensimismada y se había perdido parte de lo que la señora había dicho, a veces se ponía a pensar en otra cosa mientras hacía algún gesto o sonido como que escuchaba y parecía que eso había ocurrido.

—Casarse —aclaró Donna—. Ese anillo tan bonito necesita una alianza a su lado.

—Bueno, ahora estamos muy ocupados con la campaña.

—Nunca se está demasiado ocupado para eso. —Se rio—. Cariño, ¿a que tú también crees que deberían casarse pronto?

El alcalde terminó su bebida y la miró con curiosidad.

—¿Quiénes? —preguntó.

—Pues ellos. —Los señaló con su tenedor—. ¿Y bien, senador?

—Está en nuestros planes, por supuesto —contestó él—. Aunque todavía no hay fecha.

—Si gana, tendrá que ser antes de ir a la Casa Blanca. No pueden ir a vivir juntos sin estar casados, eso nunca se ha visto antes —siguió la mujer, mientras pinchaba ensalada con parsimonia—. No lo digo por mí, yo soy una mujer muy moderna. Pero claro, hay que pensar en los votantes.

—¿Y cuántos niños van a tener? —preguntó el alcalde.

—Bueno, eso…

—Nosotros tenemos cinco, y ocho nietos ya. Son una alegría, no esperen demasiado.

—Niños pequeños en la Casa Blanca, ¡qué bonito! —añadió ella—. Quedarán unas postales de Navidad preciosas.

—No lo tenemos decidido —dijo Ethan, pensando en cómo cambiar de tema porque veía que Alex, como él, empezaba a incomodarse—. Esta salsa de arándanos es deliciosa.

—Es una receta secreta —explicó Donna, para continuar hablando—: ¿Y a qué esperan? Porque esas cosas se planifican.

—Cierto, pero ahora mismo estamos en medio de la campaña, después vienen las elecciones… No es una prioridad.

Alex estaba bebiendo cuando él dijo aquella frase y estuvo a punto de atragantarse. Le miró, pero Ethan estaba concentrado en su plato y no se había dado cuenta.

—Supongo que ese tipo de cosas tiene que hablarlas con sus asesores, ¿no? —siguió el alcalde—. Los tiempos son importantes en toda carrera política.

—¿Piensa ser una madre tradicional? —preguntó su mujer a Alex, que la miró sin saber qué contestar—. Si es la Primera Dama lo tendrá fácil, seguro que el partido les proporciona niñeras y todo lo que necesiten.

Justo cuando Alex estaba pensando cómo contestar sin sonar maleducada, se vio salvada por una campana. Literalmente, porque un adolescente se levantó y agitó una haciéndola sonar para llamar la atención de todo el mundo.

—¡Que empiece el baile! —animó.

—Tranquilos —dijo el alcalde—. Son solo los jóvenes, nosotros podemos comer con calma y salir después.

El granero se llenó de música de violines, guitarras y armónicas, tan ruidosas que impedían mantener cualquier conversación, lo cual agradeció Alex porque se libró de seguir hablando con aquella mujer tan insistente. La cena y posterior baile se le hicieron eternos, no hacía más que darle vueltas a la conversación y a aquel comentario de Ethan de que no era una prioridad. Era su vida, ¿cómo no iba a tener importancia el futuro? Se había centrado tanto en su carrera política que parecía que no se había parado a pensar todo lo que debería en cómo iba a afectar aquello a sus vidas; y ella tampoco. El partido marcaba casi todo lo que hacían, ¿tendrían que supeditar sus vidas personales también? Si se paraba a pensarlo, la línea entre ambas cosas no la veía tan clara.

Ethan notó que Alex no estaba disfrutando de la fiesta. Había oído algún comentario entre las chicas sobre lo incómodo de los vestidos, pero le daba la sensación de que no era solo eso. Se preguntaba si tendría algo que ver con la conversación tan personal que había iniciado la mujer del alcalde y él mismo. No era la primera vez que alguien les hacía ese tipo de preguntas, pero generalmente se quedaban ahí, no seguían insistiendo como ellos. ¿Habría dicho algo que no le había gustado? Pero con todo el barullo de gente que se le acercaba tuvo que mantenerse en su «modo político» y no consiguió hablar con ella en toda la noche.

Cuando por fin llegaron al hotel y entraron a la habitación, le quedó claro que ella estaba molesta por algo por la forma en la que se metió al baño sin decir nada.

Se cambió de ropa y se metió en la cama preocupado. Apenas habían tenido algún desencuentro en su relación, ninguna discusión tan fuerte como cuando ella había ido a buscarlo pensando que volvía con Peyton, así que no sabía cómo gestionar aquella situación.

Alex salió del baño con gesto serio y, tras un par de paseos delante de él, se paró frente a la cama con los brazos cruzados.

—Quiero que me expliques una cosa —dijo.

—Lo que quieras.

—¿Todo lo que haces te lo dicta el partido?

—Sabes que sí. No puedo hacer nada en la campaña sin que pase por su aprobación, para eso están los asesores y Owen, y…

—Me refiero a tu vida. —Le señaló y después a sí misma—. A nosotros. ¿Me hubieras pedido que me casara contigo si no te lo hubieran aconsejado ellos?

Aquello lo pilló desprevenido. Ethan se levantó para acercarse a ella, pero como seguía con los brazos cruzados de forma defensiva, se paró a mitad de camino.

—Te quiero —contestó—. Lo sabes, ¿verdad?

—No es eso lo que te he preguntado.

—Quiero casarme contigo.

—Les has dicho que no era una prioridad.

—Estaba intentando que dejaran el tema.

—Vale, pero en ese caso, ¿lo harás cuando ellos te lo digan, cuando crean que es el mejor momento? ¿O lo hablaremos entre nosotros?

—Alex…

—¿Y si tenemos hijos? O mejor dicho, cuando hablemos de tenerlos. ¿Se lo preguntarás también?

Él sacudió la cabeza, sin poder creer que estuvieran manteniendo esa conversación.

—¿Todo esto es por el alcalde y su mujer?

—Sí y no.

—Alex, te dije que si el partido no te quería lo dejaría, lo sacrificaría todo por ti. ¿Esto no te dice nada?

—Pero no tuviste que hacerlo, al final yo era mejor comparada con mi hermana.

—¿Crees que fueron meras palabras?

—No lo sé, Ethan. Lo que cuentan son los hechos y cuando nos comprometimos me dijiste que era el mejor momento. Sé que ellos te lo aconsejaron.

—Y te pareció bien.

—Sí, pero ahora… —Negó con la cabeza—. No quiero que todo lo que hagamos dependa de otras personas. No estamos hablando de qué ropa ponernos o qué decir en un discurso, es nuestra vida. Y ya he dejado muchas cosas por estar contigo.

—Pero eso también lo hablamos y también te pareció bien. Sabes que después tendrás tu propia agenda, como querías, tus actividades para mejorar el sistema educativo y… No entiendo a qué viene esto ahora.

—A que no me has contestado, Ethan. Si ellos te dijeran que nos casemos la semana que viene, ¿lo haríamos?

Ethan dudó un segundo. Porque todo lo que ella estaba diciendo era cierto, pero también que se había enfrentado cuando había sido necesario. ¿Por qué Alex no veía eso? Pero ese segundo fue suficiente para terminar de estropear aquella conversación, porque se dio cuenta de que al no contestar Alex había asumido que sus preocupaciones tenían base.

—Será mejor que me vaya a otra habitación —dijo ella.

—Alex, no es necesario, si me escuchas…

—Necesito pensar.

—No seas cabezota, siempre hablo contigo de todo.

—Después de hacerlo con ellos. —Se dirigió al armario y sacó unas cuantas prendas—. Necesito pensar.

Ethan no la detuvo mientras se marchaba, pensando que quizá lo mejor fuera que ambos se tranquilizaran antes de volver a hablar. Al día siguiente, estaba seguro, podrían hablar con calma.

Mientras atravesaba el pasillo con la ropa en los brazos, Alex empezó a pensar que quizá aquello no había sido tan buena idea, pero ya no podía volver como si nada. Lo peor era que se había dejado el móvil y no tenía ni idea de cuál era la habitación de Skye, así que no le quedó más remedio que bajar a recepción.

Demasiado tarde también se dio cuenta de que podía haberse vestido con la ropa que llevaba en lugar de presentarse en pijama, así se habría evitado unas cuantas miradas. Así que intentó poner cara de «aquí no ha pasado nada» y sonrió a la recepcionista.

—Buenas noches, necesitaría saber el número de habitación de Skye Kaplan —pidió.

—Lo siento, la política de privacidad del hotel nos prohíbe darlo sin consentimiento previo.

124

—Pero es mi mejor amiga.

—De verdad, lo siento.

Alex suspiró fastidiada. En fin, pasaría al plan B.

—Entonces necesito una habitación.

—No hay problema. ¿Me deja su tarjeta de crédito?

—No tengo.

—Entonces no puedo ayudarla.

Por supuesto, se había dejado la cartera. Como salida ofendida había quedado genial, si no fuera por los detalles tan tontos como irse sin documentación ni teléfono.

Tamborileó con los dedos sobre la madera buscando la forma de conseguir un sitio para dormir, hasta que vio entrar a Malayka y prácticamente se lanzó sobre ella.

—¿Alex? —La chica la miró de arriba abajo, verificando su atuendo—. ¿Estás en pijama?

—No puedo ir a mi habitación.

—¿Has perdido tu llave?

—¿Sabes cuál es la de Skye?

—No. ¿No tienes móvil?

—No, y no me sé su número. ¿Tú lo tienes?

—No, lo siento.

—Entonces necesito que me ayudes. ¿Puedo dormir contigo? O dejarme dinero, o tu tarjeta. O lo que sea.

—¿Has discutido con Ethan?

—Algo así. —Se mordió un labio, ahogando un sollozo—. Prefiero no hablar de ello.

—Está bien, no te preocupes. —La cogió de un brazo para ir hacia el ascensor—. Hay dos camas en mi habitación.

—¿Tienes chocolate?

—Claro. Y tenemos el minibar, seguro que tiene chocolatinas.

Alex suspiró aliviada. Al menos el chocolate era algo en lo que se podía confiar.

Después de llevar aquella ropa durante toda la tarde y parte de la noche, Skye no veía el momento de librarse de ella. En cuanto entró en su habitación tiró los zapatos a un lado y se deshizo del delantal, el sombrero y el chal. Pero cuando intentó desabrocharse el vestido, solo consiguió hacerlo con los dos primeros botones. Empezó a girar sobre sí misma como una peonza intentando llegar con los brazos, pero cuando comenzó a marearse lo dejó por imposible.

Envidiaba a Alex, su vestido tenía muchas más flores que el suyo, pero se abotonaba por delante y seguro que no había tenido problemas para quitárselo. O quizá se lo estaba quitando el senador… aquello la hizo dudar si debía ir a su habitación a pedir ayuda. Así que intentó de nuevo alcanzar los botones pero solo consiguió marearse de nuevo y un tirón en un hombro.

Aquello terminó de convencerla de que no podía hacerlo sola. Recogió la falda para no matarse, porque al quitarse los zapatos se dio cuenta de que pisaba el borde de la tela. Salió al pasillo y fue al ascensor; recordaba que Alex estaba un par de plantas más abajo. Pero cuando llegó allí, se quedó parada mirando las puertas, intentado recordar el número de la habitación de su amiga sin éxito. Cruzó los dedos y llamó a la que estaba frente a ella. Esperó un poco, pero no se oía ningún ruido así que pasó a la siguiente.

Se sintió aliviada al ver que se abría la puerta, pero se esfumó cuando vio que se trataba de un hombre que no conocía.

—Perdón, me he equivocado —se disculpó.

El hombre cerró sin decir nada y ella fue a la siguiente puerta. Cruzó los dedos mientras llamaba. Empezó a sonreír cuando la puerta se abrió, aunque pronto se le congeló la sonrisa en los labios. Porque, esa vez, sí conocía al hombre al otro lado.

—¿Skye? —dijo Owen, extrañado al verla allí.

Ella cogió aire. Con todas las habitaciones que había… podía haberse encontrado con Malayka o alguna de las becarias. Cualquiera menos él.

—Perdona, buscaba otra puerta —le dijo, dándose la vuelta.

Empezó a alejarse pero olvidó un pequeño detalle y de pronto se encontró en el suelo cuan larga era. Giró sobre sí misma con rapidez, para encontrar a Owen a su lado extendiendo la mano.

—¿Estás bien? —preguntó él.

—Sí, puedo sola, gracias.

Pero se dio cuenta de que con aquellas enaguas era imposible levantarse, al menos si quería mantener su dignidad. Cogió la mano de Owen y se puso en pie, alisando la falda.

—¿Eran pololos eso que he visto? —preguntó Owen.

—Sí, he tenido esa suerte.

—¿Qué haces todavía vestida así? Yo me lo he quitado en cuanto he llegado.

—Sí, ya veo que te has puesto uno de tus *pijamastrajes*. Mucho más cómodo, dónde va a parar. —Suspiró—. La verdad es que busco a Alex, necesito que me ayude a quitarme esto.

Señaló los botones de la espalda.

—Si quieres te ayudo yo. Quizá estén dormidos ya.

Al momento se arrepintió de la oferta. ¿En qué estaba pensando, ofreciéndose a ayudarla a desvestirse?

Skye dudó unos segundos, pero al final afirmó con la cabeza. Total, eran unos pocos botones, no podía pasar nada, ¿no? Se encogió de hombros para quitarle importancia, en un gesto destinado tanto a él como a sí misma, y se giró para darle la espalda.

—Vale, gracias.

Owen cogió aire y se concentró en los diminutos botones, no en la nuca que había sobre ellos, descubierta por el recogido que llevaba y que parecía estar llamándole a gritos.

«Mala idea, mala idea, mala idea», se repitió.

Así que desabrochó los botones lo más rápido que pudo, lo cual no fue tanto como quería porque eran muchos y muy pequeños. Por fin terminó, pero vio que debajo llevaba un corpiño con enganches y lazos.

—Ya está —anunció—. ¿El resto podrás?

Skye intentó mirar por encima de su hombro, cosa imposible, y después retorció los brazos para llegar a su espalda.

—Nada, no llego —se rindió—. ¿Puedes soltármelo también?

—Sin problema.

—Disculpen, ¿Qué están haciendo?

Ambos se sobresaltaron ante la voz masculina. Owen se separó de Skye, que se enderezó y dio la vuelta, para encontrarse con el guarda de seguridad del hotel.

—Oh, buenas noches, agente —saludó ella.

—No soy policía.

—¿Señor guarda? —rectificó, sin saber cómo llamarlo—. ¿Vigilante?

—Hemos visto por las cámaras que estaban desnudándose y debo advertirles de que eso es un delito.

—No, no, no lo entiende, es que yo sola no puedo quitármelo.

—Exhibición indecente, ¿les suena? No queremos llamar a la policía.

—No, nada de eso. —Owen la cogió de un brazo retrocediendo hacia su habitación—. Ya nos retiramos. Buenas noches, agente.

—¡Que no soy…!

Pero Owen le había cerrado la puerta en la cara. Miró a Skye, que estaba reprimiendo la risa.

—No es gracioso —dijo.

—Claro que sí, ¿te imaginas? ¡Detenidos por indecencia! ¡Y yo con pololos! Si esto es lo más decente que me he puesto jamás en la vida.

Owen no quería pensar en pololos, ni en ropa decente, ni en nada parecido. Se acercó a ella de forma resuelta y se puso a su espalda.

—Vamos, acabemos con esto para que puedas volver a tu habitación.

Empezó a tirar de las cintas y enganches preguntándose quién demonios habría inventado aquella ropa y cómo les podía haber parecido una buena idea.

Skye se quedó quieta mientras notaba cómo se le aflojaba la tela poco a poco. Aquello era de lo más absurdo, estar en la habitación de Owen mientras le quitaba una ropa que jamás se habría imaginado llevando y sin que hubiera un «final feliz» después.

«Olvida eso», se dijo. «Céntrate, Skye, piensa que al fin te vas a librar de esa ropa y vas a poder ponerte…»

—¡Oh, no! —exclamó.

—¿Qué? —Se quedó quieto—. ¿Te he pellizcado?

—No, es que… joder, no he cogido ropa. No pensaba que me detendrían por escándalo público.

Owen se quedó inmóvil, imaginandola desnuda mientras corría por los pasillos. Al momento sacudió la cabeza para apartar la imagen, molesto consigo mismo.

—Te pones el vestido al revés y ya está.

Skye ladeó la cabeza, sopesando la sugerencia. Pues no era mala idea, total, era solo una planta e iría tapada. Lo que no se dio cuenta fue que con ese movimiento estaba exponiendo más su cuello a Owen, que ya no sabía si estaba quitando o poniendo enganches, aquello era un trabajo de chinos.

Por fin el chico consiguió terminar con la hilera del infierno, abrió las cintas y el corpiño se desprendió, por lo que Skye tuvo que sujetarlo con el vestido contra su pecho. Debajo llevaba una especie de camisa que, milagrosamente, no tenía botones, pero sí una lazada en la parte superior. Owen la soltó, pero cuando fue a decirle que ya estaba, se dio cuenta de que se había quedado sin voz al ver cómo se descubría su espalda y salía a la luz el tatuaje que le perseguía en sueños, irónicamente. Extendió la mano para rozarlo con la punta de los dedos, como para cerciorarse de que esa vez lo tenía delante de verdad y no lo estaba imaginando. Sin pensar en lo que estaba haciendo, se inclinó y posó los labios en la curva de su cuello, como llevaba deseando hacer desde que lo expusiera ante sus ojos.

Toda la piel de Skye se erizó al contacto. Sabía que si no se apartaba en ese momento ya no lo haría, pero no pudo mover ni un músculo. Pensaba que había olvidado lo bien que Owen la hacía sentir pero no, solo lo había apartado el recuerdo a un lado, como quien dejaba de comer su helado favorito durante un año y, cuando volvía a probarlo, se daba cuenta de que era mejor de lo que recordaba. Owen siguió deslizando los labios por su cuello, bajando hasta llegar al hombro. Metió las manos por dentro de la camisa interior y la terminó de abrir, haciendo que cayera por los lados.

Skye soltó el vestido y el corpiño, que aún estaba sosteniendo contra su pecho, y al hacerlo toda la ropa cayó y quedó enganchada en las caderas.

Owen cambió la dirección de sus besos, dirigiéndose hacia la nuca y bajando por la línea de su columna vertebral hasta llegar al punto donde la ropa se había quedado enganchada. Se encargó del resto de botones y aprovechó para deshacer los nudos que mantenían los pololos en su sitio. Se los bajó continuando con su reguero de besos por el tatuaje y los muslos, hasta dejarla completamente desnuda.

Para entonces Skye no sabía cómo conseguía mantenerse en pie. Notó que se apartaba de ella y se dio la vuelta, justo para ver cómo él se quitaba el *pijamatraje* en un par de movimientos rápidos. Pensó en hacer algún comentario al respecto, pero Owen no la dejó. Aprovechó que la tenía de frente para cogerla por la nuca y acercarla a sí para besarla, profunda y lentamente, de una forma que le recordó a Skye aquel día en la playa, cuando sintió que todo había cambiado entre ellos.

Era igual, pero también diferente, porque parecía que al haber estado separados durante un año, necesitaban recuperar el tiempo perdido y redescubrirse mutuamente sin prisa, como si tuvieran todas las horas del mundo por delante.

Piel con piel, sin dejar de besarse y recorrerse con las manos, se movieron en dirección a la cama hasta que cayeron sobre el colchón unidos en un abrazo intenso del que solo se apartó Owen un momento para buscar en un cajón lo que necesitaban para continuar.

Se acomodó sobre ella y permaneció quieto, hasta que Skye giró la cabeza y por fin se miraron a los ojos, algo que no habían hecho hasta entonces, como si temieran hacerlo. Pero las miradas de ambos delataban lo mucho que se deseaban, el anhelo que sentían el uno por el otro, así que Owen la besó de nuevo y entró en ella, de una forma que hizo que ambos gimieran a la vez. Sus cuerpos se acoplaron al instante, unidos en un ritmo sincronizado como si nunca se hubieran separado.

Skye le abrazó con fuerza, hundiendo los dedos en su espalda y arañándole en el proceso, pero en lugar de quejarse aquello solo enardeció más a Owen, que incrementó el ritmo mientras la acariciaba hasta que ambos explotaron en una nube de placer que los dejó agotados.

Tras unos segundos sobre ella para recuperar el aliento, Owen se movió lo justo para apagar las luces y dejar la habitación en penumbras, sin decir nada, no fuera a estropear el momento.

Ambos permanecieron despiertos un buen rato sin hablar, él temiendo que Skye saliera corriendo de nuevo y lo dejara plantado, y ella pensando precisamente en si debía quedarse o marcharse.

Un rato después, Skye escuchó el sonido acompasado de la respiración de Owen y dedujo que se había dormido. Se movió con cuidado de no despertarlo y bajó de la cama, indecisa. Porque no sabía qué había sido eso. Quería quedarse, pero no sabía si solo había sido una especie de «polvo para cerrar el círculo» o algo más. Se dirigió al baño mientras lo pensaba y al pasar junto a un mueble, tropezó con él y vio que la cartera de Owen caía al suelo, abriéndose. Algo salió de su interior y ella lo recogió, pensando que sería alguna tarjeta de crédito. Pero cuando lo tuvo entre sus manos, reconoció el tacto de una foto.

Se acercó a la ventana de la habitación, por donde se colaba algo de luz, para poder verla, y por unos segundos se quedó sin respiración.

No podía ser. Era la foto. Su foto, la que le había dejado aquella última noche como despedida.

Y él la había guardado todo ese tiempo.

Con dedos temblorosos volvió a dejarla en el interior de la cartera, y ésta en su sitio sobre el mueble. No quería pensar en el significado de aquello, pero no podía ignorarlo. Al igual que le ocurría a ella, Owen no la había olvidado en aquel año.

Regresó a la cama y recuperó su lugar entre sus brazos. No se iría, no esa noche.

Capítulo 10

Owen extendió el brazo deslizándolo entre las sábanas. Suspiró mientras se daba la vuelta y miró al techo, decepcionado. No debería sorprenderle después de México pero aun así, una parte de él había esperado que Skye estuviera en su cama cuando despertara. Obviamente, lo de la noche anterior no había significado lo mismo para ella que para él.

Pero entonces notó que algo le rozaba la espalda. Se dio la vuelta y se encontró con Skye tumbada de lado, mirándole con media sonrisa.

—Buenos días, dormilón.

—¿Dormilón?

—Son las nueve. Llevo un rato esperando a que te despiertes. ¿Tienes hambre? Porque he pedido dos desayunos especiales. —Alargó la mano hacia la mesita y cogió la carta para enseñarle la lista de comida—. ¿Qué te parece?

Owen estaba aturdido por encontrarla allí, después de haber asumido que se había ido. Se acomodó y cogió la carta, intentando aparentar tranquilidad.

—Bien, genial —contestó.

Skye le observó unos segundos y sacudió la cabeza, pensando qué decirle. Entendía que tuviera aquella cara de confusión, porque ella misma se sentía así por dentro.

Owen tenía unas cuantas cosas que preguntar, sobre México y su huida, pero en ese momento la tenía allí y no parecía que fuera a salir corriendo, lo cual era algo positivo. No le apetecía discutir recién levantados, sobre todo después de la noche que habían pasado. Por suerte para los dos, el sonido de unos golpes en la puerta les salvó de hacer algún comentario.

—Servicio de habitaciones —dijeron.

—Será mejor que abras tú —indicó Skye, metiéndose entre las sábanas—. Yo no tengo nada que ponerme.

—¡Un momento!

Owen le dio un beso y se levantó para ponerse los pantalones del pijama antes de ir a abrir la puerta. Al otro lado había un chico con un carrito. Owen lo cogió para meterlo dentro, pero cuando iba a cerrar la puerta, el chico no se movió.

—¿Todo a su gusto, señor? —preguntó.

—Sí, claro.

Se dio cuenta de que estaba esperando la propina, así que fue a su cartera y sacó un par de billetes y un pin.

—Vota por el senador Lewis, no te arrepentirás.

Y entonces sí, le cerró la puerta.

—No pierdes la oportunidad —dijo Skye, con una risita.

—Hay que deshacerse de esos pines como sea, tenemos millones.

Llevó el carrito hasta la cama y lo dejó a los pies de la misma mientras Skye se acercaba. Owen destapó los platos, encontrándose con lo que parecía un desayuno para diez personas.

—Es que tenía hambre —explicó ella, con un mohín. Cogió un mini *muffin* y se lo metió en la boca—. Es lo que tiene la actividad nocturna.

Los ojos de Owen se oscurecieron y ella tragó con rapidez al ver que se acercaba para besarla.

«Bueno, no hay nada malo en un poco de actividad diurna», pensó, mientras le abrazaba. Total, tenían desayuno de sobra para recuperar fuerzas después.

Por suerte, aquel día no tenían que salir pronto hacia su siguiente destino, así que pudieron recrearse en el desayuno sin problema.

—Me encantan tus becarios —comentó Skye, mientras untaba una tostada—. Son muy majos.

—Sí, encantadores.

—No seas sarcástico. Mira cómo te sacaron el otro día de fiesta. Cualquiera no hace eso con su jefe.

Owen sopesó la idea de contarle las intenciones que habían tenido ellos cuando lo habían hecho, pero tampoco quería que le diera la impresión de necesitar su ayuda para nada, y menos de celestinos.

—No sabía que habías conocido a Alex en un internado —dijo, en cambio—. Sabía que habíais estudiado juntas en secundaria, pero pensaba que era un instituto normal.

—Sí, ese maravilloso lugar.

—¿Sigues llevándote mal con tu madrastra?

Skye dejó el cuchillo con lentitud, repasando lo que había contado aquella noche. Porque quizá había revelado más sobre sí misma de lo que había querido, aunque no recordaba haber contado muchos detalles íntimos.

—¿Por qué crees que nos llevamos mal? —preguntó.

—Dijiste que te internaron por ella, así que deduzco que no sois grandes amigas.

—No, no lo somos. —Se encogió de hombros—. No es mi persona favorita. Fue la causa de que mis padres se divorciaran, para empezar. Y para continuar… —dudó un segundo—. En fin, era mi tutora en el colegio y yo tampoco debía gustarle mucho, porque un día tuve un problema con unas niñas que querían quitarme mi cuaderno de dibujo y en lugar de ayudarme, me dio una bofetada. Aparte de mandar una nota a mis padres que me ocasionó unos cuantos problemas.

—¿Perdona? —La miró por si había escuchado mal—. ¿Tu padre se casó con una mujer que te había pegado?

—No sé qué hablaron cuando se reunieron con ella, pero por supuesto que lo negó y la creyeron, yo tenía «mucha imaginación». —Hizo el gesto de comillas con los dedos—. Supongo que mi padre pensó que era una pataleta infantil. Da igual, han pasado demasiados años.

Allí había un dolor más profundo del que ella quería mostrar, Owen podía verlo por sus gestos y la forma en que lo explicaba, como si fuera algo que no tuviera importancia. Le cogió una mano y se la besó de forma tierna.

—¿Y tu madre?

—No tenemos contacto. Sus visitas se hicieron cada vez más espaciadas y supongo que ha estado muy ocupada rehaciendo su vida.

—Las dos son idiotas —sentenció—. Y tu padre no sabe lo que se está perdiendo.

—Bueno, ya vale de hablar de mí. —Se soltó de su mano, pensando que había hablado demasiado—. ¿Qué hay de ti? ¿Son todos en tu familia igual de serios?

—No soy tan serio.

—Eso es que no te ves. Os imagino en plan reuniones familiares serias, previa invitación y con traje. ¿También lleváis pines?

Se echó a reír mientras él movía la cabeza de forma negativa, reprimiendo una sonrisa.

—No, todo lo contrario —contestó—. Yo soy el raro. Somos la típica familia americana, tienen una granja en Montana y nos juntamos allí todos en las celebraciones. De hecho, este es el primer año que me he perdido Acción de Gracias y tengo como veinte mensajes de mi madre para comprobar si me he comido todo el pavo, así que…

Aquello sorprendió a Skye, porque no había esperado para nada que la familia de Owen fuera de ese tipo. Se la había imaginado siempre como las típicas de Boston: estiradas, adineradas y ocupadas en sí mismas. Pero, ¿una granja? Y aquel «todos» implicaba más gente. Estaba claro que en México apenas si habían hablado, no sabían casi nada el uno del otro.

—¿Tienes hermanos? —preguntó.

—Dos hermanas, un hermano y tres sobrinos, para ser exactos. Y sí, a todos les regalo pines. Menos al pequeño, que se puede ahogar porque tiene un año, a ese le envié un peluche bien mono con una camiseta con la imagen de Ethan.

—El regalo que todo bebé necesita.

—Pues le gusta, que tengo una foto con él.

Se levantó para coger su cartera y mirar entre las fotos que llevaba para enseñársela. Al hacerlo, se deslizó entre ellas la que Skye le había dejado aquel fatídico día y se apresuró a meterla bien adentro para que no la viera. Puede que aquella fuera la conversación más personal que habían tenido nunca, pero de ahí a contarle que había guardado la foto tanto tiempo… No estaba preparado aún para darle explicaciones al respecto.

Skye miró las fotos como si estuviera descubriendo un Owen nuevo. Y en cierto modo, era así. Porque jamás se lo habría imaginado con aquella familia o sonriendo tan jovial en las fotos, que desprendían un amor casi palpable. Si antes pensaba que eran opuestos, aquello les diferenciaba aún más.

—Por tu cara parece que pensabas que había crecido en una col —comentó él.

—Sí, no, no sé. —Le devolvió las fotos—. Pensaba que eras hijo único. Supongo que no te conozco tanto como pensaba.

—Bueno, queda mucho viaje por delante, tenemos tiempo. —Su móvil empezó a sonar y miró el reloj—. Se acabó la pausa. —Suspiró—. Es casi la hora de irnos.

—Iré a coger mis cosas, Malayka tiene que devolver los vestidos y seguro que me está buscando.

Se levantó y se puso el vestido al revés mientras Owen contestaba al móvil. Recogió el resto de cosas y, cuando se dirigía a la puerta, el chico se acercó apartando el teléfono para que no lo oyera quien fuera que estuviera al otro lado.

—Te veo luego.

Le dio un beso como despedida y Skye salió con la ropa en brazos. Mientras regresaba a su habitación, no podía dejar de darle vueltas a lo que habían hablado. O a lo que no habían hablado, más bien. Porque en México el asunto había quedado claro desde el principio, pero allí no.

Alex dejó a Malayka en la recepción organizado la ropa que tenía que devolver y salió a la calle, para encontrarse con que Ethan estaba de pie junto al autobús y, por la forma en que la miró, supo que la estaba esperando.

—Alex… —empezó él, acercándose.

—Ahora no quiero hablar, Ethan.

—Pero tenemos que hacerlo.

—Lo sé. Solo necesito un tiempo, ¿vale?

Sabía que estaba huyendo como una cobarde, pero la discusión de la noche anterior había sido demasiado, apenas había dormido y no tenía fuerzas para enfrentarse a él de nuevo. Así que pasó a su lado y se metió en el autobús pero no se quedó abajo, subió directamente a la parte de arriba para echarse sobre uno de los sofás cama.

Estaba pensando en si ponerse música o alguna película para distraerse cuando Skye apareció por las escaleras.

—Te estaba buscando, cuchipanda —saludó.

—No me siento muy cuchipanda ahora mismo.

—¿Y eso? —Skye se acomodó a su lado—. No tienes muy buena cara.

—Demasiado azúcar.

—En serio, tenéis que dejar vuestros jueguecitos con el sirope. Eso no tiene que ser bueno.

—Ha sido chocolate. —Suspiró, sin poder evitar el temblor en su voz—. Y sin Ethan de por medio.

Skye notó al momento que algo no iba bien. Se apresuró a cerrar la puerta y tumbarse junto a ella, con gesto preocupado.

—He pasado la noche en la habitación de Malayka —continuó Alex—. Tuvimos una discusión y me fui… y salí corriendo sin móvil ni nada. No me acordaba de dónde estabas tú. Y la idiota de recepción no quiso darme el número.

—Tampoco me hubieras encontrado. —Alex la miró con curiosidad—. Pero eso te lo cuento luego, estamos hablando de ti.

—Bueno, pues ayer se acabaron los unicornios y nubes rosas que decías.

—¿Pero por qué? Si cuando hablamos estabas bien…

—El alcalde y su mujer empezaron a hacer preguntas. Ya sabes, que si cuándo nos casamos, que si los hijos y tal… Ethan les contestó que no era una prioridad, entre otras cosas. Y me puse a pensar qué lo era para él. Cuando volvimos al hotel le pregunté si todo se lo dictaba el partido, si algo como la boda o los hijos dependerían de su visto bueno.

—¿Y qué te contestó?

—Nada.

—¿Cómo que nada?

—Se quedó pensando y eso fue suficiente, Skye. Me marché. Quiero estar con él y sé que él conmigo, pero no sé… —Se apartó una lágrima furtiva—. No sé si quiero que sea así, con una guía encorsetada que nos diga cómo y cuándo.

—Ay, cuchipanda. —La abrazó—. Seguro que podéis arreglarlo, os queréis y…

—El amor muchas veces no es suficiente.

Skye no contestó a eso, limitándose a abrazarla. Porque tenía razón, el amor debería bastar pero la realidad era que no, que no era tan sencillo. La vida era más complicada que un cuento de hadas con final feliz, esos que no te decían lo que pasaba después del «… y comieron perdices». Ya le gustaría saber a ella qué pasaría si Cenicienta se paraba a pensar en que el príncipe era tan tonto que ni siquiera se acordaba de su cara y tenía que usar un zapato para buscarla. O la Bella Durmiente, despertada por el beso un desconocido con el que ni había hablado. No, el amor, y menos el cegador, no valía por sí solo.

El abrazo y el silencio reconfortaron a Alex, que después de unos minutos se separó de ella secándose los ojos y cogió aire.

—Hablemos de otra cosa —dijo, obligándose a dejar esos pensamientos para después—. Necesito unos días para pensar y Ethan también, así que… En fin, a lo tuyo, que seguro que es más jugoso. ¿Dónde has pasado la noche? Aunque me lo puedo imaginar.

Skye le apretó una mano como muestra de cariño, mientras no podía evitar medio sonreír al recordar la noche pasada.

—Te diría que no fueras malpensada, pero acertarías.

—¿Pero cuándo? ¿Otra vez el ascensor?

—Qué va, yo también me fui a buscarte porque no podía quitarme el maldito vestido, y adivina a qué puerta acabé llamando.

—Eso se llama destino, Skye.

—O casualidad. Y bueno, pues una cosa llevó a la otra.

—Claro, los dos llevabais una ropa de lo más erótico festiva.

—En mi defensa diré que ya se había quitado el traje ese de duende… que bueno, sí, sus *pijamatrajes* tampoco ayudan, pero no viene al caso. —Se mordió el labio—. La cosa es que pensaba irme…

—¿Otra vez? Skye, tienes que dejar de hacer eso.

—Déjame terminar. He dicho pensaba, porque vi que llevaba la foto que le dejé en la cartera.

—¿En serio? —Alex abrió mucho los ojos, sorprendida—. ¿Y qué te dijo cuando le preguntaste?

—Nada porque no le he dicho que lo sé. No tengo claro lo que significa, la verdad.

—No me digas que habéis vuelto a poneros normas y fechas límite y todo eso, como en México.

—No, tampoco hemos hablado de eso. Solo un poco de nuestras familias y… no tenía ni idea de nada de su vida, ¿cómo no me dijiste que sus padres tienen una granja?

—Me enteré este año, pero como tampoco hemos hablado mucho y si salía el tema de Owen, cambiabas de conversación, pues no he encontrado el momento.

—Él piensa que podemos aprovechar este viaje para saber más el uno del otro. —Se encogió de hombros—. Tampoco me ha parece mala idea.

—Es decir, ¿que te planteas algo a largo plazo?

—No exactamente. O sí, no lo sé. —Lo pensó unos segundos—. Vamos a dejarlo en que nos estamos conociendo. Esto no es como México, diversión y fiesta, hay trabajo de por medio. Quizá en unos días no nos aguantemos.

—O quizá sea al contrario. ¿Qué harás entonces? Porque en algún momento tienes que dejar de huir.

Skye sabía que su amiga tenía razón, pero todavía estaba muy confusa por lo que había pasado con Owen y cómo este la hacía sentir como para analizar lo que iba a salir de allí. Como Alex, necesitaba tiempo.

Ethan se frotó los ojos mientras releía por cuarta vez el discurso que tenía que hacer aquella tarde cuando llegaran a Nebraska. Apenas había dormido aquella noche, y que Alex no hubiera hablado con él al subir al autobús no ayudaba a apaciguar sus temores.

—¿Quieres cambiar algo? —preguntó Owen, mientras miraba unos correos electrónicos en su ordenador.

—No, está bien.

—Entonces, ¿qué te ocurre? Estás como inquieto por algo.

—Ya. —Se pasó una mano por el pelo—. Anoche Alex y yo discutimos. Cree que todo lo que hago depende del partido. —Owen levantó una ceja—. Sí, piensa que si ahora mismo me dijeran que nos casáramos mañana o que tenemos que tener tres hijos, lo haría. Por ellos, no porque la quiera.

—¿Y no se lo has negado?

—Fue una conversación confusa. Tenemos que hablar…

—Vosotros hablando, qué sorpresa.

—… pero de momento no quiere.

—No le des muchas vueltas, al final todo esto es muy estresante. Seguro que si la dejas unos días se le pasa. Ella no está acostumbrada a todo lo que conlleva la política como nosotros.

—Precisamente por eso estoy preocupado.

Volvió su atención al discurso, aunque seguía pensando en Alex. ¿Y si al final resultaba que la vida política era demasiado para ella? No sería el primer ni el último senador que se separaba de su pareja o se divorciaba, las implicaciones de una vida así eran demasiadas y no todo el mundo era capaz de aguantar. Sobre todo, cuando no lo había vivido de antes.

Escuchó que Owen estaba tamborileando con los dedos en la mesa y levantó la vista, para encontrarlo con la mirada perdida por la ventana.

—¿En qué estás pensando? —le preguntó.

—¿Eh? —Le miró—. Ah, en nada. Bueno, en Skye.

—¿Algún problema con sus fotos?

—No, son geniales. Es… bueno, hemos pasado la noche juntos. —Movió una mano quitándole importancia ante su cara de asombro—. Ya, ya sé lo que me vas a decir. Pero no salió corriendo —se apresuró a agregar—, y hemos tenido una conversación muy agradable esta mañana, ahora sé cosas de ella que antes no. Así que no es como en México, parece más receptiva.

—¿Más receptiva?

—Sí, el viaje además nos va a venir muy bien para conocernos mejor. Nada que ver con el acuerdo de México, no hay fechas límite ni nada parecido.

—Es decir, que habéis decidido salir en plan normal.

—Es pronto para saberlo. Tampoco hace falta que sea público porque estamos trabajando, pero no veo problema, seremos capaces de separar una cosa de la otra.

—Me alegro por ti.

Y era sincero, porque había visto la foto que Owen llevaba en la cartera y, aunque no lo habían hablado directamente, deducía lo que aquello significaba. Solo esperaba que les saliera bien esa vez. Su amigo ya había vuelto su atención a su ordenador, así que él hizo lo propio y siguió con el discurso.

Unas horas después llegaron a Omaha, en uno de cuyos institutos tenía que dar Ethan su discurso. Alex asistió como siempre hacía, pero permaneció a un lado y solo se acercó a él para sacarse algunas fotos.

No pudo hablar con ella hasta que llegaron al hotel y se encontraron en la recepción. Skye y Owen estaban haciendo cola para coger las llaves de las habitaciones, así que Ethan aprovechó que Alex estaba sola para acercarse a ella.

—¿Vas a hacerme el vacío mucho tiempo? —preguntó.

—Solo ha pasado un día, Ethan.

—Lo sé, pero si no hablamos es imposible que arreglemos nada.

—Dame unos días, creo que los necesitas tú también. No te preocupes porque no voy a coger habitación a mi nombre, no quiero que haya rumores ni nada parecido. Me quedaré con Skye. O en su habitación, si ella se va a dormir con Owen.

Ethan no estaba para nada de acuerdo en alargar aquella situación, pero también temía que si la presionaba demasiado la balanza acabara por decantarse a otro lado que no fuera el suyo. Así que retrocedió con gesto sombrío sin insistir más. Si era tiempo y espacio lo que necesitaba, se lo daría. Lo que no podía prometerle era cuánto.

Owen recogió su llave y la de Ethan y se acercó a Skye, que estaba esperando la suya de otro recepcionista.

—Estoy en la cuatrocientos dieciocho —le dijo, no muy alto por si le oían sus becarios, que andaban por ahí cerca—. ¿Y tú?

—Quinientos tres. Alex dormirá conmigo, no sé si Ethan te ha contado algo pero no están muy allá que digamos.

—Sí, algo me ha dicho. —Le rozó el dorso de la mano disimuladamente—. Entonces, ¿no te espero despierto?

Skye se estremeció al contacto, y la forma en la que la miraba con aquellos ojos no ayudaba a tranquilizar sus sentidos, desde luego. Se mordió el labio mirando a Alex, que la esperaba apoyada en una columna con gesto mustio.

—No lo sé —contestó, al fin—. Veré cuánto chocolate o helado nos hace falta y te aviso, ¿vale?

Le devolvió la caricia justo cuando el chico dejaba la tarjeta de plástico frente a ella. La cogió y se fue junto a Alex.

—Vamos, a ver qué podemos sacar del minibar —le dijo.

Subieron a la habitación y, después de dejar las maletas, miraron la carta y el minibar, para sacar todo lo que llevaba chocolate y pedir que les subieran una tarrina de helado.

Cuando ya se habían comido casi la mitad entre las dos, Alex le quitó la cuchara a Skye y le hizo un gesto hacia la puerta.

—Venga, largo —la animó—. Seguro que Owen te está esperando.

—No quiero dejarte sola.

—No seas tonta y vete. Además quiero todo el helado, si te quedas tengo que compartirlo contigo. —Vio que Skye dudaba—. Que estoy bien, vete. Con que haya una persona sin sexo en esta habitación ya vale, no hace falta que estemos las dos sin.

—Está bien. —Se levantó y sacó ropa del armario para cambiarse, no fuera a pasarle como la noche anterior—. Pero cualquier cosa me llamas al móvil.

—Te veo mañana, oveja negra número dos.

Skye le envió un beso antes de irse. A ver si averiguaba, de paso, si Ethan le había contado algo a Owen. Quizá así podría ayudarla.

Al día siguiente les tocaba de nuevo autobús, esta vez en dirección a las amplias llanuras del Oeste de Nebraska, donde Ethan tenía que encontrarse con una asociación de ranchos de caballos. Para ello, Malayka le vistió con unos pantalones vaqueros, botas apropiadas, camisa a cuadros que en lugar de hacerle parecer un leñador, le quedaba como si la hubiera llevado toda su vida, y un sombrero vaquero hecho a medida.

Skye le fue haciendo fotos mientras hablaba con los miembros de la asociación. Le llevaron a ver unos caballos y a enseñarle cómo los domaban. Había unos cuantos curiosos observando la visita desde detrás de unas vallas de madera del rancho que Trevor y Travis se encargaban de vigilar, para que no pasar nadie. Allí se encontraban Millicent y Olivia, que al ver que Ethan se acercaba a la zona, se apresuraron a agitar sus banderitas.

—¡Aquí estamos, señor abogado! —gritó Olivia.

—¡Que se suba a un caballo! —pidió Millicent.

—Tranquilas, señoras —dijo Owen—. No va a montarse en ningún caballo.

—Que sí, venga. —Millicent hizo gestos al resto de la gente—. Todos juntos: que se monte, que se monte, que se…

Owen se alejó para no oírlas, pero fue imposible porque pronto se unieron el resto de espectadores. Uno de los rancheros sacó un caballo ensillado y lo llevó hasta Ethan.

—Tome, senador, es un caballo muy manso —le dijo, entregándole las riendas.

—Si es que no sé montar... —intentó excusarse Ethan.

—Quedarás genial sobre un caballo, seguro —le animó Skye—. Van a quedar unas fotos geniales.

Entre la cantinela, la mirada de Skye y el ranchero que no se iba, Ethan acabó cediendo y cogió las riendas. Se fue a un lado del caballo y miró el estribo como quien analizaba un puzzle imposible.

—¿Se supone que meto el pie ahí y me impulso? —preguntó.

—Claro, pero no demasiado, no vaya a irse por el otro lado —aconsejó el ranchero, con una risa reprimida.

Ethan metió el pie, esperó a estar seguro de que el caballo no se movía y cogió impulso. Efectivamente, casi cayó al otro lado del ímpetu que había cogido, pero consiguió aguantar el equilibrio y se quedó sentado sobre la silla, tieso como una tabla.

—Tiene que relajarse —siguió el hombre—. Si el caballo nota que está tenso...

—Lou, ¿este no es «Relámpago»? —interrumpió otro ranchero.

—No, es «Prado». —Miró al caballo, que agitó la cabeza relinchando—. Huy.

—¿Huy? —Owen le miró asustado—. ¿Qué significa ese «huy»? Porque no ha sonado nada bien y...

De pronto se vio empujado al suelo por el hombre y, mientras caía, vio pasar por encima los cascos del caballo, que se había encabritado. Para cuando Owen se incorporó, se alejaba galopando con Ethan a cuestas, agarrado como podía a las riendas mientras llamaba a los guardaespaldas, a ver si alguno lo ayudaba.

—No se preocupe, le rescataremos —dijo el primero—. Generalmente «Relámpago» se para a los cuatro o cinco kilómetros, no pasa nada.

—¡¿Cuatro o cinco?! ¿Y si se cae antes?

—Pues le recogemos —contestó el otro—. No se muevan de aquí, volveremos enseguida.

—¿Y dónde vamos a ir? ¡Ni que tuviéramos forma de seguirle!

Pero los rancheros no le escuchaban, porque se habían ido todos a por sus caballos para ir en persecución de Ethan.

Skye se acercó y le puso una mano sobre el hombro.

—Tranquilo, verás como le traen de vuelta.

—¿Has sacado fotos de esto?

—Ha sido una sesión interesante.

—Esa es una respuesta vaga.

—Voy a ver qué hace Alex, no sé si lo habrá visto y a lo mejor se ha asustado.

Y con esa excusa se alejó, no fuera Owen a pedirle la cámara y viera las fotos que había sacado de Ethan en pleno pánico sobre un caballo.

Pero su amiga estaba dentro del autobús, leyendo en su libro electrónico.

—¿Ya habéis acabado la sesión? —preguntó Alex.

—Algo así, ¿qué lees?

—Biografías de primeras damas, para hacerme una idea mejor de todo. —La miró por encima del aparato—. ¿Y el resto?

—Ah, es que Ethan… ha ido a dar un paseo a caballo.

—¿Ethan? Si no sabe montar, como mucho para sacarse una foto.

—Bueno, no he dicho que haya querido hacerlo. Pero el caballo tenía otras ideas.

Alex dejó el libro electrónico sobre el asiento y se asomó a la ventana, justo para ver cómo un ranchero traía a Ethan en su caballo, atravesado como un saco, y se detenía junto a Owen y los becarios. Pensando que estaba herido, salió corriendo del autobús con Alex detrás, pero se detuvo al escucharlo quejarse.

—¡No pienso volver a montar en mi vida! —juró Ethan.

Trevor y Travis se acercaron a ayudarlo a la vez que los becarios, por lo que entre el lío de brazos y manos de gente que intentaba cogerle al final Ethan se acabó resbalando sin poder sujetarse a ninguno y cayó sentado al suelo.

—Y otra vez… —emitió un quejido.

—No se preocupe, senador, con un poco de hielo se pasará rápido —aseguró un ranchero.

—Ahora es de los nuestros, esto ha sido el bautizo, por así decirlo —corroboró otro.

—Sí, claro, muchas gracias. —Trevor le cogió de un brazo y Travis del otro, poniéndolo en pie y casi sacándole los hombros en el proceso, pero se las apañó para sacar su sonrisa de político—. Seguro que la próxima vez será mejor.

«No pienso volver a Nebraska en mi vida», pensó mientras les estrechaba la mano.

Owen se apresuró a repartir los pines, que hasta entonces no le había dado tiempo, y por fin regresaron al autobús. Ethan tuvo que subir a la segunda planta para tumbarse bocabajo, porque no había forma de apoyarse por detrás sin que le doliera todo, y Owen le subió una bolsa con hielo.

—Toma, póntelo —le dijo—. Me la ha dado Alex, así que eso es buena señal. Por lo menos se preocupa por ti.

—Si solo voy a conseguir su atención dándome golpes, mal vamos. Pónmela tú, que yo no llego.

Owen se la dejó caer sobre el trasero, haciendo que el senador viera todas las estrellas del firmamento y se acordara del caballo, su dueño y la madre que lo trajo al mundo.

—Tacha caballos de la lista de actividades —dijo, cuando pudo hablar.

—Vale, le diré a los becarios que revisen por si acaso. Tú… relájate.

Y lo dejó solo porque ya no podía aguantar la risa y veía que Ethan no iba a captar lo gracioso del asunto.

Capítulo 11

Skye no sabía bien cómo se había puesto a hablar. Tal vez era la intimidad, que resultaba peligrosa. O la semi penumbra, esa suave luz que se colaba por entre las cortinas y producía una extraña relajación. Estaba tumbada boca abajo en la cama, desnuda de cintura para arriba, dándole la espalda a Owen. Detalle que a él no parecía importarle, permanecía al lado deslizando su mano con lentitud del cuello al tatuaje y viceversa.

Ella se sentía adormilada, como si aquella caricia tuviese como fin hipnotizarla. Podía hablar de cualquier cosa en ese momento.

—¿Cómo fue la vuelta a casa tras los años en el internado? —había preguntado él.

La rubia permaneció en silencio unos segundos. Owen pensó si tal vez se había excedido al preguntar, aunque habían pasado días desde su última charla. No lo podía evitar, quería saber de ella. Conocer los secretos que ocultaba bajo su sonrisa.

Tenía claro que había sufrido, aunque no era capaz de adivinar el nivel, pero no quería que se escondiera más. O al menos, no con él. Y la única manera que se le ocurría era dejarla hablar, si ella quería hacerlo.

—Me fui con dos maletas y muy cabreada, y regresé con las dos maletas y dieciocho años —murmuró ella, con la voz ligeramente ronca—. Lo hice tras abrazar a Alex y llorar como una magdalena, no porque nunca más fuera a verla, sino porque iba a echar de menos el vivir con alguien con quien conectaba a todos los niveles. Cuando fui al internado jamás creí que iba a encontrar una amiga así.

Él hizo un ruidito que daba a entender que la comprendía, y continuó sus caricias.

—Mis necesidades en ese aspecto nunca fueron como las del resto del universo, aunque los años que pasé rodeada de adolescentes me ayudaron mucho en el tema de interactuar. Con once años no sabía ponerme máscaras, con dieciocho sí. —Skye suspiró—. En fin, el caso es que Alex y yo prometimos estar en contacto, pero yo no tenía muchas esperanzas de que lo lográramos. No por falta de interés, éramos inseparables, pero estaba la distancia… Alex estaría en Lesley, yo en la escuela de arte y diseño estudiando fotografía. Por mucho que quisiéramos, por mucho que lo intentáramos, ya se sabe que a veces la vida se traga la buena disposición.

Owen lo sabía, aunque de una forma más típica. Recordaba sus años de estudiante como un continuo ajetreo, sin apenas tiempo para nada, mucho menos para telefonear a sus compañeros de instituto. Sí, sabía todo lo que la vida se tragaba en ocasiones.

Clases, horas de estudio, huecos para tutorías, para visitas familiares, horas de sueño, ratos para comer y una pizca de vida social. Todo aquello era un cóctel que no casaba bien con una persona en la distancia.

—Mi padre vino a buscarme el último día de curso —dijo Skye—. Apareció en su brillante vehículo de lujo cuando yo aún abrazaba a Alex. Se bajó, elegante como siempre con su traje, y vino hacia nosotras con una sonrisa enorme. Yo apenas le devolví el abrazo, pero no se fijó, concentrado como estaba en mi amiga. «Así que esta es tu mejor amiga», dijo. «Por supuesto que estás invitada siempre que quieras a nuestra casa. Cualquier amiga de Skye es bienvenida».

El tono de voz de Skye sufrió una leve variación, una pequeña salpicadura negra en un mantel blanco.

—El trayecto en el coche no era muy largo y no dejó de preguntarme por ella.

—¿Y por qué esa insistencia?

—Te costará creerlo, pero nunca fui una niña de esas que tenían cientos de amigos —contestó Skye, entrecerrando los ojos mientras notaba cómo los dedos de él se deslizaban arriba y abajo por su espalda, su suavidad era como un bálsamo.

—Tienes razón, me cuesta creerlo —admitió Owen—. La chica de los margaritas, la que sale a bailar sola a la pista, la que se tira a la piscina sin avisar, la que charla con camareros, recepcionistas, guías de viaje…

Incluso tumbada boca abajo en la cama y sin poder ver su expresión, Owen sintió como se encogía de hombros.

—Lo último que quería era mezclar a Alex con mi parte familiar, a pesar de que mi padre trataba de congraciarse conmigo. Yo no le dejaba, por supuesto, porque seguía furiosa con él. Regresé a casa, solo que ya no era mi casa, sino la casa de Lucinda. Había aprovechado bien esos cuatro años de internado para dejar su impronta en todas partes. —La chica hizo una pausa— ¿Conoces esa sensación cuando has pasado tiempo fuera y vuelves al hogar, pero ya no lo sientes como tal?

—Sí, la conozco.

Owen no mentía, conocía la sensación en su propia piel mejor que nadie, ya que desde que salió de su casa para ir a la universidad nunca había regresado más que para celebraciones navideñas y eventos por el estilo. Y sí, resultaba extraño tumbarte en la cama de tu cuarto y sentirte fuera de lugar. Puede que no alcanzara a Skye, pero la entendía.

—Ja. —Skye hizo un ruidito escéptico—. Hasta había cambiado mi habitación por completo. Para darle otro aire, dijo. Apenas quedaba nada mío, ninguna de las cosas que me definían. Todo era nuevo y aséptico, con algún detalle para darle algo de color, pero eso era todo. Y yo comprendí el mensaje a la perfección.

—«¿No te acomodes demasiado?».

Owen la oyó reír, pero ese sonido le produjo malestar por la frase a la que iba asociado.

—Exacto, esa era Lucinda. Aunque aún tuvo que aguantarme cuatro años… Lo mejor de todo era el cuarto que había preparado arriba, todo decorado con motivos infantiles. No comenté nada al verlo, pero cuando mi padre se quedó a solas conmigo me contó que llevaban tiempo tratando de tener un bebé sin éxito. Me pidió que fuera comprensiva y no utilizara aquello contra Lucinda. A mí me importaban una mierda sus sentimientos, si te soy sincera, pero tampoco vi la necesidad de ser cruel de manera innecesaria. No quería convivir con ella, solo pasar de refilón, no sé si me explico.

—Mmmm.

—No era tan mala. No pretendo que la imagines como la villana suprema del film… a veces hacía el esfuerzo de intentar ser amable, me daba cuenta. Lo intentaba por mi padre, pero simplemente… no podía. Era superior a ella, me detestaba.

—Hay personas grises que odian a las personas brillantes. No necesitan otro motivo.

Skye lo miró por encima del hombro, pero casi al momento volvió a apoyar la mejilla en la almohada.

—Fuera como fuera, el verano acababa de empezar y yo quería pasar el mayor tiempo posible fuera de casa. Así que me convertí en un animal social.

—¿A los once no sabías ponerte la máscara, pero a los dieciocho sí?

—Exacto, y fue una gran idea, añadió. Me hizo mucho bien aunque suene raro. Un poco de soledad no hace daño a nadie, pero era joven y necesitaba divertirme, llevaba muchos años de melancolía. Así que me fui al extremo contrario, pensando que cuando comenzara la universidad el tiempo que pasaría en casa sería anecdótico. Ni siquiera sabía si lograría tener algún otro amigo, ¿sabes? Siendo tan… rara.

Owen sonrió a pesar de que ella no podía verlo.

—Descubrí que no tenía que hacer nada. Solo entrar en algún local o fiesta y enseguida se me acercaba gente, chicos y chicas. No había tenido tiempo de decir mi nombre y ya estaba rodeada. Algunas veces iba a la disco y me ponía a bailar sola si la música me gustaba, pero no duraba ni cinco minutos sin compañía.

Owen se lo imaginaba. Él mismo había sentido el efecto imán, no veía por qué tenía que ser diferente para los demás.

—Me volví tan extrovertida que mi padre pensó que me drogaba. —Skye empezó a reírse—. Fue todo muy absurdo… Una noche apareció en un local, furioso, y me llevó hasta el coche del brazo delante de la gente que había allí. Yo estaba medio borracha, él me gritó que era demasiado joven, y cuando se cansó de gritar, me pidió que no me echara a perder. Me pidió que fuera seria, como había sido siempre, que me comportara. Pero yo me sentía tan ajena a él que ni siquiera escuchaba. ¡Estaba tan frustrado! La niña de sus ojos, su niñita, ¿qué nos había pasado? Y entonces se lo dije. Porque había bebido y él estaba alterado, despeinado, fuera de su zona de confort. Le dije que su niña había descubierto que la persona que más le importaba en el mundo era un mentiroso. Y que hacía años que mi confianza en él se había evaporado. Que podía coger los malditos atrapasueños que me regalaba y contarle esas chorradas a su próxima hija, si quería.

Skye se detuvo, consciente de que había hablado demasiado. No quería hacer sentir incómodo a Owen, que la escuchaba en silencio.

—En fin, una escena desagradable. Mi padre se quedó sin palabras, apoyado en el asiento del coche como si fuera un muñeco hinchable al que alguien hubiera desinflado. Yo me metí en mi cuarto, busqué en el armario la caja donde guardaba los atrapasueños y los tiré a una bolsa de basura. Salí a la calle y arrojé esa bolsa al contenedor delante de su cara. No creo que lo hubiera hecho de haber estado sobria, pero el caso es que estaba borracha y lo hice.

Owen deslizó los dedos por encima del tatuaje, viéndolo de otra manera.

—Esa noche marcó un antes y un después entre mi padre y yo, como puedes imaginar. Supongo que le hice daño. De cualquier forma, empezar la universidad fue un alivio para todos, el primer año iba y venía, y estaba tan ocupada que llegaba a la hora de la cena. Mi padre decidió que había tres temas de los que podía hablar sin correr riesgos: la fotografía, la música y la política. Y se acogió a ellos por completo, de ese modo guardamos una especie de paz consensuada.

—Ya veo.

—Para mi sorpresa, Alex y yo nos veíamos todos los fines de semana. Incluso a veces nos escapábamos entre semana para estar una hora juntas y nos sentábamos en mi coche a comer chocolate y contarnos nuestras cosas. Me alegré de haberme equivocado con respecto a eso; en lugar de alejarnos, la distancia nos acercó más. Y yo sentía que era más familia que mi propia familia, que locura, ¿verdad?

Él no contestó a eso porque no le parecía necesario. Al fin y al cabo, la familia venía por imposición y los amigos los escogía cada uno.

—Pasaba el tiempo y Lucinda no se quedaba embarazada. Yo notaba que se iba marchitando, cada día un poco más, hasta que un domingo por la noche llegué tras haber pasado el fin de semana fuera y el cuarto del bebé se había convertido un despacho para mi padre. Lucinda se paseaba por la casa como alma en pena, lanzándome miradas frustradas. Imagino que no le parecía justo que yo fuese la única hija que iba a tener, una que no era suya, que no había escogido y que encima no quería ni ver. A veces los oía discutir por la noche y terminaba poniéndome los auriculares para no enterarme de qué decían. Estaba en mi segundo año y cada vez pasaba más tiempo en la biblioteca, lo que fuera con tal de no volver pronto a casa.

Owen cambió el curso de sus caricias hacia el cuello, lo que la distrajo unos segundos. Enseguida se centró.

—Debes de estar aburrido de escuchar mis rollos.

—El rollo lo vamos a tener si te callas —comentó él, medio en broma, medio en serio.

Ni loco quería que dejara de hablar. Quién sabía si volvería a abrirse como lo estaba haciendo, y menos de aquella forma, relajada y sin presión. Se lo estaba contando porque quería, ni más ni menos, y eso era positivo.

—Hay que ver cómo te gustan los dramas familiares.

—Crecí en una granja en Montana, no había mucho que hacer excepto ver culebrones —bromeó, sacudiendo la cabeza—. Pero sigue. Estabas en tu segundo año.

—Estaba en mi segundo año y adoraba la fotografía. Muchas veces pienso que aunque hubiera estudiado derecho, habría terminado dedicándome a hacer fotos. Casi todos mis recuerdos de la niñez son con una cámara en la mano y eso que tuve muchas... En segundo teníamos que hacer prácticas con nuestros compañeros. ¿Adivinas qué es lo más fotografié ese curso?

—¿Retratos?

—Muy bien, pecoso. —Skye se estiró sobre la cama—. Retratos. Recuérdame que te haga alguno, acabé muy harta, pero a ti te haría unos cuantos. —Soltó una risita.

Él se lo agradeció con un beso en el lóbulo. De buena gana Skye hubiera dejado de hablar para buscar una actividad más placentera, pero Owen se apartó antes de que pudiera girar el rostro para enviarle el mensaje.

—Mi compañero era un chico alto y desgarbado que se llamaba Terry. Siempre llevaba la ropa floja, como si no se fijara en la talla al comprarla. Venía en bici a la universidad, lo que hacía que muchos chicos se rieran de él, pero tenía un gran sentido del humor. Llevaba el pelo largo y tenía unas manos enormes, algo que me llamaba la atención. No intercambiábamos apenas palabras, pero cuando empezamos con los retratos cogimos confianza y...

Owen se apoyó en el codo para incorporarse. Algo le decía que lo que iba a escuchar no sería de su agrado, así que se mentalizó.

—Tuve algo de culpa, en esa época yo estaba en plena fase de experimentación y me acosté con unos cuantos chicos sin que fuera nada más que diversión. Pero los sentimientos de Terry iban más allá, aunque para mí no era nadie. El pobre quería salir conmigo. Quería, según él, conseguirme un apartamento donde pudiéramos vivir. Hasta había puesto por escrito un complicado plan de trabajo alternado con estudios para lograr el dinero necesario. Podíamos formar una familia, dijo. Yo sentí que se me venía el mundo encima. Solo tenía diecinueve años y ahí estaba ese chico, que iba en bici a la universidad, hablándome de familia. Yo quería ser libre. Quería viajar, estudiar, hacer fotos, emborracharme, compartir piso con Alex, tener un montón de rollos, bailar... estar sola.

—¿Y qué pasó?

—No quedaba mucho para acabar el curso, así que me compré un billete de avión a Quebec y me pasé todo el verano viajando por Canadá. A Terry le dije que se dejara de gilipolleces, que aquello no era amor y que madurara. Pero por si acaso, me encargué de desaparecer de su vista y al año siguiente no lo volví a ver, puede que cambiara de universidad.

Owen sintió una leve punzada de malestar.

—Tenía veintiuno cuando terminé los estudios y no sabía bien qué quería hacer con mi vida. En casa, las cosas no iban mucho mejor tampoco… Lucinda visitaba a una terapeuta cuatro veces por semana y mi padre cada vez pasaba más tiempo fuera, alternando con las personalidades importantes de Boston. Quería que yo también participara.

—¿Tú? —preguntó Owen, sorprendido.

No era capaz de imaginar a la chica alternando con la élite en fiestas de sociedad. Skye era todo menos políticamente correcta.

—A lo mejor trataba de buscarme un marido, quién sabe. Por entonces, aunque era una novata, empecé a enviar fotos por ahí, solo para ver si podían interesar a alguien… y resulta que me respondieron. De una agencia en San Francisco.

Skye se giró hacia Owen, dejando de darle la espalda, y se encontró con su mirada.

—Ya querías irte, ¿verdad? —preguntó el chico, y la vio asentir—. Desde aquella noche con tu padre, en realidad.

—Sí, solo que no tenía medios. Quiero decir, tenía dinero y podía haberlo hecho, pero no me atrevía siendo tan joven y sin trabajo. Ahora tenía trabajo, y aunque ser *freelance* no te obliga a mudarte, por esa época me pareció lo correcto. De cualquier modo, mi relación con mi padre estaba bastante destruida… solo me retenía Alex.

—Y ella lo comprendió.

—Recuerda que me conocía bien. Ella sabe cómo soy. Me dio el empujón que necesitaba —murmuró Skye—, aunque con la promesa de hablar todos los días y de vernos una vez al año para ir de vacaciones. Eso no podía romperse bajo ninguna circunstancia, ya sabes.

Él asintió, aunque fue un gesto reflejo.

—A mi padre no le hizo ninguna gracia, claro. Pero yo estaba tan centrada en irme lejos que no presté atención a sus sentimientos. Ya te habrás dado cuenta de que tenemos una relación un poco complicada… nunca le había visto llorar hasta el día que le dije que me marchaba. Lo primero que hice al llegar a San Francisco fue este tatuaje.

Señaló con la cabeza aquel dibujo en su piel que traía de cabeza a Owen. Y este, que no era idiota, empezaba a ver el patrón que se repetía.

—¿Y cómo fue cuando te mudaste?

—Nunca me había sentido mejor, fue como abrir la ventana en un sitio húmedo y dejar que entrara aire fresco. Oxígeno puro, libertad en su máxima expresión. Mi apartamento no era gran cosa, pero no estaba nada mal para empezar y pronto tuve tres revistas interesadas en mi trabajo. No dirías que se compran tantos retratos, ¿a que no?

—Ni siquiera sabía que había fotógrafos que se dedicaban solo a eso hasta tú me lo contaste en aquella boda.

—Independizarme fue lo mejor que me podía pasar, fue madurar de repente. Había meses que no llegaba a final de mes, pero lo hacía todo sin el dinero de mi padre y eso me encantaba. Entraba y salía sin rendir cuentas a nadie… hasta que el tema se complicó.

A esas alturas, Owen se preguntaba cómo podía haberse complicado más la vida de Skye, pero hasta entonces escuchar le había funcionado, de modo que continuó así. Además, seguía queriendo saber.

—Conocí a un chico llamado Craig y empezamos una relación. Era mayor que yo, tampoco mucho, rondaría los treinta y pocos. Uno puede pensar que diez años no son nada, yo misma estoy de acuerdo, pero son algo. Sobre todo cuando los intereses no coinciden… pero claro, todo eso lo descubrimos cuando era tarde. Yo le quería, no vayas a pensar que no. Era una de mis personas favoritas.

—¿Pero?

Skye se incorporó para sentarse, apoyando las rodillas contra su pecho.

—Lo conocí en una exposición y salíamos en plan diversión, nunca hablamos en realidad de nada que definiera aquella relación. Pero, no sé cómo, de las copas y los bailes pasamos a estar sentados en el sofá de su casa viendo películas, y no tardó mucho en asomar su lado estándar.

Owen ladeó la cabeza, mirándola con curiosidad.

—¿Su lado estándar?

—Craig era un estándar típico.

—¿Qué es eso, si no te importa que te lo pregunte?

—El hombre que quiere casa, coche, esposa, bebé, perro y jardín. Trabajo estable, pasteles en el horno, reuniones de colegio, entrenamientos deportivos y cenas en McDonalds.

Lo miró por si tenía algo que añadir, pero Owen no dijo nada más, limitándose a mantener una expresión pensativa en la cara.

—Entiéndeme, no quiero decir que esas cosas sean malas ni mucho menos, pero no todo el mundo tiene las mismas necesidades. La mayor parte de la gente abre el paraguas cuando llueve, pero a algunos nos gusta mojarnos.

—¿Saliste huyendo también? —preguntó Owen, siendo quizá más directo de lo que pretendía.

Quería comprenderla. Necesitaba comprenderla. Pero una parte de él no podía evitar ponerse de parte de aquellos hombres que habían sido abandonados, era inevitable.

—No. Fui sincera con él —explicó ella, desviando la mirada—. Llevábamos juntos un año cuando llegaron los problemas. Me regaló un sobre con una llave dentro que, por supuesto, era la de su apartamento. Y ahí estaba yo, sin tener ni idea de cómo habíamos pasado de salir de copas y de exposiciones, de viajes de fines de semana y de tardes de cine, a hablar de vivir juntos. Le devolví la llave, él puso cara de perro apaleado y quedó ahí. Un par de meses después, volvió a aparecer el tema mientras veíamos un documental que hablaba sobre la superpoblación y eso derivó en una charla sobre niños que no acabó bien.

—¿Porque él quería tenerlos y tú no?

—Yo dije que no veía necesario tenerlos y Craig respondió que aquello demostraba mi falta de compromiso con él. A partir de ahí, enfocó todos sus esfuerzos hacia un compromiso que no estaba dispuesta a asumir… y cuanto más apretaba él, más deseaba huir yo. Para mí no tenía sentido, puesto que se había enamorado de mí por todo lo que yo era y precisamente estaba tratando de cambiar ese todo.

—¿Cómo acabó? ¿O cuándo?

—Sé lo que estás pensando. Como si no pudiera verlo en tus ojos —dijo ella—. Tenía diez años más que yo y es lógico que quisiera casa y niños, pero yo tenía veintitrés y no estaba en absoluto preparada para algo de esa magnitud.

Para Owen, ese tema no tenía nada que ver con la edad. Pero se abstuvo de comentarlo, no quería que Skye se cerrara en banda, al igual que no deseaba juzgarla.

—¿Cómo acabó? —repitió.

—Le rompí el corazón en mil pedazos, así acabó. Ni siquiera podía imaginar que me quería hasta esos extremos, en serio. Craig y yo jugábamos en ligas diferentes, pero no lo supe hasta el día en que lo dejé, y cuando su corazón se hizo trizas el mío también. Jamás en la vida he querido herir a nadie, pero por algún motivo es algo que no deja de ocurrir, Owen.

El chico supo que estaba siendo sincera por el temblor en la voz y el brillo en sus ojos azules, parecía que le dolía hasta pensar en ello. Era probable que el tema hubiera sido más largo, doloroso y complicado que lo que había relatado allí, pero no pensaba sacar más agua del pozo. Porque sabía que estaba rascando en el fondo, allí donde solo existía fango, piedra y musgo. Y aunque era necesario y quería ver esa parte de ella, también sabía que no era agradable.

—Los meses siguientes fueron negros, pero por fin un día salió el sol y mi contestador amaneció vacío de llantos y amenazas. Yo había cambiado en el proceso, así que decidí tomarme mis relaciones personales de otra manera.

—Solo diversión y cero compromiso.

—Es mejor dejarlo claro desde el principio para que no haya malentendidos después. Y que no haya compromiso no significa que no me gusten o incluso los quiera. Pero a mi manera.

A Owen no se le escapaban los mensajes entre líneas. Muy bien, él había sido uno de esos hombres de «solo diversión y cero compromiso». Le había quedado claro en la noche de la boda, pero un poco menos en las semanas en México. ¿Y qué podía esperar entonces? ¿Seguía siendo entonces «solo diversión y cero compromiso»? Porque no se lo parecía, pero ya no sabía si eran imaginaciones suyas o qué.

La miró, abrumado de repente, sin saber qué decir o cómo reaccionar. Porque ella estaba siendo muy clara respecto a su extraña manera de querer, aunque también hablaba del pasado. Si se implicaba con él por tercera vez, por fuerza tenía que significar algo.

—¿Fue entonces cuando decidiste crear la regla de las tres veces?

—Sí, pensé en algo que me evitara esas escenas o implicarme tanto con alguien… y me salió el número mágico.

Owen pensó que eso no siempre era así, a veces una vez era suficiente para dejar una huella en alguien. Vale, en su caso no había sido así porque la boda de la prima de Alex era una especie de nebulosa. Pero en México todo había cambiado. Eso tenía que significar algo, que ella se hubiera saltado esas reglas por él, aunque en su día asegurara que era todo temporal y le hubiera puesto fin de aquella forma tan brusca. Podía entenderlo, con semejante historial afectivo.

—¿Y alguna vez te la has saltado?

Alargó la mano para acariciarle la pierna, subiendo por el muslo hacia su cadera.

—No. —Él la miró, con la mano quieta en su cintura—. Bueno, no hasta México. Aquello requirió… otro tipo de trato.

Owen siguió subiendo, pasó por la curva de su seno y llegó hasta la clavícula.

—¿Y ahora? —se atrevió a preguntar, aunque temía la respuesta.

—Bueno, tú fuiste el de las normas —bromeó—. Que en Boston te faltó sacar un pergamino y que lo firmara con sangre.

—Esas no cuentan, son para el trabajo.

—Ya, lo sé.

Se mordió el labio inferior mientras pensaba qué contestar. Porque intuía la respuesta que él quería, pero no estaba preparada para eso. Su corazón le decía que siguiera adelante, que se arriesgara porque Owen lo valía y ella se lo merecía. Pero su mente recordaba cómo acababa todo cuando se querían cosas diferentes y no quería hacerle daño como había hecho a otros. Cierto que ya no era la misma de entonces, pero eso no quería decir que la base de lo que quería en la vida hubiera cambiado.

Y no sabía si eso era compatible con lo que Owen deseaba en su futuro.

—No sé qué decirte.

—Huy, ¿no hay plan? —Ella negó con la cabeza—. ¿Fecha límite?

—¿Cuando termine el viaje?

Owen dejó de acariciarla para ponerse serio.

—¿No dijiste que el viaje era para conocernos?

—Eso es. Y cuando termine, podemos volver a tener esta conversación.

Al menos era algo, Owen se dio cuenta de que era lo más parecido a una promesa que iba a sacar de ella y no insistió más. Por el momento era suficiente, tenía tiempo aún para hacerle ver lo bien que funcionaban juntos y que ella se diera cuenta por sí misma.

Se acercó para depositar un beso justo debajo del lóbulo de la oreja, y la fotógrafa ahogó una risita.

—Ahí tengo cosquillas —le dijo.

—¿Sí? —Le dio otro de forma juguetona—. ¿Algún otro secreto más?

Skye ladeó la cabeza, facilitándole el acceso con una sonrisa pícara.

—Sí, tengo uno. Hay un tatuaje que aún no me has visto.

—No puede ser. —La recorrió con la vista, preguntándose qué parte de su cuerpo desnudo aún no había descubierto—. ¿En serio?

—Ajá. —Se deslizó por las sábanas estirando los brazos hacia arriba con una sonrisa divertida—. ¿Quieres buscarlo?

Owen captó por su tono que también era una forma de aligerar el ambiente después de la conversación que habían tenido y que, estaba seguro, había sido difícil para ella. Así que le devolvió la sonrisa.

—Acepto el reto —contestó—. Tú me dices si frío o caliente.

Estaba seguro de que no era en sus piernas porque se las había visto y acariciado muchas veces, pero eso no quitaba que tuviera que comprobar, por si acaso. Se movió para ponerse a sus pies y le pasó los pulgares por los tobillos de forma suave.

—Frío, frío —dijo ella, con otra risita.

Owen se inclinó para darle un par de besos ligeros en las dos zonas y poco a poco fue subiendo, parando cada pocos centímetros para repetir el proceso y que ella le dijera cómo iba, aunque por el momento debía estar alejado porque seguía siendo frío, según Skye.

Se detuvo entre sus piernas, zona que tardó algo más en revisar pero que, tras unos cuantos gemidos, dedujo de nuevo que estaba alejado, así que siguió subiendo. Ombligo, estómago... recorrió la curva de sus senos y de nuevo se entretuvo en la zona más sensible de los pezones, aunque ahí no había nada, eso seguro.

—Templado... —suspiró ella.

Owen le dio la vuelta, porque sabía que por delante ya no le quedaba nada. Pero no lo encontró ni en sus costillas ni por dentro de los brazos, solo algún otro lugar sensible a las cosquillas. Subió hasta su nuca, intrigado además de excitado, y ella susurró:

—Caliente.

Owen se detuvo y miró la zona, sin ver nada. Le apartó los rizos rubios por si acaso aunque ya la había besado más veces allí, sin ir más lejos el día de la cena de Acción de Gracias recordaba que además lo llevaba recogido. Pero no, no había nada. Se desvió hacia una oreja, lo cual ocasionó otra respuesta de Skye:

—Templado.

Owen paró y cambió a la otra.

—Te empiezas a quemar.

«No lo sabes tú bien», pensó él. Pero el juego lo tenía enganchado así que le mordisqueó el lóbulo de la oreja y entonces le pareció ver algo. Le apartó el pelo y allí, justo en el nacimiento del mismo y oculto detrás de la oreja, había dos palabras.

Carpe Diem.

—Y te has quemado —dijo Skye, con una risita.

—Vaya, pues sí que está oculto. —Delineó las letras con los dedos—. Me gusta, es... muy tú. Aunque casi no se ve.

—Cuando me lo hice sí, me rapé el pelo por ese lado. Pero pronto me lo volví a dejar largo, no veas lo complicado que es mantener ese tipo de peinado. —Se dio la vuelta para poder mirarle mejor—. ¿Nunca has pensado en hacerte alguno? —Al momento agitó la cabeza—. No, no te pega nada, eres muy serio.

—Te recuerdo que ahora conozco muchas más zonas donde tienes cosquillas. —Para confirmarlo, le pasó los dedos por un costado haciéndola reír—. Así que no me piques.

—¡Pero si es verdad! Venga, confiesa.

156

Él suspiró, mientras se colocaba sobre ella para besarla.

—Vale, está bien. No he pensado nunca en uno, no me llaman la atención. —La besó en el cuello—. Aunque nunca digas de esta agua no beberé.

Skye se preguntó si aquella frase iba con doble sentido, si se refería también a ella y a su forma de ver la vida y las relaciones. Porque sí que se había saltado sus normas con él y estaba comportándose de una forma que no había esperado de sí misma. Pero Owen parecía que tenía otras ideas en mente y que ya no quería hablar más, porque había comenzado de nuevo con sus caricias. Después de la búsqueda exhaustiva por todo su cuerpo Skye estaba más que preparada, así que le empujó para dejarlo tumbado y ponerse encima, de forma que ella impuso el ritmo y llevó el control de la situación. De alguna forma, necesitaba hacerlo después de haberse abierto a él, como para demostrarse que todavía controlaba su vida.

Aunque veía que se le estaba escapando aquella situación cada vez más.

De vuelta tras visitar el monte Rushmore, Alex se sentó junto a Skye en el autobús, mientras esta revisaba las fotos que había sacado.

—¿Noche movida? —preguntó.

—¿Por qué lo dices? —Enrojeció un poco, sin poder evitarlo y se tocó las mejillas—. ¿Tengo mala cara?

—Qué va, al revés. —Le guiñó un ojo—. Tienes ojeras, no te voy a engañar, pero te veo contenta. No sé, creo que desde México no te había visto así.

—No nos hemos visto desde México.

—Graciosa. —Le dio un empujoncito—. Es por Owen, no lo niegues. Estás bien con él, ¿verdad?

Ella lanzó una mirada al fondo del autobús, donde el chico estaba, como siempre, sentado con Ethan trabajando.

—Anoche tuvimos una conversación. O más bien un monólogo, porque empecé a hablar sin pensar… y le conté sobre la universidad y San Francisco.

—¿Pero qué le contaste exactamente?

—Todo. Ya sabes: padre, madrastra, Craig…

—Vaya. —Alex estaba sorprendida, conociendo a Skye como lo hacía, aquello debía haberle supuesto un gran esfuerzo—. Eso sí que no me lo esperaba.

—Ni yo. —Suspiró, bajando aún más la voz aunque desde donde estaban nadie podía oírlas—. ¿Qué estoy haciendo, Alex? No quiero hacerle daño como a ellos.

—Bueno, Owen es un hombre adulto y ya sabe a lo que se expone, sobre todo ahora que has sido sincera con él. Lo que estás haciendo, oveja negra número dos, y ya era hora, es seguir a tu corazón.

—¿Y cuándo ha tenido eso buen resultado?

La miró intencionadamente.

—Ni se te ocurra ponerme de ejemplo. —La detuvo con un gesto—. Lo nuestro es un bache. —O eso esperaba, al menos, y se repetía cada noche antes de dormir—. Y lo de mi matrimonio fallido… Bueno, eso fue un error desde el principio y ahí me guió la mente y no el corazón, así que mal ejemplo.

—Lo sé, lo sé.

—No le dejes escapar solo porque tengas miedo a algo que no ha ocurrido todavía. Ahora os estáis empezando a conocer, como debe ser. Y lo normal es que según se va sabiendo más de la otra persona, es cuando se decide si seguir o no.

—Lo malo es que cuanto más tiempo pasamos juntos, más me apetece estar con él. Y encima creo que le pasa lo mismo, nada de lo que le he contado le ha espantado de momento.

—Ni creo que lo haga, ni que fueras una asesina en serie. —Se echó a reír—. ¿Y de él no te espanta nada?

—Aparte del hecho de que es un adicto al trabajo, me temo que también es de los de casa, hijos y tal. Aunque no me lo ha dicho directamente.

—No sé. —Se encogió de hombros—. Sí, su familia es clásica, pero eso no quiere decir que él también lo sea. No ha seguido sus pasos en la granja, por ejemplo. Y con el ritmo de vida que lleva no sé yo si es compatible con lo que tú dices.

—Ya. —Se frotó la frente, pensativa—. No lo sé. Supongo que tienes razón, por ahora estamos bien. Lo disfrutaré mientras dure. *Carpe Diem.*

Alex puso los ojos en blanco porque con aquella frase estaba dando a entender que pensaba terminar. Pero si pudiera verlo a través de sus ojos… porque tal y como le había dicho, veía un brillo en su mirada que hacía tiempo que no tenía, el brillo que echaba de menos, y eso significaba algo por fuerza.

Solo esperaba que ella se diera cuenta.

Capítulo 12

—Madre mía —murmuró Alex, que iba sentada junto a la ventana sin quitar ojo del paisaje nevado.

Jan había colocado las cadenas antes de comenzar el viaje, solo por si acaso, aunque las carreteras estaban despejadas. Al ser zona de nieve y frío, las autoridades siempre permanecían en alerta para que no hubiera problemas. Aun así, toda precaución era poca y más si el senador viajaba en el interior del vehículo.

—¿Crees que es buena idea lo de este fin de semana? —preguntó Skye, que iba estirada en su asiento cama mientras jugueteaba con el móvil.

—Claro que sí.

Alex trató de sonar convencida, pero por si acaso evitó mirar a su amiga a los ojos. ¿Si le parecía buena idea pasar el fin de semana en una estación de esquí? No las tenía todas consigo. Lo de tener dos días libres era magnífico, por supuesto. Incluso la idea de esquiar. Pero, ¿cómo se las apañaría con Ethan? No podía pedir habitaciones separadas, no sería lógico, tenía que seguir usando la de Skye sin que se enterara nadie. Por otro lado, seguía sin tener ganas de mantener la charla pendiente. Así que, ¿buena idea un fin de semana de esquí, diversión, alojamiento entre montañas y nieve y todo aderezado con chimeneas y chocolate caliente? No se lo parecía, pero la mayor parte del equipo se había mostrado entusiasmado y no le apetecía ser la amargada que reventaba burbujas, así que hacia allí se encaminaban.

La idea había partido de Josh, quien, tras ver que había un fin de semana sin eventos en el calendario había propuesto pasarlo juntos. Todos habían estado de acuerdo y entonces Owen se había hecho cargo rápidamente del asunto.

—Conozco una estación cerca de Walhalla —había comentado Owen, después de mostrar un punto en el mapa.

—¿Al Valhala? —asintió Josh con entusiasmo—. ¡Genial, vamos al Valhala!

—Walhalla es una ciudad de Dakota del norte, Josh.

—Ah —dijo él, abochornado—. Lo siento. Demasiadas películas de vikingos.

—Es un buen sitio. —Owen no le prestó más atención al chico—. Cuando era crío mis padres nos llevaban alguna vez. La estación de esquí se llama *Frost fire ski*.

Piper se había puesto a teclear de inmediato en el portátil al escucharlo.

—Condado de Cavalier —dijo en voz alta, sin detenerse—. Diez pistas, cuatro fáciles, tres semi y tres difíciles. Telesillas, alfombra mecánica, hotel… todo perfecto. Voy a llamar para el alojamiento —dijo, mirando a Tatum—. Tú te ocupas del alquiler de *forfaits*, venga.

Piper consiguió alojamiento usando la palabra mágica: senador. Y de esa manera se encontraron el viernes por la tarde rumbo al condado de Cavalier.

—Quizá deberíamos haber ido a esquiar más a menudo —suspiró Alex, dejando de observar el paisaje nevado—. Ya sabes, menos sol y mojitos. Porque no me apetece mucho pasarme los dos días libres tumbada en la nieve y sin poder ponerme en pie.

—Bueno, siempre se pueden hacer otras cosas… pasear, dar vueltas en los telesillas, sentarse a beber chocolate. La cosa es desconectar. Además te irá bien, el frío ayuda a despejar la cabeza.

—¿Tú crees?

—Alex, tendrás que resolver la situación en algún momento. La semana próxima es Navidad, ¿qué piensas hacer?

—Lo sé. Sí, tienes razón, tengo que solucionarlo. Espero que esto me ayude.

Skye vio como Alex se sumía de nuevo en la contemplación del paisaje y meneó la cabeza. No tenía la menor idea de qué decir para ayudarla, pero comprendía su malestar. Darse cuenta de pronto de que su vida iba a estar supeditada a la de su novio en al menos un setenta y cinco por ciento debía ser difícil de aceptar. Claro que ella conocía ese hecho antes de prometerse, pero dudaba que lo hubiera asimilado de verdad.

Llegaron al hotel cerca de las cinco, demasiado tarde para pensar en practicar esquí. La mayoría estaban cansados, de forma que cogieron sus equipajes y se arrastraron hasta el interior para pedir las habitaciones. El complejo no era tan grande como los otros hoteles donde habían estado, pero la decoración era rústica y más familiar. En el vestíbulo se encontraban el mostrador de recepción, una pequeña cafetería y un espacio enorme lleno de sofás frente a una chimenea que se mostraba en todo su esplendor. No sobraba, desde luego: hacía mucho frío.

—Estoy molida —dijo Alex una vez tuvo la llave en su poder—. Solo quiero darme una ducha caliente y leer un rato en unos de esos maravillosos sofás con un chocolate. ¿Te apuntas? —le preguntó a Skye.

Ella la observó unos segundos y después miró por la ventana.

—No. Hace una luz preciosa —respondió—. Voy a hacer fotos.

—¿Quieres que vaya contigo?

—Ni hablar, quédate tranquila junto al fuego. No tardaré, antes de la cena estaré de vuelta.

Alex afirmó, encaminándose hacia el ascensor mientras Ethan iba detrás con cara de pocos amigos. Skye los vio alejarse con una sensación de malestar en el cuerpo. Problemas de pareja, estaba claro que antes o después tenían que aparecer. ¿Por qué no podían las personas simplemente hacer lo que les apeteciera, cuando les apeteciera? ¿Por qué había que poner normas y reglas a todo? Hacía un año, su mejor amiga bailaba en la Riviera maya con tres margaritas encima y era la viva imagen de la felicidad. Había conseguido al príncipe azul, pero un año después parecía que el cuento empezaba a agrietarse.

—¿Siguen enfadados? —preguntó Owen, acercándose y siguiendo la dirección de su mirada.

—Es una lástima —contestó Skye—. ¿Ethan no te ha contado nada?

—No. Nada nuevo desde que tuvieron la discusión, aunque tampoco he querido preguntar. Supongo que si necesita algo me lo hará saber.

—Pues espero que se arregle esta situación, no me gusta ver a Alex así. ¿Qué habitación tenemos?

—Veinticuatro.

—Pensaba salir a hacer fotos, ¿quieres venir conmigo?

—¿No te molestaré?

—Claro que no. Además conoces la zona, ¿no? Así te aseguras de que no me pierdo por ahí…

Owen la siguió al ascensor con una sonrisa. Dejaron el equipaje en su habitación, aunque tuvieron que abrigarse más antes de salir y ponerse un calzado adecuado para andar por la nieve sin problemas. La chica de recepción les aconsejó no retrasarse demasiado, por el frío y la falta de luz, y ambos asintieron antes de despedirse.

—¿Por dónde? —preguntó Skye, una vez fuera.

—Vamos. —Owen echó a andar—. Sé dónde llevarte.

—Espero que no tengas ninguna intención sexual, porque con este frío no me quitarás ni un guante —se burló la rubia, siguiéndole.

Él se limitó a sonreír. Fueron bordeando la pista de esquí hasta alejarse de la zona, donde solo quedaban unos pocos rezagados. El sol aún brillaba, a pesar de que empezaba a ocultarse, y varias zonas del cielo aparecían salpicadas de un tono rosa suave, así que Skye se iba deteniendo para arrancar *clicks* a su cámara en aquellos lugares que consideraba perfectos. Owen estaba acostumbrado a esos tonos, se había criado en Montana y conocía los paisajes nevados a la perfección, pero comprendía que se dejara seducir por su belleza.

Observó el cielo, siendo consciente de lo poco que pensaba en su hogar. Lo cierto era que no lo echaba de menos, y pensarlo le producía cierto malestar. Escuchó un *click* y se giró hacia Skye, para encontrar con que le apuntaba a él con su cámara.

—¿Qué haces?

—Fotografiar cosas que me gustan.

Owen estaba a punto de decirle que por lo menos lo avisara, pero se calló. Era posible que aquella frase fuera lo más sentimental que le hubiera dicho Skye en todo el tiempo que habían estado juntos. Al menos de palabra.

—¿Cuántas veces has estado aquí? —preguntó ella.

—No sé decirte con exactitud. Veníamos cuando éramos más pequeños. Por aquello de agotar a los niños hiperactivos, claro que yo no tenía ese problema.

—Si hay algo hiperactivo en ti es tu cerebro —sonrió ella, mientras avanzaban.

—La verdad es que no esquiaba mucho —explicó él—. Hacía un poco de teatro, ya sabes, para que mi familia se creyera que me parecía divertido. Luego volvía dentro, con el chocolate y el libro. Y era ahí donde quería estar.

—No me sorprende, no.

Owen se había detenido frente a una zona donde había una especie de mirador rústico. Skye se aproximó hasta ponerse a su lado, y observó el paisaje. A lo lejos se veía una zona iluminada, pequeños puntitos de luz que semejaban una colección de luciérnagas en la oscuridad. Aún quedaba luz en el cielo, pero había perdido toda su intensidad y el rosa comenzaba a tornarse en azul oscuro.

—Eso es Calgary —explicó Owen—. Cuando oscurezca más se verá mejor. Puedes sacar unas fotos preciosas desde aquí.

—Ya lo creo —asintió ella.

162

—Este sitio está en el límite con Manitoba. ¿Te sientes un poco canadiense?

Skye se echó a reír. Estaba relajada, feliz, y Owen se preguntó por qué no podía tener siempre aquel aspecto. Si tuviera la llave para que eso ocurriera… a veces sentía que hablar con ella era como caminar por un campo de minas, nunca sabía si al decir algo se cerraría en banda o por el contrario, se abriría más.

—La semana que viene es Navidad —comentó, decidiendo tentar a la suerte—. ¿Te gusta o la odias?

—Un poco de ambas.

—La cosa es que estaremos en Montana y, por supuesto, mi madre no me lo perdonaría si no voy a la cena familiar de Nochebuena, sobre todo después de haber faltado en Acción de Gracias. ¿Quieres venir?

—Cena navideña —murmuró la chica, pensativa, mientras seguía haciendo fotos.

—Vamos como amigos y listo. No quiero que te quedes sola.

—Tampoco sería la primera vez —dijo ella, acercándose más al mirador.

Owen fue detrás, intranquilo.

—Lo sé, soy consciente de que eres la mujer independiente número uno y de que no me necesitas para nada, pero también me harías un favor. Así no tendré que escuchar el soneto extralargo de mis padres de: «Nunca vienes a nada».

Skye lo observó por encima de la cámara.

—¿Se cortarán si estoy contigo?

—A ver, son padres, nunca se sabe por dónde pueden salir. Pero imagino que será más leve si llevo a una amiga.

La chica lo pensó unos segundos. Nunca había sido muy fan de reuniones familiares, no estaba acostumbrada, pero entre quedarse sola y estar con Owen prefería la segunda opción. Y el hecho de que se preocupara por ella le producía un cosquilleo y cierto calor.

—Pues ya tienes amiga para esa noche —contestó.

Owen esperaba más pegas o excusas y que ella aceptara lo sorprendió para bien. Nunca había sentido interés en presentar su familia a nadie, y aunque había salido con otras chicas, tampoco se había planteado llevarlas a su casa.

Desconocía la cara que estaba poniendo, pero debía ser buena porque Skye le hizo otra foto sin dejar de sonreír. Y cuando ella le sonreía de aquella manera, solo sabía que no sabía nada.

Se acercó hasta donde estaba la rubia y la miró a los ojos mientras atrapaba un mechón de su pelo y lo hacía deslizar entre sus dedos.

—¿Piensas seguir haciéndome fotos a mí en lugar de esas vistas maravillosas?

—Te aseguro que estoy fotografiando lo que más me interesa de este sitio —dijo ella, tirando de su cazadora para acercarlo hacia sí.

—Seguro que he salido con cara de tonto en todas.

—Ya te lo diré cuando las revele —bromeó Skye.

Apartó la cámara que se interponía entre ambos y le besó, con una mezcla de sentimientos complicados de definir.

Pero no tenía por qué definir nada, no en ese instante. De momento iba a disfrutar del fin de semana y del tiempo que estaba pasando a su lado; ya cruzaría los puentes según se los fuera encontrando.

Por la mañana, después del desayuno, se encontraron todos en recepción para ir a una tienda de alquiler de esquís y ropa para la nieve. Los becarios se ocuparon de pedir lo necesario y repartirlo entre el grupo. Una vez preparados, Jan les subió en el autobús hasta las pistas.

Ethan cogió sus esquís y se los echó al hombro, acercándose a Owen.

—Tengo un plan —dijo.

—¿Un plan?

—Como en México. Iré tras ella, ¿te acuerdas que así conseguí que hablara conmigo? Pues aquí igual.

—Bueno, no sé yo si es lo mismo, porque tú no sabes esquiar. Si se mete en una pista azul…

—Ella tampoco sabe.

—¿Y no sería mejor hablar en el hotel? Con todas las oportunidades que tenéis…

—Está compartiendo la habitación con Skye, no puedo hablar con ella.

—Tú estás tonto. Utiliza su habitación, pero Skye se viene conmigo todas las noches.

Ethan parpadeó sorprendido.

—¿Y por qué no me lo has dicho antes?

—Porque no me has preguntado.

Ethan no respondió a eso, sino que le dio un codazo para llamar su atención, señalando una cabaña.

—Mira, van a contratar un monitor. Cuando salgan vamos, pedimos el mismo y ya está.

—Pero si yo ya sé esquiar.

—Eso da igual.

Owen suspiró fastidiado, pero se echó los esquís al hombro y le siguió hacia la cabaña. Si su amigo le necesitaba a su lado, no podía ignorarlo. Que últimamente no salía de su papel de senador y solo hablaban de trabajo.

Dentro de la cabaña, Alex y Skye esperaban con Tatum y Piper a que Josh contratara un monitor. Había unas cuantas personas haciendo cola, y de pronto escucharon un grito femenino.

—¡Felicia! ¡Fabrizia! ¡Alicia! ¡Mirad, son las chicas que iban con los abogados!

Al momento, cinco adolescentes las rodearon, hablando a la vez. Skye y Alex se miraron confusas unos momentos, hasta que las ubicaron. Las habían conocido en México, claro, estaban en las excursiones que cogían Ethan y Owen mientras ellas tomaban la opción más barata de Alejandro.

—Soy Mindy —decía la que había gritado, con una sonrisa de oreja a oreja—. Qué casualidad, ¿no?

—¿Y los abogados? —Felicia miró por encima de ellas—. No hemos visto a Owen desde el avión, con lo majo que era.

—No son abogados —explicó Alex—. Owen es el jefe de campaña de Ethan, que es senador y se presenta a presidente.

—¿En serio? —Esa fue Fabrizia—. ¡No teníamos ni idea!

—Pero si sale en todas partes —intervino Tatum.

—Como no tenemos edad para votar, no nos interesa la política —contestó Alicia, encogiéndose de hombros—. Ya tendremos tiempo.

—Eso, ahora toca... ¡diversión! —Cindy hizo un par de movimientos de cadera—. Vamos a aprender a esquiar con el monitor buenorro, Marcus.

—¡Oye, esa idea es genial! —siguió Alicia—. Venga, pedid que os pongan con él.

—¿Está muy buenorro? —preguntó Piper.

—Ni te imaginas.

—¡Josh! —Piper corrió hacia él, que justo estaba en el mostrador—. Josh, que nos pongan con Marcus.

—¿Le conoces?

—No.

—¿Entonces qué más te da?

—Que está buenorro. —Miró a la encargada, que afirmó con la cabeza—. ¿Ves?

Josh miró a la chica y le entregó los papeles cumplimentados.

—Con Marcus, por favor.

La chica recogió los papeles y, tras comprobar y registrar los datos, les entregó unas pegatinas con sus nombres para que se pusieran en el pecho y les indicó que salieran por una puerta lateral para esperar allí al monitor.

Justo cuando todo el grupo salía, entraron Owen y Ethan.

—Queremos apuntarnos —dijo este último—. A lo que se hayan apuntado los anteriores.

—¿Clases de familiarización?

—Eso es. La misma que ellas, el mismo monitor.

—También queréis a Marcus, ¿eh? —Les guiñó un ojo—. Ya entiendo. No os preocupéis.

—¿Qué entiendes? —preguntó Owen, mosqueado.

—Eso, que entendéis. —Volvió a guiñarles un ojo—. Rellenad estos papeles, que la clase va a empezar. Ya están esperando fuera.

Owen seguía mosqueado por aquel «entendimiento», pero Ethan ya estaba rellenando su impreso, así que cogió el suyo y lo cumplimentó. Una vez entregados, registrados y con sus pegatinas en el pecho, salieron por la puerta esperando encontrarse a Skye y Alex pero, en su lugar, cinco rostros familiares los rodearon sin posibilidad de escapar.

—¡Somos nosotras! —exclamó Mindy.

—¡Las que se llaman casi igual!

Owen no distinguió cuál de ellas hablaba, como le había pasado en México, y menos cuando empezaron todas a la vez a preguntarles desde qué habían hecho hasta que por qué eran políticos en lugar de abogados. Intentó hablar, pero justo en aquel momento apareció un chico y todas se callaron, mirándole.

—Sí que está buenorro, sí —escuchó que comentaba Piper.

Así que a eso se refería la chica que les había registrado. Pues tampoco era para tanto. Sí, era alto, de ojos verdes, pelo negro y encima le sentaba el traje como a ninguno de los que estaban allí. Entonces el chico sonrió… y se oyó un suspiro generalizado.

—Bienvenidos a familiarización, soy Marcus. Colocaos por parejas que vamos a ir al telesilla para subir a las pistas blancas y verdes. El chico encargado os ayudará a subir y yo iré el primero para ayudaros a bajar. Seguidme, por favor.

—Al fin del mundo si hace falta —murmuró alguna de las -icias.

Ethan intentó adelantarlas para llegar junto a Alex, pero fue imposible, estaban todas las adolescentes intentando ser las que más cerca iba de Marcus y no había manera de pasar entre ellas y Alex y Skye estaban las primeras de la fila. No estaba seguro siquiera de si los habían visto con tanto alboroto.

Cuando llegaron al telesilla se colocaron en fila de dos y ellos quedaron los últimos. Mientras esperaban, vieron que desde el mirador de la cafetería un par de personas les hacían gestos.

—¿Nos saludan a nosotros? —preguntó Ethan.

—Creo que son tus fans, ya sabes. Millicent y Olivia.

—¡Desde aquí se ven las pistas! —gritó Olivia a pleno pulmón, confirmando sus sospechas—. ¡Os vamos a estar viendo todo el rato!

Ethan les devolvió el saludo, esperando no caerse durante las clases ni nada que pudiera dar motivo de conversación a las dos mujeres.

Les tocó su turno en el telesilla. Cierto que había un chico dando instrucciones, pero subir al asiento no fue nada fácil entre aquellas enormes botas, los esquís, los bastones y los guantes que no les dejaban agarrarse bien. Por fin estuvieron sentados, con la barra bien asegurada.

—Están las primeras —dijo Ethan, asomándose por un lateral, aunque rápidamente volvió a colocarse bien—. ¿Esto sube mucho?

—No, lo ponen solo para los vagos, el resto sube andando. —Ethan le miró—. Pues claro que sube mucho, ¿qué pensabas?

—Tampoco hace falta que te pongas así, solo era una pregunta. ¿Estás cabreado por algo?

Owen hubiera preferido hacer un par de viajes por las pistas de abajo y después dedicarse a tomar chocolate, como siempre hacía, en lugar de tener que subir y pasarse la mañana allí. Por no hablar de que el sonriente monitor le había caído mal nada más verlo y no le hacía ni pizca de gracia que fuera a estar tan cerca de las chicas. Como le viera acercarse a Skye con la excusa de ayudarla… bueno, la idea no le gustaba, pero tampoco podía hacer nada por evitarlo. Porque tampoco iba a ir de novio celoso por la vida, ¿verdad? Eso no iba con él.

—Por nada —contestó, enfurruñado.

Con el tono que lo dijo no convenció a Ethan, pero el senador no insistió porque ya estaban muy arriba y veía que llegaban al final del trayecto. Entonces se dio cuenta de un detalle, y era que el telesilla no había disminuido en ningún momento su velocidad ni se había detenido, lo cual quería decir que tenían que bajarse en marcha. Estiró el cuello para ver mejor y se tranquilizó un poco al ver que, tal y como había dicho, Marcus se encontraba en la zona de llegada y estaba ayudando a cada pareja a bajar.

Pero el alivio le duró poco al ver que, tras ayudar a Tatum y Piper, que iban justo delante de ellos, todo el grupo se alejaba.

—¡Owen! —Le dio un codazo—. Owen, ¡que el tipo ese se ha olvidado de nosotros! No vamos a poder bajarnos.

—Tranquilo, es fácil, solo hay que saltar.

—¿Sin más?

—Claro. —La barra se elevó de forma automática—. Venga, que nos toca.

—Pero no sé cómo hacerlo.

—Saltas y ya.

—¿Pero a dónde? ¡No hay nada señalizado!

—Ethan, ¡que saltes! —Pensó en empujarlo, pero tampoco era cuestión de accidentar a la persona que le pagaba el sueldo y, además, amigo—. Ahí, sobre la nieve.

—¿Y qué hago con todo esto? —movió los esquís y bastones delante de su cara—. Así no puedo mantener el equilibrio.

—Si no saltas ya no vamos a poder y… —La barra se bajó de nuevo, impidiendo que se movieran—. Pues nada, nos quedamos aquí atrapados.

—¿QUÉ? —Intentó mover la barra, sin éxito—. Owen, por Dios, llama y pide ayuda, que estamos atrapados.

—Tranquilo, el telesilla bajará y volverá a subir, no pasa nada.

—¡Pero perderemos al grupo!

—Ya les alcanzaremos esquiando. Mira, te ayudo a ponerte los esquís mientras damos la vuelta y así bajamos con ellos puestos y nos deslizamos.

Aquel «nos deslizamos» sonaba muy bonito a la par que imposible a oídos de Ethan, pero tampoco tenía muchas opciones, así que decidió hacerle caso. Les costó dios y ayuda colocarse los esquís sin que se les cayera nada en el proceso, pero por fin lo consiguieron y, cuando el telesilla hizo todo el circuito, estaban preparados para bajar.

Esa vez Owen no esperó a Ethan, sino que se bajó de un salto para que viera cómo lo hacía y se animara a seguirle. Desde abajo, extendió los brazos por si tenía que frenarlo, aunque esperaba que no o se temía que ambos acabarían por los suelos.

Ethan calculó la distancia y decidió que lo mejor era caer cerca de su amigo para que le sujetara, pero mientras lo decidía el telesilla seguía sin frenar, por lo que para cuando se tiró, ya no estaba a la altura de Owen. Cayó de pie sobre la nieve… o eso pensaba, porque cuando estaba a punto de tocarla, movió las piernas sin darse cuenta de forma que la punta de los esquís quedó clavada en la superficie blanca y él cayó de morros cuan largo era, sin posibilidad de mover las piernas, atrapadas en los esquís. Tampoco pudo frenar mucho el golpe en la cara porque llevaba los bastones y al extender los brazos para soltarlos, no le dio tiempo a ponerlos de nuevo delante y se quedó con ellos extendidos sobre la nieve.

Owen se quitó los esquís para poder llegar más rápido a su lado.

—¿Estás bien? —preguntó, preocupado.

Ethan consiguió separar un poco la cabeza de la nieve.

—No puedo moverme —se quejó—. Me duele un hombro.

—Te soltaré los esquís.

Se los quitó y le ayudó a darse la vuelta, pero cuando Ethan se incorporó, tenía un brazo colgando sin poder moverlo.

—Creo que se te ha salido un hombro —dijo Owen—. Pero tranquilo, no es grave.

O eso esperaba, porque como fuera algo más… Por suerte ya se estaba acercando uno de los trabajadores de la pista, que pidió ayuda con un *walkie*.

—Vendrán enseguida con la moto de nieve a buscarlos —informó.

—¿Qué? No, no —negó Ethan—. Tengo que subir con la clase, nos la vamos a perder.

—Señor, ya no puede esquiar. Seguro que le reembolsarán el dinero, no ha llegado a utilizar…

—Que no es eso.

Una moto de nieve con una cruz roja pintada y una camilla naranja atada a la parte de atrás se detuvo junto a ellos. Un chico se bajó y se acercó.

—¿Es usted el herido? —preguntó, mirando su brazo.

—Sí, pero no es nada. —El chico le manipuló el hombro, casi haciéndole gritar—. ¡Cuidado!

—Parece un hombro dislocado, pero le bajaré para hacer unas radiografías también por si acaso. Túmbese en la camilla.

—¿En eso? No, no, yo bajo en el telesilla.

—No, tú te metes ahí —intervino Owen, temiendo que al bajar otra vez se dislocara el otro hombro o peor—. Yo voy en el telesilla y nos vemos en el puesto de socorro. Verás que bien vas ahí, tranquilo.

Le cogió del brazo mientras el chico de la moto hacía lo propio y entre ambos llevaron a un nada convencido Ethan hasta la camilla, donde le metieron dentro del saco naranja y lo ataron de tal forma que no tenía manera de moverse ni, mucho menos, salir de ahí sin ayuda.

—Así es como debieron morir todas las momias de Egipto —protestó.

—Sí, sobre todo se parece en la nieve. —Levantó un pulgar hacia el chico, que arrancó la moto—. Verás qué bien bajas.

Pero a Ethan no le dio tiempo a contestar porque la moto echó a andar a toda velocidad colina abajo y se quedó sin habla, sin respiración y sin vista, porque tuvo que cerrar los ojos al ver desfilar los árboles (y su vida) delante de sus ojos a toda velocidad.

En la pista blanca, todo el grupo se había colocado en una fila mientras el monitor se ponía frente a ellos con una sonrisa que parecía de anuncio de dentífrico.

—Vaya, creo que nos hemos dejado dos —comentó, tras echar un vistazo—. Se habrán arrepentido, no pasa nada, podemos empezar.

—A lo mejor son esos de ahí abajo, parece que los de rescate se llevan a uno —señaló Mindy.

—Huy, pobre, ¿qué le habrá pasado? —dijo Skye.

—Esto ya no me gusta tanto —murmuró Alex—. Mira que si me rompo algo…

—Venga, tranquila, que verás que esto es fácil, si estamos en la pista para niños. —Justo entonces, algo parecido a una hormiga atómica pasó a su lado a toda velocidad—. Niños torpes, no ese.

—¿Ves? A los niños les ponen casco y gafas, por algo será.

Marcus empezó a dar instrucciones, así que las dos se callaron para intentar seguir sus explicaciones. Empezó a poner posturas para enseñarles a frenar, cómo caer sin hacerse daño, cómo bajar poco a poco… Después todos le fueron imitando y pasó por todo el grupo de uno en uno para comprobar que lo hacían bien. Una vez satisfecho, porque las adolescentes le llamaron varias veces, les dijo que empezaran a bajar por la pista despacio.

Al final todos los fueron logrando, y tocó subir la pendiente de lado, lo cual les llevó tres veces más de tiempo que bajar.

—Mañana no vamos a poder movernos, ya me está doliendo todo —protestó Alex.

Skye iba a contestarle lo divertido que era, pero lo cierto era que si lo hacía se quedaría sin aliento y, además, notaba los tirones en los muslos y otros músculos que desconocía que tenía hasta ese momento.

Una vez arriba, Marcus no les dio tiempo a recuperarse, sino que al momento pidió que bajaran de nuevo.

Cuando llegó abajo, Skye se quitó los esquís mientras esperaba a que Alex frenara a su lado.

—Corre, quítatelos antes de que nos vea —la urgió—. Nos vamos antes de que nos dé un chungo, seguro que el chocolate de la cafetería de esta zona está buenísimo.

No había ni terminado de hablar cuando Alex ya se había desecho de los esquís y se apresuraron a alejarse de la zona antes de que el resto del grupo o el monitor las detuvieran.

La cafetería de esa zona era más pequeña que la principal a pie de pista, pero tenía unas cuantas mesas y pudieron sentarse en una con sus tazas de chocolate caliente.

—Esto me gusta más —suspiró Alex, dando un sorbo—. No sé si mañana podré caminar. —Miró por la ventana—. ¿Dónde se habrán metido Owen y Ethan?

—Estaban detrás del grupo, casi no los pude ver con las locas esas. Se habrán ido a esquiar por ahí, aunque Owen me dijo que no le hacía mucha gracia.

—Ethan no sabe.

—Pues igual están en otra cafetería haciendo lo mismo que nosotras. —Tomó un poco de su taza—. Sí, esto es mucha mejor idea. Bueno, ¿has pensado algo?

—¡Si hablamos de esto ayer, no me ha dado tiempo!

—Aunque sea para Navidad, no digo sobre el futuro de vuestra relación.

—Siempre las pasa con su madre, no sé si volará a New Hampshire o vendrá ella a donde estemos ese día. Y ella espera que yo esté, claro.

—Porque pasarlas con tu familia está descartado, claro.

—Ja, ja, qué graciosa. —Le sacó la lengua—. Ni loca, vamos. No, prefiero mil veces a Ethan y su madre. Me llevo muy bien con ella y además…

—La puedes usar como escudo si hace falta para no hablar.

—Más o menos. ¿Y tú? ¿Qué vas a hacer? ¿Irás a Boston?

—No, nada de eso.

—Pues le digo a Ethan que las pasamos juntas tú y yo, no quiero que te quedes sola.

—No, tranquila. No voy a estar sola. —Carraspeó y explicó muy rápido—. Owen me ha invitado a cenar con su familia y voy como amiga, nada más.

—¿Cómo? —La miró con la boca abierta—. ¿Vas a pasar las navidades con la familia de Owen?

—Sí. —Se encogió de hombros—. Solo amiga, no pienses cosas raras.

—Skye, ese es un gran paso. —Alargó una mano para apretarle la suya—. Me alegro por ti, eso dice mucho de lo que sientes por Owen.

—Bueno, no le des tanta importancia, ¿vale? No quiero ponerme nerviosa ni nada por el estilo, solo es una cena y nada más.

Pero ni ella se creía eso, porque ni era un día cualquiera ni una cena sin más, implicaba dormir en su casa, conocer a su familia, pasar tiempo con ellos… Algo que no había hecho con ninguna de sus otras relaciones. Entendía que Alex viera más allá de «solo es una cena».

Alex notó que no quería profundizar mucho más en el tema y la entendió, conociéndola como lo hacía, estaría pensando si era buena idea al fin y al cabo.

—¿Otro chocolate? —propuso.

—Por supuesto. Pero a este dile que le eche nata, ya de perdidos, al río.

Alex sonrió y fue a buscar otro par de tazas, y así pasaron la mañana. Bajaron a comer a la cafetería a pie de pista y después se entretuvieron un rato en las tiendas de la zona, antes de devolver la ropa y regresar al hotel.

Al entrar, vieron que Owen estaba sentado en la barra del bar y que las saludaba con la mano.

—Te reclaman —dijo Alex.

—¿Quieres que cenemos juntas? —preguntó, haciéndole un gesto a Owen para que esperara.

—No te preocupes por mí, pediré algo al servicio de habitaciones porque estoy segura de que cuando salga de la ducha y me tire en la cama no seré capaz de moverme. Pásatelo bien.

Se dirigió hacia el ascensor mientras Skye se acercaba a Owen con una sonrisa.

—¿Qué haces aquí solo? —preguntó.

—Esperarte. ¿Vienes muy cansada?

—No creas, no hemos esquiado mucho al final. ¿Y vosotros?

—Ethan se lesionó nada más empezar, así que…

—¿Cómo que se lesionó?

—Nada grave, un hombro dislocado. Le han puesto una venda, le han dado pastillas y está descansando. Pero a lo que iba. Como todavía tenemos libre, he pensado que podíamos salir a cenar.

—¿A cenar?

—Sí, ya sabes, esas cosas que hacen las parejas normalmente. Salimos a cenar, a tomar algo… Al final estamos todo el día juntos pero es trabajo. ¿Te apetece?

—Claro, genial. —Le dio un beso en la mejilla—. Voy a cambiarme, dame quince minutos.

—¿Una chica preparada en quince minutos? ¿No querrás decir media hora?

172

—Voy a pasar por alto el machismo inherente en esa frase… pero sí, mejor media hora. ¿Me tengo que poner elegante?

—No, en absoluto.

Se señaló sus vaqueros, que rara vez se ponía, como signo indicativo de que iban a algún sitio informal. Skye levantó un pulgar y subió a su habitación para cambiarse, animada por aquel plan porque tal y como él había dicho, estaban juntos todo el día pero siempre era por trabajo, únicamente se quedaban solos por la noche y esa actividad la tenían más que dominada. De lo cual no se quejaba en absoluto, pero le apetecía algo nuevo.

Media hora y algunos minutos después, regresó al bar del hotel, donde Owen seguía en el mismo sitio. Al verla, dejó unos billetes sobre la barra y se acercó.

—Vaya, casi lo consigues —se burló.

—Mira que me vuelvo arriba…

—Era broma. —Le dio un beso—. Estás muy guapa.

Skye puso los ojos en blanco.

—Eres un pelota. —Le cogió del brazo—. Vale, ¿dónde me llevas?

—Aquí al lado hay un pub, se llama Chizy's. Tienen comida, música… de todo. El recepcionista me ha dicho que está bastante bien.

—¿No has ido tú nunca?

—Cuando veníamos aquí era muy pequeño, no tenía edad para entrar en bares.

Salieron del hotel y Owen la llevó hasta el pub que había mencionado, situado un par de calles más abajo, lo cual era de agradecer porque la noche era muy fría e incluso caían algunos copos de nieve.

El interior era acogedor, con muchos cuadros por todas partes y el aspecto de un pub clásico de toda la vida. Tenía zona de restaurante, la barra del bar y al fondo un pequeño escenario donde tocaba un grupo.

Una camarera se acercó para llevarlos a una mesa y entregar las cartas. Desde allí la música se oía, pero no lo suficiente como para no poder hablar.

—Es un sitio muy agradable —comentó Skye, abriendo la carta—. ¿Qué te apetece? Aquí no tienen sopa francesa ni esas cosas raras que te gustan.

—Que me pase el día en eventos y comidas elegantes no significa que me gusten siempre. ¿Qué tal unas alitas bien picantes?

—¿En serio? —Le miró por encima de la carta—. ¿Vas a mancharte las manos? ¿Dónde está Owen y qué has hecho con él?

—Qué graciosa. Es mi noche libre, déjame «liberarme».

—Claro. Pues alitas entonces. ¿Hamburguesa?

—Por supuesto.

La camarera se acercó para tomarles nota y pronto estuvo de vuelta con las bebidas.

—No te imaginaba en un sitio así —comentó ella—. Pero te pega. Deberías quitarte más a menudo los trajes.

—¿Más a menudo que todas las noches? —Ella le dio una palmada en un hombro—. Ya me viste en México de todas las formas posibles.

—Sí, sobre todo recuerdo aquella primera excursión. Cómo debisteis sufrir con esos zapatos.

—Fue un error de cálculo. —La camarera llevó un plato de alitas lleno hasta arriba—. Y estaba algo así como trabajando, no cuenta. —Cogió una alita—. ¿Al ataque?

Skye cogió otra, mirándole desafiante.

—Al ataque —contestó.

Y dio un mordisco sin pensar, arrepintiéndose casi al momento. Aquello picaba más de lo que había esperado, pero Owen estaba comiendo como si nada. Dio un trago a la cerveza y siguió comiendo, pensando que era peor que un campeonato de chupitos pero igual de divertido. Porque pronto, aunque Owen no hacía ningún gesto ni se quejaba, el tono de la piel de su cara empezó a volverse más rojizo.

Para cuando vaciaron el plato los dos habían necesitado que la camarera les rellenara la cerveza y tenían la boca escaldada. Mientras se limpiaban con unas toallitas húmedas, Owen la miró con malicia.

—¿Quieres otro plato?

—Ni de broma. —Se echó a reír—. No, si como algo más creo que echaré fuego por la boca.

—No estaba seguro de que pudieras con todas.

—Parece mentira que no me conozcas, nunca me rindo.

Les llevaron las hamburguesas y Skye se quedó mirando cómo Owen la cogía con las manos y le daba un buen mordisco.

—¿Qué pasa? —preguntó él, después de tragar—. ¿Tengo algo en la cara?

—No, no, nada.

Cogió la suya, ocultando una sonrisa mientras comía. Aquel Owen le gustaba. Ocultaba mucho esa faceta suya relajada, pero cuando la sacaba, le encantaba. Y parecía que aquella noche no tenía intenciones de tenerla bajo las capas de seriedad que normalmente le envolvían porque tras la cena, compartieron un postre de chocolate y después se fueron a la zona del bar a tomar una copa mientras escuchaban al grupo local. Pero tampoco se quedaron sentados, porque, para su sorpresa, Owen la sacó a bailar cuando la gente empezó a animarse a ocupar la pista durante una canción lenta.

Y mientras bailaba abrazada a él, Skye pensó que aquello era demasiado agradable. ¿Por qué le gustaban todas sus facetas? No podía ser que cuanto más le conociera, mayor atracción sintiera por él.

Cerró los ojos, apoyando la cabeza en su hombro mientras se dejaba llevar por la música. Aquel era uno de esos raros momentos perfectos que se presentaban en la vida y solo quería que durara mucho más que una canción.

Alex se dio una ducha notando unas potentes agujetas en las piernas y se prometió no volver a esquiar en su vida. Después se tumbó en la cama en albornoz y empezó a cambiar de canal, hasta que llamaron a su puerta. Fue a abrir pensando que sería Skye pero no, era Ethan. Pensó en alguna excusa para no hablar con él, pero se le quedó la mente en blanco al ver que llevaba el brazo en un cabestrillo.

—¡Oh, Dios mío! —exclamó—. ¿Qué te ha pasado?

—Se me ha salido el hombro. —Hizo una mueca de dolor—. Pero tranquila, no ha sido nada. Me lo han recolocado y estaré bien en unos días. Aparte, las drogas ayudan.

—¿Cómo ha sido? No te he visto en las pistas.

—Bajando del telesilla. —Movió una mano—. No, no preguntes, ni yo sé cómo ha pasado.

—Eras tú el que bajaron en moto, entonces —dedujo.

—Otra cosa de la que prefiero no acordarme. ¿Cambiamos de tema? Venía a hablar contigo.

—Vale…

—Tranquila, que no es del tema que sigues pensando, aunque me gustaría saber hasta cuándo vas a hacerlo. —Ella se mordió un labio—. Venía a preguntarte por Navidad, me ha escrito mi madre que va a volar a Montana para encontrarse con nosotros allí. Y claro, espera verte. ¿Le digo que estarás o has pensado otro plan?

—No, no, sin problema. Cenaré con vosotros.

—Vale, pues ya te diré cómo quedamos. —Dudó un segundo, antes de inclinarse y darle un beso en los labios—. Buenas noches.

Se dio la vuelta y se marchó mientras Alex se tocaba los labios y se quedaba unos segundos mirando cómo se alejaba. Y entonces se dio cuenta de que no podía seguir así indefinidamente. No podía estar sin él, apenas si conseguía dormir algo esas últimas noches y sabía que Ethan tampoco estaba nada contento. Aquel limbo en el que les había puesto ella no era bueno y solo tenía dos opciones ante sí para acabar con eso: o le dejaba o seguía con él, con todas las consecuencias.

Capítulo 13

—Espero que aguante hasta que lleguemos —comentó Owen mientras conducía, mirando al cielo preocupado—. Solo faltaba que nos quedáramos atascados.

—¿Tanto nieva? —Skye miró por la ventanilla—. No puede ser peor que en Boston.

—Parecido, solo que aquí no hay gente en kilómetros a la redonda, como puedes comprobar, así que lo normal es quedarse aislado. Las quitanieves pasan por las carreteras principales pero las secundarias las tienen más abandonadas. Y ya las que llevan a las granjas ni te cuento.

—¿Te has quedado aislado muchas veces?

—Demasiadas. Fue una de las razones que me llevó a marcharme de aquí. No te imaginas lo que es estar encerrado en casa, con dos metros de nieve alrededor y sin poder ir a ninguna parte. Ríete tú de «Gran Hermano».

—¡Pero si el sueño de todo niño es tener libre en el colegio! Ya te imagino, con un mini traje y maletín, protestando porque no podías ir a estudiar.

—Qué graciosa. No llevábamos uniforme, para tu información. Y sí, me gustaba estudiar, qué quieres que te diga. Que la vida en una granja puede parecer muy bucólica, pero no, ni te imaginas el trabajo manual que lleva.

—¿Qué tipo de animales tienen tus padres?

—Principalmente ovejas. Menos mal que no es verano, porque si no ya te tocaría esquilar alguna, seguro. También tienen alguna vaca, que ya te digo también que ordeñarlas es el colmo de la diversión.

—¿Pero no hay máquinas que hacen eso?

—A mis padres nunca les ha gustado, son tradicionales.

—¿Y tus hermanos?

—Ralph tiene su propia granja, un poco más al norte. Jacob trabaja con mis padres, es el que va a quedarse con el negocio familiar. Y mi hermana, Haley, es veterinaria en el pueblo.

—Y me dijiste que tenías tres sobrinos, ¿no? —Él afirmó con la cabeza—. ¿Uno de cada?

—No, dos de Ralph y el pequeño de Jacob. Mi hermana todavía no tiene ninguno y claro, mi madre está deseando que tenga una niña, después de tres nietos. —Señaló por la ventanilla—. Mira, ya casi estamos.

Skye siguió la dirección de su dedo con la mirada, pensando en su última frase. Si toda la familia era igual probablemente para la hermana sería algo normal, pero ella pensaba que, en su lugar, sentiría presión por cumplir esos objetivos.

—¿Qué te parece? —preguntó Owen.

La casa principal se alzaba sobre una colina, rodeada de campos verdes cubiertos en varias zonas por la nieve. A un lado se encontraba el típico granero rojo con listones blancos. La verdad era que le parecía de postal, tendría que sacar unas cuantas fotos.

—Muy diferente a lo que estoy acostumbrada —comentó.

—¿Esperabas otra cosa?

—No imaginaba que fuera tan grande.

—Otra cosa no, pero en Montana campo… todo el que quieras.

Llegaron a la entrada de la casa y Owen aparcó debajo de una estructura de madera, donde había un par de todoterrenos.

—Parece que Haley y Jacob han llegado —dijo Owen, cuando se bajaron del coche.

—¿Todos tienen todoterrenos?

—Es lo mejor para conducir por aquí. Quería alquilar uno pero no quedaban. O eso, o Josh me ha engañado.

—Cómo te gusta meterte con ellos.

Ahogó un grito al notar que algo la empujaba y, al darse la vuelta, vio a una enorme oveja negra. El animal le dio otro empujón antes de salir corriendo en dirección contraria.

—¡Owen! —Oyeron una voz femenina.

Ambos miraron hacia allí. Una chica acercaba corriendo a ellos. Parecía poco más joven que Owen y tenía el mismo pelo negro, ojos azules y, cuando se acercó, Skye distinguió unas cuantas pecas. Al verlos, les sonrió al pasar pero sin dejar de correr.

—¡Hola, hermanito! Ahora vuelvo, que se escapa Owen.

Siguió su marcha mientras Skye miraba a Owen con expresión interrogativa.

—Mejor metemos las maletas —dijo él, evitando hacer ningún otro comentario.

Sacó las dos y justo cuando Skye iba a preguntar de nuevo, se abrió la puerta principal y apareció un matrimonio mayor.

—¡Por fin habéis llegado! —exclamó ella, acercándose con los brazos abiertos.

—¿Y ese coche? —intervino él—. Owen, con eso no podréis moveros si empieza a nevar.

—Lo sé, papá, no quedaban más grandes.

—Pero dale un abrazo a tu madre. —La mujer le dio un abrazo que le cortó la respiración, para después separarse y mirarlo de arriba abajo—. Estás muy delgado, ¿es que no te dan bien de comer? Mira que llamo a Ethan…

—No hace falta, mamá, en serio. Como de todo.

Ella volvió a mirarle, no muy convencida, antes de desviar su atención hacia Skye.

—Bueno, y esta es tu amiga. Skye, ¿verdad?

—Encantada, señora Sawyer —contestó esta, extendiendo la mano—. Skye Kaplan.

—Nada de formalismos. —La estrechó contra sí, igual que había hecho con Owen—. Llámame Mildred y a él Harold.

El padre de Owen le dio el mismo tratamiento, solo que su abrazo fue aún más fuerte si cabe.

—Estamos encantados de tenerte aquí —reafirmó él.

—Sí, es la primera vez que conocemos a una amiga de Owen.

—¿Qué tal si entramos dentro? —propuso este, antes de que sus padres siguieran por aquel camino—. Hace un poco de frío.

—Claro, pasad. —Mildred se hizo a un lado para que avanzaran—. Tengo chocolate caliente preparado.

Harold cogió las maletas sin importarle las protestas de ambos y las metió dentro de la casa. En cuanto pasaron la puerta, notaron el calor agradable que daba la chimenea del salón y el olor a pastel de manzana que impregnaba todo.

—Huele genial —dijo Skye.

—Es el favorito de Owen —explicó Mildred—. Y para una vez al año que se digna aparecer…

—Mamá, eso no es verdad, vine para tu cumpleaños.

—Has faltado en Acción de Gracias. A saber qué habrás comido por ahí.

Les dio un par de tazas con chocolate y Owen guio a Skye hasta el salón. Allí se encontraba una pareja con un bebé, que Skye reconoció de la foto que le había enseñado Owen. Además tenía el oso de peluche con, efectivamente, la imagen de Ethan, así que no había error posible.

Owen le presentó a su hermano Jacob y a su mujer, Elsa. Así como con Haley había visto rápido el parecido, con Jacob no era tan tangible. El chico era más alto y fornido, probablemente de la vida en la granja, y no tenía los ojos de aquel azul profundo, sino marrones, igual que la madre.

Apenas si pudieron intercambiar un par de palabras de saludo, porque al poco se abrió la puerta y entró otra pareja con dos niños más mayores: Ralph, el otro hermano, y su mujer, Tricia.

Ralph era más parecido a Jacob que a Owen, también había salido a su madre, y sus dos hijos eran copias idénticas de él. Tampoco pudo verlos mucho porque desaparecieron escaleras arriba, según explicó Mildred, a una habitación que habían puesto como zona de juegos.

—¿Subimos las bolsas? —propuso Owen.

—Terminaré de preparar el ponche de huevo mientras tanto —informó Mildred.

Dejaron las tazas de chocolate a medio beber sobre un mueble. Skye cogió su maleta y siguió a Owen escaleras arriba. Había cuatro habitaciones: la de sus padres, la de sus hermanos — convertida en sala de juegos—, la de Haley y la suya propia.

—Mi madre te ha preparado la habitación de mi hermana —informó Owen, abriendo la puerta de la misma—. Lo ha hecho adrede porque le he dicho que solo somos amigos, aunque me ha preguntado treinta veces si éramos algo más y se lo he negado. Así que... nada de compartir habitación.

—No te preocupes, creo que puedo sobrevivir sin ti. —Se asomó y vio que todo el cuarto estaba empapelado en rosa, con mariposas de adorno, posters de ídolos adolescentes y una vitrina llena de muñecas—. Vaya, qué... femenino.

—El mío es el contiguo.

Skye dejó la maleta y se apresuró a seguirle para asomarse, muerta de curiosidad. La habitación de Owen estaba pintada de azul, pero en lugar de pósters tenía baldas llenas de libros.

—Los trofeos de deportes se los llevaban mis hermanos —comentó él, dejando su maleta sobre la colcha, también azul—. Están todos guardados por ahí.

—Ya veo que te gustaba leer.

—Como te dije, aquí es fácil quedarse aislado y los inviernos son largos. Así que hacía acopio de libros siempre que podía.

—Suena un poco solitario, ¿no?

—No quiero decir que estuviera solo aquí encerrado leyendo. Pero mientras mis hermanos se iban a entrenar o a jugar al hockey o mi hermana estaba con los animales, yo leía. No hemos tenido nunca las mismas aficiones, pero yo iba a sus partidos y ellos me regalaban libros. Nos hemos entendido bien. Y supongo y espero que voten a Ethan —bromeó—. Que ahora que lo pienso, les tengo que dar un pin…

—¡Cinco minutos para la cena! —gritó Mildred desde abajo.

—Saca tus cosas y bajamos, a mi madre no le gusta tener que llamarnos dos veces.

—Claro, no vaya a castigarte sin postre.

Le guiñó un ojo y regresó a la habitación para preparar la ropa de dormir. Después bajaron al comedor, justo cuando Haley entraba por la puerta con un chico.

—Adam lo ha logrado —dijo, con una sonrisa—. Skye, mi marido. Es médico, justo ha terminado su turno y por suerte no ha tenido que doblar.

—Aunque estoy de guardia, espero que no tenga que salir corriendo. —Le estrechó la mano—. Encantado de conocerte. Eres la primera amiga de Owen que conozco.

—Sí, me lo dicen mucho últimamente…

La mesa estaba preparada, con los niños en un lado para que los padres pudieran vigilarlos, y a Skye le tocó sentarse entre Owen y Haley.

Mildred y Harold empezaron a llevar fuentes y platos de comida de la cocina hasta que no hubo un hueco libre en toda la mesa.

—¿Será suficiente? —preguntó Mildred, una vez estuvo todo puesto—. Ahora que lo veo no sé si llegará.

—Seguro que sí, mamá —contestó Owen.

—Tu opinión no cuenta, que ya se ve que no comes nada. —Acto seguido le cogió el plato y se lo llenó hasta arriba de puré de patata, guisantes y trozos de carne—. Toma, para empezar.

Skye ahogó una risa al ver la cara de agobio de Owen, pero pronto se le pasó al ver que la mujer le ponía< lo mismo a ella.

—¿Es poco? —preguntó Mildred al ver su cara.

—No, no, gracias. Con esto me vale.

—Tranquila, luego te sirvo más cosas.

—Y después el postre —añadió Harold.

—Te va a encantar la tarta de manzana —dijo Haley.

«Eso si consigo llegar a ella sin explotar» pensó Skye, pinchando un trozo de carne. No quería parecer descortés, así que se dedicó a picotear mientras empezaban a hablar entre ellos, contándose cómo iban sus trabajos. Owen les habló de la campaña de Ethan, del recorrido que estaban haciendo y de cómo estaba convencido de que su amigo llegaría a la Casa Blanca.

—¿Y qué vas a hacer tú una vez allí? —preguntó Jacob.

—¿A qué te refieres?

—Ahora eres jefe de campaña. Si gana, eso ya no tendrás que hacerlo.

—Seré jefe de gabinete. Algo así como su ayudante, como era antes. Pero con más responsabilidad.

—Hijo, trabajas demasiado —intervino Mildred—. Y eso tiene pinta de ser mucho más trabajo.

—Pero es lo que me gusta.

—¿Y ya tienes vida? ¡No tienes tiempo ni de formar una familia! —Miró a Skye—. ¿No crees tú que trabaja demasiado? No se ha tomado vacaciones desde… ¿cuándo? ¿La universidad? Conoció a Ethan y adiós muy buenas, a partir de ahí solo se dedicó a estudiar y estudiar, y dejó hasta de venir a casa. Con eso de que quieren cambiar el mundo… Parece que no les da tiempo a ver ese mundo.

—Bueno, el año pasado estuvo en México —contestó ella, asimilando la frase que acababa de decir sobre formar una familia y cómo la había mirado.

—Pero eso no cuenta, seguro que estuvo todo el día pegado al ordenador —dijo Harold—. ¿A que no te bañaste ni un día en la piscina?

—¿Te ha contado que estuvo en México? —Haley la miró con curiosidad—. Porque a nosotros nos dijo que era algo supersecreto, que no podía saberse que estaba allí con Ethan.

—Ah, es que nos encontramos allí.

Todos la miraron en ese momento y se dio cuenta de que había hablado demasiado. Aunque claro, ¿qué culpa tenía ella de que Owen no hubiera dado toda la información a su familia?

El chico carraspeó, desviando las miradas hacia él.

—Sí, a ver. Es la mejor amiga de Alex —explicó—. Ya os conté lo que pasó en México entre ella y Ethan. Y ahora Skye trabaja con nosotros, es la fotógrafa oficial de la campaña.

—¿Eres fotógrafa? —repitió Haley—. ¡Me encanta la fotografía! Tienes que enseñarnos algo que hayas hecho.

—Claro. —Skye agradeció el cambio de tema—. También me gustaría sacar unas fotos a la granja mañana, cuando haya luz, si me lo permitís.

—Por supuesto, será un honor.

—Y tienes que sacar a Owen con Owen —añadió Haley.

—Haley… —Owen intentó pararla.

—¿Perdón? —Skye estaba confusa—. ¿Me repites eso?

—Owen, la oveja negra. Le pusimos el nombre por él, claro. ¿No te ha dicho Owen nunca que le consideramos la oveja negra de la familia?

Ella negó lentamente con la cabeza, pensando en Alex y ella. Parecía que lo de ser una oveja negra estaba de moda. Solo que allí, tenían una de verdad.

—Todos hemos hecho deportes —explicó Ralph—. Nos gusta la granja.

—Los animales —agregó Haley.

—La nieve —siguió Jacob—. Vivir aquí, alejados del mundanal ruido.

—Pero a Owen no —dijo Haley—. A él siempre le ha gustado más leer, quería conocer mundo, salir de aquí, hacer cosas diferentes. Que no nos malinterpretes, no nos parece mal.

—Estamos encantados de lo bien que le va —aseguró Mildred.

—Pero es la oveja negra, eso está claro. —Ralph le revolvió el pelo—. De buen rollo.

—Y como no está por aquí tan a menudo, mamá echaba de menos decir su nombre —explicó Haley—. Así que se lo pusimos a la oveja negra del rebaño. Que siempre hay una, es una cosa curiosísima.

—Sí, muy curioso —corroboró ella, mirando a Owen, que no parecía muy contento.

— Ya hablamos bastante a menudo, mamá, no creo que ponerle mi nombre a ese bicho cambie nada.

—Qué poco sentido del humor tienes, a mí me parece una idea genial.

—¿Lo ves? —Mildred le dio un par de palmadas en la mano—. Me encanta esta chica. Tienes que volver a traerla.

—No sé si…

—Y cómete los guisantes, que veo que los estás apartando.

Owen suspiró resignado y cogió una cucharada de guisantes ante la mirada divertida de Skye. La conversación derivó en los animales y el trabajo de Haley y así, entre risas y charla, la cena fue transcurriendo hasta llegar al postre.

Efectivamente, la tarta de manzana estaba deliciosa y Skye podría apostar que era la más buena que había comido nunca, pero solo pudo tomar un par de bocados después de todo lo anterior. Mildred le aseguró que quedaba suficiente para desayunar y, después del café, pasaron al salón para abrir los regalos de Navidad.

De forma inconsciente, Skye comparó aquel árbol de Navidad con el que había siempre en casa de su padre. Mientras que aquel era natural, con adornos artesanales, el suyo siempre había sido de plástico y predecorado ya desde la tienda. Suponía que incluso lo habían adornado todos en familia.

Los padres empezaron a repartir cajas y, para su sorpresa, le entregaron una a ella.

—Gracias —fue todo lo que pudo decir aturullada—. Yo… no he traído nada, no he tenido tiempo de…

—Es de parte de Santa —dijo la madre, señalando con la cabeza a los niños—. Y Santa sabe dónde estamos todos.

—Claro, claro.

Abrió el lazo y rompió el papel para encontrarse con una caja y, en su interior, un jersey con un atrapasueños.

—Muchas gracias —repitió.

—¿Te gusta? —Mildred se acercó a ella—. Owen solo nos dijo que eras una amiga, muy alegre y que te gustaban los atrapasueños, pero supuse que tendrías muchos ya.

—Sí, demasiados.

No iba a decirle lo que había hecho con todos ellos, pero le gustó el detalle, y además no podía negar que el jersey era precioso. Notó que se le secaba la garganta, sintiendo una extraña emoción y fue a coger un vaso de ponche, preguntándose por qué le ocurría eso. Quizá porque unas navidades así quedaban demasiado lejanas en el tiempo, en un recuerdo infantil que suponía olvidado.

—Menuda familia, ¿eh? —dijo Adam, colocándose a su lado para coger también un vaso de ponche—. ¿Abrumada?

Ella dio un trago y afirmó con la cabeza.

—Te acostumbrarás —aseguró él—. Mira, ¿ves la chimenea? —Señaló la hilera de calcetines rojos y blancos, cada uno con el nombre de un miembro de la familia—. El año que viene seguro que tendrás el tuyo.

Aquello hizo que se le atragantara el ponche, porque sí, la familia de Owen era agradable. Demasiado. La habían tratado bien y todo era tan perfecto que la emoción dio paso al miedo. Miró a cada uno de los hermanos de Owen, felices con sus familias; a los niños, jugando; y por último, a sus padres, que sonreían a todos y sabía que, por mucho que Owen les hubiera dicho que eran amigos, no se tragaban el cuento. No le habían dicho nada directamente, pero solo aquella imagen y los comentarios sueltos sobre la familia dejaba claro que esperaban que su último hijo hiciera lo mismo que los demás: casarse y tener hijos, por ese orden.

Y no quería ese tipo de presión en su vida. Aunque Owen trabajara mucho y no se lo hubiera planteado, era el entorno en el que había crecido y lo que había visto hacer a los demás.

Tragó saliva, pensando que se sentía fuera de lugar.

—¿Estás bien? —preguntó Adam, mirándola preocupado—. Te has puesto un poco pálida.

—Demasiado ponche de huevo —contestó, dejando la taza—. Creo que me voy a acostar, estoy cansada.

Se acercó a Owen, que estaba sentado en el suelo jugando con sus sobrinos, y forzó una sonrisa.

—Estoy un poco cansada, ¿te molesta si me voy a la cama? —le preguntó.

—¿Te acompaño?

—No, tranquilo, quédate. Te veo mañana en el desayuno.

—Vale.

La miró irse, preguntándose si de verdad era por el cansancio o se trataba de algo más.

Skye subió a la habitación y cerró la puerta tras ella. Mientras se ponía el pijama y se acostaba, no podía dejar de pensar en lo diferentes que habían sido sus vidas.

A varios kilómetros de allí, Ethan conducía por una carretera que cada vez se internaba más en unos bosques, con Alex a su lado. Apenas habían hablado desde que habían dejado el hotel e iban escuchando la radio.

—Enseguida llegamos —comentó él, mirándola de reojo.

—¿Tu madre ha llegado?

—Se me hace raro conducir, ¿sabes?

—Y a mí no tener a TrevorTravis detrás. No sé ni cómo te han dejado estar sin ellos.

—Bueno… lo que no se sabe, no se puede prohibir.

Alex le miró sorprendida.

—¿No has avisado a nadie?

—No. Cuando Owen se ha marchado con Skye he aprovechado para enviarles con sus familias. Ellos tienen un par de días libres, nosotros también, Owen no sufre y todos contentos.

—¿Nadie de la organización lo sabe? ¿Ni sus becarios?

—Nadie.

Alex no daba crédito. ¿Ethan había hecho algo a espaldas de Owen y, por ende, de todo el partido?

—Hemos llegado.

Ethan detuvo el coche delante de una cabaña de madera, oculta entre los árboles. Alex se bajó y miró a su alrededor, sin ver nada parecido a la civilización.

Ni ningún otro vehículo.

—Tu madre no ha llegado todavía —dijo.

—Ah, es que no va a venir.

Ella parpadeó, de nuevo sorprendida.

—¿Qué?

—Estaremos solos. —Abrió el maletero y sacó sus dos pequeñas maletas—. Nochebuena y Navidad, tú y yo solos aquí —aclaró, por si no le había entendido bien—. Hasta he apagado el móvil.

Se dirigió hacia la cabaña dejando a una estupefacta Alex detrás, quien no podía creer lo que estaba oyendo. Se pellizcó un brazo por si acaso estaba soñando, pero no.

—Auch —se quejó.

—¿Estás bien?

Ethan la miró desde la puerta de la cabaña, que acababa de abrir.

—Sí, sí, voy.

Se apresuró a alcanzarlo y entró en la cabaña.

—No es muy grande, pero nos valdrá —le dijo Ethan, llevando las maletas a lo que supuso era la habitación—. ¿Qué te parece?

Alex la recorrió con la mirada. Era pequeña, con todo en la misma planta y, por lo que parecía, solo una habitación y un baño. Pero tenía un aspecto muy acogedor. Se acercó a la chimenea, que tenía el fuego encendido, y extendió las manos para calentárselas.

—¿Cómo has organizado todo esto? —preguntó, sin poder salir de su asombro.

—Entre discurso y discurso.

—¿Y las llaves? ¿Cómo las tenías?

—Me las dieron en el último hotel donde hemos estado. Tenemos comida preparada, solo hay que calentar, y como ves pedí que nos dejaran el fuego encendido. ¿Sorprendida?

186

—Mucho.

Ethan avanzó unos cuantos pasos hacia ella, pero se detuvo antes de llegar a su altura.

—¿Para bien?

Alex cubrió la distancia que los separaba con una sonrisa. No había esperado nada así, ni en sus mejores sueños, y casi no podía creer que estuviera pasando. Pero ahí estaban, solos, sin nadie del grupo ni el partido detrás. Si así Ethan quería demostrar que podía tomar decisiones sin tener en cuenta la política, bueno, era un pequeño paso, pero algo al fin y al cabo.

—Más que bien —contestó.

—Entonces, ¿tenemos una tregua?

Alex le besó como respuesta. Ethan la abrazó atrayéndola hacia así, aliviado. No las había tenido todas consigo cuando había planificado aquello, llevaban tantos días sin apenas hablar que no sabía hasta qué punto estaba Alex enfadada. Pero por cómo le estaba besando, dedujo que le había echado tanto de menos como él a ella.

Bajó las manos por su espalda para coger el borde del jersey y sacárselo por la cabeza. Alex le ayudó para después, a su vez, desabrocharle la camisa. Pronto siguió el resto de la ropa, ambos ansiosos después del tiempo que habían estado sin apenas tocarse.

Ethan la hizo retroceder hacia el fuego y, sin dejar de besarla, la tumbó sobre la alfombra que había justo enfrente para terminar de desnudarla allí.

—Te he echado mucho de menos —susurró contra sus labios, mientras la penetraba.

—Yo también…

Alex se arqueó hacia él, preguntándose cómo había sido capaz de estar sin él así. No podía volver a hacerlo, no quería estar separada. Tendrían que buscar la forma de lograrlo y que ambos fueran felices, pero en aquel momento apartó el pensamiento para después. Le abrazó con fuerza, gimiendo mientras iba perdiendo la noción de todo lo que los rodeaba, hasta que sintió que explotaba y se quedó temblando entre sus brazos.

Ethan le apartó un mechón de pelo de la cara para besarla con una sonrisa perezosa.

—¿Todo bien? —preguntó.

Ella afirmó, aún recuperando el aliento.

—No te muevas, quiero darte tu regalo de Navidad.

Ethan se levantó y cogió una manta de un sofá para que Alex se cubriera y no se quedara fría, mientras iba a la habitación. Regresó con un paquete que ella cogió avergonzada.

—El mío está en mi maleta —dijo—. Pero no es nada especial, solo…

—Déjame adivinar. ¿Una corbata? —Alex enrojeció, afirmando con la cabeza—. Bueno, no pasa nada, nunca se tienen demasiadas.

Alex deshizo el lazo que envolvía el paquete sin saber qué esperar. Quitó el papel de regalo y se encontró con una caja sin ningún tipo de identificación ni pista. La abrió, muerta de curiosidad, y al ver el interior se derritió por dentro. Supuso que se le habría quedado una sonrisa tonta de enamorada pero es que no podía evitarlo; con aquellos detalles Ethan le decía tantas cosas…

Cogió el bote de cristal y lo abrió, untándose el dedo de sirope de arce para probarlo y suspirar de placer.

—Te quiero —dijo.

—¿Eso se lo dices al sirope o a mí?

Ella ladeó la cabeza, divertida.

—Bueno, mi relación con el sirope de arce viene de lejos y contigo solo llevo un año… —Él alargó la mano para hacerle cosquillas en un costado—. Vale, vale. —Se echó a reír, untando de nuevo el dedo—. Te quiero más a ti.

Le ofreció el dedo y Ethan no se hizo de rogar, se inclinó y chupó todo el sirope con fruición para después coger el bote y continuar con el resto de su cuerpo, como tanto le gustaba hacer.

Alex suspiró tumbándose de nuevo sobre la alfombra. No había pedido nada de aquello para Navidad… pero ya eran sus favoritas.

Owen se despertó pronto por la mañana, tras pasar una noche inquieta. No había podido parar de pensar en Skye y en lo que había ocurrido la noche anterior. Todo parecía ir bien, su familia estaba encantada con ella y le había dado la sensación de que era recíproco, pero, en algún momento, algo había cambiado.

Se vistió y llamó a su habitación, sin obtener respuesta. Abrió con cuidado por si acaso estaba dormida pero no, no había nadie allí dentro. Durante un segundo pensó que había huido de nuevo, el tiempo que tardó en ver que su maleta seguía allí.

Aliviado, bajó a la cocina y se asomó a la ventana. Allí fuera, junto a una de las vallas, estaba ella: cubierta con un abrigo hasta las orejas, botas de nieve que debían ser de Haley y un gorro de lana, sacando fotos al paisaje.

Se puso un abrigo y una bufanda y salió a la calle, notando al instante una ráfaga de aire frío contra su piel.

—Buenos días —saludó.

Skye tenía la cámara en el ojo. Movió el objetivo y, tras un par de segundos, pulsó un botón.

—Buenos días —contestó.

Owen la besó en la mejilla, fría al contacto.

—Mi madre se levantará enseguida y preparará chocolate caliente. También queda tarta.

—Genial.

Le miró, pero no añadió nada más. No era el momento. Necesitaba hablar con él, pero se dio cuenta de que allí no podía. No con su familia cerca, no quería estropear aquel lugar para él con un mal recuerdo. Mejor esperar a volver con los demás, antes de emprender de nuevo la ruta.

Así que le sonrió y sacó otra foto.

—Vamos a buscar a Owen, la oveja —dijo—. Se lo he prometido a tu hermana.

Owen puso los ojos en blanco pero la siguió hacia el campo. Mejor sacarse la foto y ya, lo único que lograría protestando sería alargar el tema.

Después de sacar la foto regresaron para encontrarse con que estaba allí toda la familia de nuevo para tomar el mayor desayuno de Navidad que Skye había visto en su vida. Tanto, que se alargó hasta el mediodía. Temió que se juntara con la comida y todos acabaran explotando, pero por suerte el marido de Haley se tenía que marchar a hacer guardia en el hospital. Owen aprovechó que se iba para facilitar su salida, y tras media hora de despedidas, por fin pudieron marcharse hacia el hotel donde se reunirían con los demás.

Capítulo 14

Skye metió su maleta en el compartimento que había utilizado desde el principio, haciendo presión para que no sobresaliera. Aquel trasto no parecía encajar ese día pese a sus esfuerzos, así que lo empujó con la cadera sin obtener mejores resultados. Suspiró, frustrada, controlando las ganas de emprenderla a golpes con un objeto que no tenía culpa de nada y se sentó contra el armario.

¿Qué le pasaba, que era incapaz de portarse como una persona normal? Desde la cena de Nochebuena y el día de Navidad no era capaz de relajarse. Aquella familia feliz, enviando sutiles mensajes que no eran sutiles en absoluto. Se veía de lejos que era lo que esperaban y deseaban para Owen, lo que para ellos significa la vida y la felicidad. Alguien como ella no encajaba, lo tenía claro. Skye no podía prometer estar allí en todas y cada una de las celebraciones. No se veía yendo de visita familiar para admirar un bebé recién nacido mientras murmuraba las palabras que todos esperaban escuchar. No se imaginaba sentada con la madre de Owen en la cocina, tomando café y compartiendo confidencias, aunque esta le hubiera caído bien. No quería vacaciones familiares.

Era lo mismo que el trabajo de nueve a tres, del sábado de copas y juerga, del domingo de siesta y pizza. Existían personas que disfrutaban con una vida programada, Skye no era una de ellas. Lo notaba justo en ese momento, la tentación de abandonar el viaje y largarse a otro lugar empezaba a palpitar con fuerza en su corazón.

Por supuesto, no podía hacerlo. En primer lugar estaba el trabajo, debía ser responsable al menos en ese aspecto. Y era Nochevieja, esa noche tenían una fiesta en un hotel importante de Boise, en Idaho.

Invitados por el mismísimo alcalde, nada menos. Imposible escaquearse, ni siquiera para una experta como ella.

—Hey, ¿qué te pasa?

Skye alzó la vista, encontrándose a Owen a su lado con expresión preocupada.

—Josh quería saber si vas a salir a meter el equipo de fotografía o lo hace él —comentó, acercándose.

—Quería guardar la maleta, pero no entra —murmuró ella.

—Josh, encargarte tú. —Owen usó el *walkie* para dar la orden, y después se acercó—. Deja que lo intente.

Sacó la maleta del hueco y volvió a meterla, haciendo que encajara a la primera.

Skye lo miró, irritada. ¿Por qué tenía que ser tan amable? Tan perfecto. Siempre parecía que sabía lo que había que hacer en todas las situaciones, siempre tenía las palabras adecuadas.

Owen, con su paciencia y comprensión, con las pecas y la sonrisa, con sus malditas caricias hipnotizantes, con esa mirada limpia del color del mar, había conseguido tapar lo más importante de todo: que él también era un hombre estándar. Y, como tal, quería cosas de hombre estándar. Lo sabía, había podido verlo durante la cena de Navidad en casa de su familia.

La intuición no solía fallar, al igual que no había fallado en México. ¿Cómo era posible que hubiera terminado otra vez en el mismo punto? Enredada con aquel hombre con quien no tenía nada en común, pero del que no conseguía apartarse.

Owen la miraba, aún con cara de no entender nada.

—¿Va todo bien? —preguntó.

—Tenemos que hablar —murmuró ella.

Él se sentó a su lado, tras asegurarse de que el autobús seguía vacío. Por supuesto presentía que no le iba a gustar la conversación, Skye llevaba rara desde los días de Navidad en casa de su familia y era obvio que algo pasaba. No quería oírlo, pero no tenía otro remedio.

—Cuando era pequeña, mi madre, la auténtica, me regaló un cuadro. No recuerdo bien cómo era, pero me gustaba, así que lo colgaron en mi habitación. Y resulta que se torcía. Cada día, antes de irme al colegio, lo enderezaba, y cada día, cuando regresaba del colegio, lo encontraba torcido. No entendía nada, pero me frustraba. Me frustraba tanto que un día lo quité de la pared y lo metí en un cajón. Cuando mi madre me preguntó por qué lo había descolgado, le expliqué que era un cuadro defectuoso. ¿Sabes qué me contestó? Que el problema no era el cuadro, sino la pared. La pared no estaba en armonía, por eso el cuadro nunca permanecía derecho.

Owen procesó sus palabras con lentitud.

—¿Estás diciendo que yo soy el cuadro?

—Lo que digo es que yo soy esa pared, Owen. Es imposible que nadie pueda estar en armonía conmigo, el defecto está en mí.

Él sacudió la cabeza.

—Hablemos de lo que te preocupa, seguro que podemos encontrar una solución.

—Me preocupa hacia dónde vamos, porque a estas alturas creo que nos conocemos un poco y somos conscientes de que no llevamos la misma dirección.

—Pensaba que te estabas planteando… no sé, tener la oportunidad de intentarlo.

—¿Qué quieres de mí?

—¿Que qué quiero de ti? ¿En serio? —Owen la miró exasperado—. Quiero que te quedes, Skye. Si no, no entiendo qué demonios estamos haciendo…

Ella se quedó callada. Una vez más, Owen tenía razón.

—Explícame qué ha pasado, porque estábamos bien. No lo entiendo.

—La Nochebuena.

Owen notó que algo se revolvía en su interior. Ahí estaba, la Nochebuena. No andaba muy desencaminado, durante el tiempo que habían pasado en casa de su familia le había parecido que ella estaba tensa, incómoda. Tanto comentario sobre familias felices seguro que la había alterado, pero, ¿cómo hacerle entender que eso no importaba?

¿O sí importaba? La quería, no tenía duda, pero, ¿su relación siempre sería así? ¿Con una Skye inestable de por vida? ¿Alguien que al menor agobio cogería un avión y desaparecería del mapa?

Owen no podía pronunciar las palabras que ella necesitaba oír, al igual que Skye nunca iba a decir las que él quería.

—No soy la chica que necesitas. La que llevas a conocer a tu madre y es la invitada perfecta. O la que te espera en casa con la cena en el horno. Soy la chica con la que no te complicas y solo te diviertes, la chica con la que haces concursos de mojitos, la chica con la que practicas sexo sin ataduras.

—Y la chica que se monta en un avión y se quita de en medio sin despedirse.

—Sí. Soy esa chica, sí.

—¿Y qué pasa cuando a esa chica se le va el tema de las manos?

Skye se encogió de hombros, tratando de mantener la compostura. Había pasado por aquella situación antes, pero no sentía el alivio de las veces anteriores.

Durante unos segundos, ninguno pronunció palabra. Ella, porque no sabía qué decir. Él, porque no veía la manera de que sus caminos se unieran en algún punto.

—No quería dejarte entrar —repuso Owen, al final—. Me daba miedo que se repitiera lo de México, pero te veía diferente. ¿Por qué te has molestado en acercarte?

—Te quiero, Owen. A mí manera.

Él hubiera preferido no escuchar aquello. Tampoco podía decir que no estuviera avisado, cuando ella le había hecho confidencias, en la intimidad y entre caricias, del mismo modo le había explicado cómo era.

—¿Y cuál es tu manera? ¿Sin reglas, sin compromiso, sin seguridad de ningún tipo? —El chico se dio cuenta de que negaba con la cabeza según hablaba—. ¿Que un día me levante y te hayas largado? Lo que me estás pidiendo es que con una mano te sujete y con la otra te diga adiós. Me pides que te quiera sin reservas. Sin red de seguridad.

La rubia asintió lentamente.

—Supongo que sí.

—No puedo… a mí no me van las medias tintas, o estás conmigo del todo o no. Y creo que no hace falta que respondas a esto, si estamos teniendo esta conversación es porque lo tienes claro.

La miró, esperando que dijera algo. Quería dejarse convencer, pero sabía que ella no mentiría porque nunca lo había hecho. Del mismo modo que sabía que no quería hacerle daño, aunque se lo estuviera haciendo. No tenía la menor idea de cómo hacer desaparecer sus miedos, de cómo satisfacerla. A esas alturas, Skye era un completo enigma para él.

—No quería hacerte daño —murmuró ella, siendo consciente de su propio dolor.

—Bueno, como dice esa canción tan conocida, todo el mundo hace daño alguna vez. Estaba avisado, pero no sé, tenía la esperanza de que me dieras una oportunidad… no soy igual que mi familia, no tengo las mismas necesidades que ellos.

—Pero tienes necesidades. —Owen la miró—. Quizá no sean las corrientes, pero están. Tienes la necesidad del compromiso.

Él abrió la boca para rebatir de manera instintiva, pero se dio cuenta de que no tenía sentido.

—Es verdad, la tengo. Puede que sea un bicho raro por querer eso.

—Eres un bicho raro por muchos motivos, pero por desear un compromiso no —dijo ella, con una sonrisa triste.

Puso la mano sobre la de él y la apretó. Owen no se resistió al contacto y permanecieron en silencio otro par de minutos, en los cuales ya no parecían existir las palabras que pudieran solucionar la situación. Estaban en un punto sin retorno.

—Será mejor que regrese con los demás —dijo él, soltando su mano y poniéndose en pie—. Ya sabes, me queda algo de trabajo antes de la cena de Nochevieja.

—Claro, sí.

—Recuerda que salimos a las siete para llegar con tiempo.

—Seré puntual.

Owen la dejó sola y Skye permaneció sentada, sin moverse. ¿Había hecho lo correcto? ¿Cómo iba a comprometerse a tener una relación con el historial que cargaba a sus espaldas? ¿Cómo hacerle promesas que ni siquiera ella tenía la certeza de poder cumplir? Amaba a su padre y, sin embargo, le había herido en varias ocasiones. Cierto era que él no podía presumir de comportamiento ejemplar, pero… ¿quién le decía que no terminaría siendo cruel con Owen, como lo había sido con Craig? O con Terry. O con todos los novios que había tenido durante su vida y a los que había tratado de forma similar.

Vale, era verdad que no había tenido encuentros con ellos en tres ocasiones, que no se había sentido tan insegura respecto a sus sentimientos como le pasaba en esos momentos. Que la tentación de abrazarlo y decir que adelante era fuerte, muy fuerte, extraordinariamente fuerte. Había sido sincera al confesar que le quería, igual que lo había sido después al negarse a formalizar la relación. Pero, por primera vez, se preguntaba si no estaba cometiendo un error al dejar ir a Owen.

Sintió dolor al abandonar a su padre, pero también alivio. Y lo mismo con los demás. Pero en aquel momento, aún sentada en el suelo del autobús, el alivio no aparecía por ninguna parte.

Se levantó con un suspiro y buscó su bolso con la mirada. Tenía que ir a ver a Malayka para que esta le buscara un vestido adecuado, ya que la cena y fiesta eran elegantes y no podía romper la imagen sofisticada que se esperaba de ellos.

Genial, lo que menos le apetecía era fingir que se estaba divirtiendo mientras sonaba la cuenta atrás y los demás celebraban la entrada del nuevo año.

Pero era trabajo, se había comprometido y no pensaba fallarle a Alex. Ya había estado melancólica en su fiesta de compromiso, no podía repetir la jugada cuando al fin las cosas entre su amiga y el senador acababan de volver a su cauce.

La cena y posterior fiesta se celebraba en el *Inn at 500 Capitol*, uno de los hoteles más lujosos de Boise. Solo la entrada y el edificio eran un espectáculo, con la cúpula y las impresionantes escaleras de piedra. El lugar aparecía galardonado para la ocasión, con un montón de luces y detalles navideños que hacían que todo el lugar resplandeciera. En la puerta, varios guardias de seguridad comprobaban listas y cedían paso a los invitados. Al ser una fiesta privada patrocinada por el alcalde, el hotel se encontraba esa noche libre de huéspedes y solo asistirían los invitados a la cena.

—¡Madre mía! —exclamó Piper, que iba con la cara pegada al cristal del coche con chófer en el que viajaban—. ¡Cuánto lujo! Tengo que hacer muchas fotos para subirlas a mi Instagram, quién sabe si volveré a pisar una fiesta como esta.

—Y habrá champán del bueno, seguro —corroboró Josh, entusiasmado.

Owen iba en el asiento del copiloto, sin prestar atención al parloteo intrascendente de sus becarios. No tenía ganas de fiesta, ni mucho menos de confraternizar de charla en charla, pero debido a su puesto no le quedaba otro remedio.

Notó que alguien le rozaba el brazo y se giró, encontrándose a Tatum.

—¿Estás bien, jefe? —le preguntó en voz baja, para que no la oyeran los demás.

—¿Qué? Sí, sí, por supuesto, ¿por qué?

—No sé, pareces un poco triste. Si puedo hacer algo por ti…

—Gracias, Tatum. Ya se me pasará, tú procura divertirte.

Tatum lo dejó tranquilo, aunque sin borrar su expresión inquieta. Jan también iba en ese vehículo, aunque esa noche estaba libre de conducir. Travis viajaba con ellos, mientras que Trevor se había acoplado al otro vehículo, con Malayka y los demás.

Owen oía los cuchicheos de sus becarios, pero no pudo escuchar de qué hablaban porque en aquel momento el coche se detuvo frente a la fachada del hotel. Descendió al mismo tiempo que Travis, quien sin abrir la boca le puso la mano en el pecho para detenerlo.

—Pero, ¿qué coño…?

Vio cómo el guarda salía fuera e inspeccionaba los alrededores con cara de concentración. Cuando al fin pareció satisfecho, se giró y le hizo un breve gesto de cabeza que daba a entender que podía salir.

—¿Desde cuando haces esto? —preguntó Owen, sorprendido.

—No te quejes —comentó Josh, bajando al mismo tiempo—. Tú serías el típico que caería si alguien decidiera cargarse al senador.

—¿Yo? ¿Por qué?

—Porque siempre ocurre así —respondió el chico, como si fuera algo elemental—. Si vieras más películas de acción lo sabrías.

Echó a andar sin esperar, mientras Tatum y Piper se apresuraban a alcanzarlo. Jan fue el último en bajar, gruñendo mientras trataba de acomodarse el traje. Con aquella ropa se veía que estaba fuera de lugar y Owen sintió cierta lástima, pero no había nada que pudiera hacer contra las normas de etiqueta.

—¿Hasta qué hora dura esto? —le preguntó el hombre, echando a andar junto a él.

—¿Aún no has entrado y ya quieres irte?

—¡Qué bien me conoces!

—Es Nochevieja, hombre. No te vas a morir por hacer un poco de vida social.

—Mira quién fue a hablar, el rey de la fiesta… —Jan le dio unas palmaditas—. Cuando estés harto ven a buscarme y vamos a la barra. Tienes cara de pena.

—Vamos a tener que hablar sobre estas confianzas que estáis cogiendo todos en general… —refunfuñó Owen, sacudiendo la cabeza.

Les permitieron el paso en la entrada en cuanto dijo su nombre, informándoles además de que el senador ya había llegado y se encontraba dentro compartiendo un cóctel de bienvenida con el alcalde y su familia.

—Bien, dispersaos —ordenó Owen una vez dentro, mirando a sus becarios—. Ya sabéis qué hacer, pasadlo bien pero sin olvidar que seguimos en campaña. ¿Tenéis pines?

Piper agitó su bolso con una sonrisa.

—Tú tranquilo, jefe. Ve a hacer tus cosas, que nosotros sembraremos la semilla en toda la gente que podamos —prometió.

—Y comportaos en la cena, por favor.

—Que sí —resopló la joven, alejándose mientras ponía los ojos en blanco.

Owen no estaba muy convencido, nada le gustaría menos que sus becarios fueran expulsados por montar algún numerito como el del ascensor la noche que salieron a beber, pero no podía portarse como su niñera, así que buscó a Ethan con la mirada.

Este se encontraba, en efecto, conversando con el alcalde y la esposa de este, todos sujetando unas copas de cava en las manos. Alex se encontraba junto a él, con un vestido azul de corte clásico y una sonrisa de felicidad

—¿Qué opinas del vestido que he elegido para ella?

Owen descubrió que Malayka se había situado a su lado y observaba al grupo con mirada crítica.

—Bueno, no es que yo entienda mucho de moda, pero la veo elegante. Y clásica.

—Sí, perfecto, es lo que quería conseguir. —Lo miró a él de igual forma—. A ti te queda bien ese traje, el gris te va mejor aunque siempre te empeñes en el negro. —La joven sonrió.

—Si tú estás contenta yo también, Malayka.

—No seas sarcástico solo porque alguien disfrute con su trabajo. Me encanta vestiros, es como jugar con muñecos, aunque ya estén creciditos. Skye está por ahí —añadió como si nada, y luego lo miró de reojo—. Me ha costado dios y ayuda vestirla, no quería venir.

Owen suponía que la rubia tendría las mismas ganas de fiesta que él, pero siguió callado.

—Me gusta esa chica, pero es como un pájaro que vuela a su aire. Sabes que no se debe enjaular a un pájaro, ¿verdad?

—¿Cómo?

—A quien amas dale alas para volar, raíces para volver y motivos para quedarse.

—¿Qué?

—Eso dice el Dalai Lama. Ya sabes que soy muy espiritual —comentó Malayka, apretándole el hombro con una sonrisa—. Pero no te preocupes. He puesto dos velas blancas por ti.

Los camareros estaban organizando a los invitados para colocarlos en la mesa, así que Malayka lo abandonó sin añadir más, dejándolo estupefacto.

Owen empezaba a pensar que todo el equipo de trabajo estaba loco, porque entre los becarios y sus locuras, el conductor que no atinaba en ningún recorrido, los guardas mudos que se creían ninjas y la asesora de imagen que dormía entre amuletos, le sorprendía que el viaje estuviera saliendo bien.

Miró las mesas y la gente que buscaba su sitio, sabiendo de antemano que aquella cena sería una pesadilla. Y también lo que venía después. Buscó con la mirada por si veía a Skye, pero no la localizó, lo que casi le pareció mejor. No tenía sentido, en esas horas él no había cambiado de opinión, ni creía que ella lo hubiera hecho.

Se acercó al grupo de Ethan, que sonrió al verlo.

—Ah, por fin estás aquí —saludó—. Ven, que te presento al alcalde…
Señor Bieter, este es mi jefe de campaña, Owen Sawyer.

—Es un placer, Ethan nos ha contado que es su mano derecha. Parece
que va bien encarrilado hacia la Casa Blanca.

—Sí, es lo que intentamos.

Tras unos minutos de charla, por fin los hicieron pasar al comedor.
Los acomodaron en la zona del alcalde, y una vez junto a Ethan, Owen
localizó a Skye. Estaba sentada con Jan, seguramente por elección propia,
y charlaba en voz baja con él. Pese a que llevaba un vestido precioso y
un montón de maquillaje que Malayka había considerado necesario
ponerle, no parecía muy cómoda de estar allí. No tenía buena cara.

Owen desvió la mirada antes de que ella se diera cuenta de que la
observaba. Ojalá pudiera retroceder en el tiempo y regresar al mirador de
Cavalier, donde entre risas y fotos ella sí parecía feliz. Olvidaría la
invitación a la cena de Nochebuena.

—Owen, te estoy hablando.

—¿Qué?

Se giró hacia Ethan, que esperaba con gesto de paciencia.

—Estás taciturno.

—Nadie usa esa palabra, ¿sabes?

—¿Va todo bien? —Ethan pareció darse cuenta entonces de que Skye
no estaba sentada con ellos y la buscó hasta encontrarla—. ¿Por qué no
está aquí contigo?

A Owen no le parecía ni el momento ni el lugar para ponerse a hablar
sobre el tema, pero tampoco podía mentir a su amigo. Alex estaba
entretenida hablando con la mujer del alcalde y no les prestaba atención,
así que se encogió de hombros.

—¿Otra vez habéis discutido?

—No exactamente.

—Pero, ¿y entonces qué pasa?

—Lo que pasa es que seguimos queriendo cosas diferentes —contestó
Owen—. De verdad, es complicado de explicar. Agradezco el interés,
pero no quiero marearte.

Ethan dio un trago a su copa de vino, intentando entenderlo. Qué tonto,
él creía que si dos personas se querían todo se podía solucionar, pero al
parecer no era así.

Miró de reojo a Owen, sin tener la menor idea de cómo animarlo. No
había mucho que pudiera hacer, aunque lo más inmediato parecía ser que
dejara el tema, así que eso hizo sacando una conversación neutral.

Después de la cena y el café, los comensales se levantaron para acceder al enorme salón adecentado para la ocasión. Aún faltaba un rato para la entrada del año nuevo, así que la gente se disgregó entre la pista de baile y las mesas de bebidas y barra.

Alex había recorrido todo el salón buscando a Skye sin encontrarla. Cuando ya no se le ocurría ningún sitio donde pudiera estar decidió echar un vistazo fuera. Luchando contra el frío helador de la calle salió a las escaleras y allí estaba la rubia, sentada entre Travis y Jan mientras sujetaban sus copas de cava.

—Hola —saludó, acercándose mientras se frotaba los brazos para no congelarse—. ¿Se puede saber qué hacéis aquí fuera? La fiesta es dentro, os recuerdo.

—Queríamos tomar un poco de aire —se excusó Skye—. ¿Cómo has logrado escapar de la burguesía de Boise?

—Bah, están deslumbrados con Ethan y su programa, ni se han enterado —sonrió Alex—. ¿Os estáis divirtiendo?

—No —respondieron los tres a la vez.

—Vaya —dijo ella, impresionada—. Cuánta sinceridad. —Miró a su amiga—. ¿Podemos hablar un momento? Dentro, que me estoy helando.

Skye se levantó después de que Jan le diera unas palmaditas en el hombro y Travis la mirara con simpatía. Ambos se quedaron sentados mientras las dos chicas regresaban al interior del hotel.

—¿Qué te pasa? —preguntó la fotógrafa, una vez estuvieron en el salón.

—¿Qué me pasa a mí? Más bien qué te pasa a ti, Skye. No te he visto en toda la noche, ni siquiera te has sentado cerca de nosotros en la cena.

—Me he limitado a obedecer al camarero… —dijo ella, con expresión sorpresa—. Ya sabes, soy parte del equipo y en la distribución estaba con ellos.

Alex se cruzó de brazos dispuesta a rebatir aquella respuesta insatisfactoria, pero antes de que pudiera hacerlo vio como Ethan se aproximaba a ellas con una sonrisa. Estuvo tentada de pedirle que las dejara solas para continuar con la charla, pero cuando vio como él extendía la mano en su dirección suspiró.

—Hora de bailar —dijo Ethan.

—¿Ahora? —protestó ella.

—Sí, pero si no te importa… —Y miró a Skye—. ¿Quieres bailar conmigo?

Las dos parecieron sorprendidas, pero Ethan continuaba esperando y al final Skye no tuvo más remedio que coger su mano y dejarse llevar a la pista, no sin antes lanzar una mirada de socorro hacia Alex. Esta se encogió de hombros con una sonrisa divertida.

La música se había reducido a una melodía agradable, pero lenta. Skye se sentía rara, pero Ethan era la corrección personificada y le indicó cómo seguirlo.

—Vaya, veo que lo tienes controlado.

—Tuve que dar clases —sonrió él.

—Sí, eso está claro.

—Creo que ya iba siendo hora de que tú y yo nos conociéramos mejor, ¿no? Eres la mejor amiga de Alex, es como si fueras de la familia.

La joven afirmó con la cabeza de manera casi imperceptible. No le gustaba la manera en la que la observaba, y entonces supo con certeza que aquel baile iba encaminado hacia algo. Ethan no bailaba con ella por simpatía, ni por educación, ni por diversión, sino por algún otro motivo.

Durante unos segundos se limitó a seguir sus pasos, esperando mientras disfrutaba de la evidente falta de costumbre del senador de hacer cosas como aquella.

—¿Y bien? —terminó por preguntar.

—¿Y bien qué? —preguntó Ethan, pero al ver su cara desistió de seguir haciéndose el despistado y carraspeó—. Mira, Alex me ha hablado tanto de ti que es casi como te conociera, aunque en realidad apenas hayamos hablado.

Ella aguardó.

—Tranquila, no es que me haya contado tus intimidades ni nada por el estilo.

—Menos mal —resopló Skye, apartando la mirada.

—Pero sé lo básico —dijo él, mientras la hacía girar—. Así que, ¿por qué no dejas en paz a mi amigo de una vez?

Skye no esperaba aquello y le miró a los ojos, sorprendida.

—¿Qué?

—Por favor, no me malinterpretes —se apresuró a decir Ethan al ver su expresión—. Lo digo sin acritud. Me caes bien y me pareces una fotógrafa estupenda, me gusta tenerte en el equipo y soy sincero. Sigue bailando, por favor.

Ella recuperó su posición, ya que se había detenido momentáneamente al escucharlo. Su primera reacción había sido enfadarse, pero al ver el gesto de preocupación de Ethan supo que estaba siendo sincero.

—No pretendo meterme en tu vida y mucho menos en la de Owen —siguió él—. No sé qué pasa entre vosotros ni qué relación tenéis, pero no quiero que pase por lo mismo una segunda vez.

Skye notó que la garganta se le quedaba seca. Ni siquiera habría podido pronunciar palabra alguna, si hubiera encontrado qué replicar a eso. El momento pasó, dejando un regusto amargo en su boca.

—No quiero que tomes esto en plan... ya sabes, como el amigo protector y pasado de copas que te pide que te desaparezcas.

—¿Y qué me estás pidiendo entonces?

Ethan apartó la vista para depositarla en otro grupo que brindaba. Skye percibió su incomodidad, aquella charla estaba resultando desagradable para los dos, pero de repente se le encendió la bombilla y lo vio claro.

—¿Que me marche? —preguntó, bajando el tono.

Ethan continuó sin mirarla. Entre la gente que veía al bailar localizó a Alex, quien le saludó con una sonrisa. Si se enteraba de lo que estaba diciendo era probable que le matara muy despacio, pero había llegado demasiado lejos y no podía dar marcha atrás. Si todo lo que sabía de Skye era cierto, tanto por parte de Alex como de Owen, estaba seguro de que la chica no podía comprometerse con Owen. Y lo mejor para su amigo era que ella no estuviera. Porque cuando estaba era infeliz, y Ethan no podía soportar ni un día más eso.

—Quieres que me marche —afirmó ella, evitándole el trago de tener que verbalizarlo él.

—¿Estás furiosa conmigo? —preguntó.

La rubia negó despacio.

—Solo estás siendo buen amigo. Supongo que si estuviera en tu lugar haría lo mismo.

—¿Entonces?

—¿Qué pasa con la gira y el trabajo?

—La mayor parte está hecho, la gira acaba en un par de semanas. Mike estará recuperado y podría reincorporarse de emergencia, si no, conseguiremos otro fotógrafo que pueda terminar, al ser un período tan corto no creo que haya problema. No pasa nada, los créditos irán para ti en su totalidad, será tu nombre el que aparezca, y por supuesto recibirás el pago al completo.

Skye procesó la información, ligeramente confusa.

—¿Y qué se supone que voy a decir para justificar este abandono repentino?

—No lo sé. Una enfermedad, un problema familiar... por lo que tengo entendido tampoco creo que nadie se sorprenda en exceso, ¿no?

—¿Qué quieres decir?

—Nada, no quería decir nada, lo siento.

—¿Quieres decir que como soy una experta en huidas a nadie le extrañará que me largue de pronto y deje mi trabajo a medias?

Ethan era la viva imagen de la culpabilidad, pero no lo negó. Y Skye no podía culparlo, ¿cómo hacerlo si era la puñetera verdad y hasta el senador lo sabía?

La chica que desaparecía del mapa en cuanto las cosas se complicaban, siempre con un billete preparado por si había que coger un vuelo de emergencia. ¿Problemas familiares? Un internado era una opción estupenda. ¿Un novio pesado? Verano en Canadá. ¿Más problemas familiares con un padre enfadado? Cambio de ciudad.

¿Amago de enamoramiento durante unas vacaciones? Foto y portazo.

¿Cómo enfadarse con Ethan porque le estuviera soltando la realidad en la cara? Lo cierto era que tenía más huevos de lo que jamás había creído. Y sabía que no lo hacía por maldad, sino todo lo contrario, aunque doliera escucharlo.

—Voy a quedar fatal —musitó la chica.

—Alex te seguirá queriendo. Y yo también. —Ethan le apretó el hombro.

—Y Owen podrá empezar a pasar página cuanto antes —acabó ella.

Vio como Ethan afirmaba, al parecer totalmente convencido de que ella no iba a ser capaz de permanecer a su lado. Muy pragmático, preocupado porque Owen superara el trago y se olvidara de ella de una vez.

¿Quería que pasara página y se olvidara de ella?

De cualquier forma, si aún tenía alguna duda la charla con Ethan terminó por resolverla. La distancia entre Owen y ella era demasiado grande, parecía imposible de recorrer.

—No me odias, ¿verdad? —preguntó el senador con una sonrisa triste.

—No, no te odio.

—Yo a ti tampoco, Skye, aunque pueda parecer lo contrario por lo que estamos hablando.

—No te preocupes, esta conversación no saldrá de aquí.

—Alex me mataría si se enterara. Y Owen también, no quiero ni pensarlo.

Skye se permitió una sonrisa breve al imaginar a su amiga. Sí, se enfadaría y mucho, porque eran amigas hace tantos años que había perdido la perspectiva respecto a ella. Ethan no, por eso podía decir la cruda verdad sin el escudo del cariño. Era sencillo, «si no quieres a mi amigo deja de joderle». No había más, ¿cierto?

La música de baile se interrumpió de golpe para empezar la cuenta atrás hacia el año nuevo. Skye dejó de bailar al momento, soltándose de Ethan.

Alex atravesó la barrera de gente que coreaba los números y llegó hasta ellos con una sonrisa radiante en el rostro.

—¡Casi no llego con tanta gente! —explicó—. Menos mal, porque sois las únicas personas a las que me apetece besar para celebrar el año nuevo. Bueno, vale, incluyo a Owen, pero hace rato que no le veo…

La cuenta finalizó y el ambiente se llenó de silbidos, aplausos y música. Skye notó que algo caía sobre ella y cuando alzó la vista se encontró con un montón de confeti y purpurina bajando desde el techo hacia los invitados. Se posaron en su pelo mientras veía como Ethan y Alex intercambiaban el beso de año nuevo.

Sus ojos buscaron a Owen por el salón. Quizá lo suyo no fuera a terminar bien, pero ojalá hubiera estado con ella en ese momento.

—¡Feliz año, cariño! —Alex la estrujó, besándola en ambas mejillas—. ¡Madre mía, tienes el pelo lleno de confeti!

Skye correspondió a su sonrisa.

—Feliz año, Skye —dijo Ethan, acercándose para besarla también en la mejilla.

—Feliz año —respondió la chica, segundos después.

Capítulo 15

—¿Qué quieres decir con que no te vas a subir al autobús?

Todo el grupo estaba repartiéndose, como siempre hacían, entre el autobús y la furgoneta, pero cuando Alex había salido del hotel, se había encontrado con Skye en la entrada. Tenía la maleta a su lado y, cuando le había preguntado qué hacía, había contestado que no iba con ellos. Lo cual, por supuesto, Alex no había entendido. Pero Skye tampoco había pensado aún cómo explicarle que se iba sin revelar nada de su conversación con Ethan; lo último que quería era causar problemas. Ya era suficiente una pareja rota, no hacía falta que de aquel viaje saliera otra.

—Tengo que volver a San Francisco —improvisó.

—¿Por qué? ¿Ha pasado algo grave?

—No, no, al revés. Me han… me han llamado de *Oblivion* y me necesitan con urgencia. Es mi oportunidad de oro, Alex, no puedo desperdiciarla. Sabes que es mi mejor cliente.

—Vale, eso lo puedo entender. Pero también has firmado un contrato con el partido, no puedes dejar a Ethan tirado cuando solo queda una semana de viaje. Además, ¿qué hay de Owen? Porque no creo que le haga gracia que le vuelvas a dejar como en…

—No le estoy dejando sin avisar. —Apartó la vista, sabiendo la reacción que su amiga iba a tener—. Voy a hablar con él ahora, tampoco creo que le sorprenda porque no estamos juntos.

Alex parpadeó, sorprendida. La noche anterior, durante la fiesta, le había parecido verlos distanciados, pero no pensaba que la cosa llegara a tanto como a una ruptura.

—Si os iba genial… —murmuró.

—No somos compatibles, Alex. Y la visita a su familia me lo dejó claro.

—¿Rompiste después? ¿Por qué no me has dicho nada? ¿Lleváis días separados y yo sin saberlo?

—Bueno, no ha sido así, fue cuando veníamos hacia aquí. —Movió la cabeza—. Da igual, Alex, está acabado, ¿qué más da por qué ha sido?

—Pero es que no lo entiendo, Skye. ¿Por qué huyes así otra vez?

Skye no pudo evitar una sonrisa triste mientras reprimía las lágrimas. Otra vez tenía que separarse de ella, de la única persona que la entendía y quería tal como era, que no pretendía cambiarla. Y sabía que tardarían mucho en verse, sobre todo si Ethan ganaba y acababa en la Casa Blanca. Tendría que pedir cita con meses de antelación, seguro. Eso si Owen no le vetaba la entrada.

—No estoy huyendo. Owen y yo sabíamos que esto podía acabar así. Lo de México estuvo bien y tenía que haberse quedado en eso, una aventura de verano.

Alex agitaba la cabeza, incrédula. Los había visto juntos, trabajando pero también en otros momentos y se veía a la legua que estaban hechos el uno para el otro. ¿Por qué no lo veían ellos?

—¿No le quieres? —preguntó.

—Eso no tiene nada que ver y lo sabes. Tú misma me dijiste que a veces el amor no es suficiente.

—Pero…

—Alex, de verdad que me tengo que marchar. Es lo que necesito, volver a mi vida, a mis fotos y mis clientes. Y no hay problema con la campaña, seguro que Owen encuentra una solución. Puede utilizar los fotógrafos oficiales de los sitios que os quedan o incluso a sus becarios, que hacen de todo.

—¿Y tu contrato? —repitió, sin poder creer que no se tomara en serio aquello—. ¿No te penalizarán por incumplirlo?

—Espero que no.

Alex se frotó los ojos para evitar llorar. De nuevo veía a su amiga alejar a una persona de su vida, pero esa vez era peor que las otras porque nunca la había visto tan feliz como con Owen. Y, otra vez, tendrían todo un país entre ellas separándolas. Sus vidas tomaban caminos totalmente diferentes y volvían a alejarse. Sabía que intentarían llamarse, hablar a menudo… pero con el trabajo de Skye y la carrera política de Ethan, Alex sabía que la realidad haría que esas llamadas se fueran distanciando en el tiempo y temía que, algún día no muy lejano, dejaran de existir por completo. No entendía que Skye estuviera tan deseosa de volver a su vida en San Francisco, una semana no podía ser tan importante si la revista había estado sin ella tanto tiempo.

—Esto no es profesional, Skye. —Sacudió la cabeza—. Entiendo que sea una oportunidad, pero dejar un trabajo así puede perjudicarte en el futuro.

—Es trabajo, Alex, Owen puede sustituirme.

—Seguro que buscará la solución. Pero eso no es lo que quiero decir. Tienes que pensar que tus acciones tienen consecuencias, no puedes coger y largarte como si nada cada vez que te surge algo o te conviene. Y me estoy refiriendo en los dos ámbitos, Skye. No solo en el trabajo.

—No quiero que te enfades.

Hizo ademán de acercarse, pero Alex retrocedió a la vez.

—Tienes que pensar a largo plazo —añadió—. No solo a corto, al final no es bueno para ti, no entiendo cómo no lo ves.

—Es complicado, Alex. De todas formas estaremos en contacto, ¿vale? No tienes que preocuparte por mí. Ya vas a tener bastante con lo que queda de campaña.

Después del recorrido tocaban los debates televisados, algo que podía hacerle perder los votos que hubiera ganado en aquella campaña, nunca se sabía cómo podían acabar y el contrincante no era fácil. En aquel momento las encuestas no daban a ninguno por ganador, por lo que no podían relajarse.

—Si gana espero que me envíes una invitación a la jura presidencial —intentó poner tono de broma, pero Alex seguía con gesto serio.

—Veo que no hay forma de hacerte cambiar de opinión. —Movió la cabeza, sin poder creer que se marchara así—. En fin, supongo que ya hablaremos.

Skye no dijo nada. En su lugar también estaría enfadada y no había nada que pudiera añadir para arreglarlo. Solo esperaba que con el tiempo todo volviera a su cauce. Vio que Owen las miraba desde el autobús con el ceño fruncido y lo señaló con la cabeza.

—Será mejor que hable con él.

Alex siguió la dirección de su mirada y afirmó.

—Deberías, sí.

Se dio la vuelta sin despedirse y se fue hacia el autobús. Se detuvo un segundo al pasar junto a Owen, pero al final pasó de largo sin decir nada. ¿Qué sentido tenía pedirle que intentara convencerla de que no se marchara? Skye no había entrado en detalles, pero se imaginaba que no había sido una ruptura fácil y que, con toda probabilidad, el chico estaba dolido. No hacía falta echar leña al fuego.

Skye esperó a que Alex hubiera entrado para acercarse unos pasos, pero no llegó hasta el autobús, no quería que nadie escuchara la conversación con Owen.

—Tengo que hablar contigo —le dijo, en tono alto para que la oyera.

Owen se puso más serio de lo que ya estaba. La miró, después bajó la vista a la maleta… y dedujo lo que iba a pasar. A su pesar, notó una opresión en el pecho que, por desgracia, le resultó familiar. Y eso que tampoco debería extrañarle después de su última conversación antes de la fiesta y de cómo se había marchado en México. Pero tonto de él, había pensado que al menos cumpliría con el trabajo o, más imposible aún, se replantearía en esos últimos días su relación.

Estaba claro que no.

Avanzó hacia ella para cubrir la distancia que les separaba, aunque se quedó a un par de pasos y se cruzó de brazos.

—No me digas que te marchas —espetó.

—Sí, tengo que irme. —Decidió contarle lo mismo que a Alex, por si hablaban entre ellos—. Me han llamado de *Oblivion* y tengo una oferta importante, no puedo dejarla pasar.

—¿Y tu compromiso con nosotros?

—No quedan más que unos pocos días, Owen, seguro que podéis apañaros. O llamar al que se rompió la pierna, ya tiene que estar mejor.

—Ese no es el tema. —Frunció el ceño más aún—. Es solo que me parece mucha casualidad que rompas conmigo y pocos días después recibas una oferta tan suculenta que tengas que irte.

—La vida es así, llena de sorpresas.

—Ya, eso ya me ha quedado claro. Aunque no todas son buenas. ¿Me voy a encontrar una foto en mi asiento del autobús?

—Owen…

Él levantó las manos mientras retrocedía.

—¿Sabes qué? No me importa, no quiero saberlo —dijo—. Que te vaya muy bien, de verdad, te lo mereces. Haré que te envíen tu cheque, no te preocupes.

Se dio la vuelta para entrar en el autobús, pero cuando estaba a punto de hacerlo cambió de idea y regresó hasta ella, aunque de nuevo manteniendo los dos pasos de distancia.

—Mira, no soy nadie para meterme, está claro, pero te lo voy a decir —le dijo—. Porque una cosa es abandonar a tipos como yo porque crees que vamos a pedirte más de lo que estás dispuesta a dar o que pretendemos tener algo tan loco como una relación estable. Pero tu padre siempre será tu padre.

—Como bien has dicho, no eres nadie para meterte y…

—No he terminado. Tu padre no será perfecto, porque ninguno lo es. Los míos tampoco, ni mi familia en sí, todas tienen sus más y sus menos. Pero al menos, hablamos. Y es lo que deberías hacer con él, intentar tener una relación en la que estéis más cerca. A lo mejor te sorprendes y descubres que se preocupa por ti, ¿se te ha ocurrido pensarlo?

—Mira, Owen, no creo que…

—No pierdes nada por intentarlo, peor no os podéis llevar, ¿no? Y nunca sabes cuándo puede ser demasiado tarde. Mejor arriesgarse que arrepentirse.

Con esa frase se dio la vuelta y, esa vez sí, se montó en el autobús. Intercambió unas palabras con Jan, que se asomó por la puerta para agitar la mano en forma de despedida. Ella le devolvió el gesto, llevándose una mano a la oreja como si fuera un teléfono y él, tras afirmar, cerró la puerta para arrancar el autobús y emprender el camino.

Tras ellos estaba la furgoneta, que avanzó hasta colocarse a la altura de Skye y de la cual se bajaron los tres becarios, Travis y Malayka, con caras tristes.

—Lo hemos visto todo —dijo Tatum.

—¿Te ha despedido? —preguntó Josh—. Podemos hablar con él, no es justo.

—No, no, nada de eso —interrumpió ella, agitando la cabeza—. Soy yo, me tengo que marchar porque tengo una oferta de trabajo que no puedo dejar pasar.

—Oh, qué pena —dijo Piper— ¿Y no pueden esperar dos semanas?

—No, tengo que ir ya.

—Te vamos a echar de menos.

Los tres se abalanzaron sobre ella para darle un abrazo en grupo, al que ella respondió porque la verdad era que les había cogido cariño y les iba a echar de menos.

—Portaos bien —les dijo, cuando se separaron.

—Eso siempre. —Josh le guiñó un ojo—. Ya tienes nuestras redes sociales, nos mantendremos en contacto.

—Seguro que sí.

Los tres volvieron a despedirse y se subieron a la furgoneta con gesto triste. Malayka se acercó a ella y le puso las manos en los hombros, frotándoselos de forma reconfortante.

—Gracias por todo, Malayka —dijo Skye—. Mantén esas velas por mí, ¿vale? Seguro que me ayudan.

—Por supuesto. —Metió la mano en un bolsillo y cogió sus manos para dejar un objeto sobre ellas—. Nada existe en estado puro ni tampoco en absoluta quietud, sino en una continua transformación. Todo yin tiene su yang. —Skye miró sus manos, viendo que se trataba de una piedra redonda con los dos símbolos pintados en blanco y negro—. Piénsalo. Cada ser posee un complemento del que depende para su existencia y que a su vez existe dentro de él mismo.

—Eso es demasiado profundo, Malayka.

—Puede. Pero sabes a lo que me refiero. —Le dio un beso en cada mejilla—. Sé feliz, mi niña.

Skye solo pudo afirmar con la cabeza, notando un nudo en la garganta. ¿Por qué tenían que ser todos tan agradables, tan cercanos? Era como si se hubieran convertido en parte de su familia, más que en compañeros de trabajo.

Travis le echó una mirada amable.

—Adiós, chica extraña.

Ella agitó la mano mientras él subía, y vio alejarse la furgoneta con el corazón encogido. Miró la piedra y le pasó los dedos por la superficie lisa antes de guardársela de nuevo en el bolsillo.

Cogió aire y se acercó a la parada de taxis que había junto al hotel para que la llevara al aeropuerto. Pasó el viaje mirando por la ventana, pensando en todo lo que había pasado y lo que le habían dicho Owen y Malayka.

Continua transformación. Como si fuera tan fácil… pero Owen tenía razón, en algún momento debería hablar con su padre porque la situación estaba enquistada y solo ella podía hacer algo para desbloquearlo.

Pagó al taxista y se dirigió al mostrador de aerolíneas para comprar el billete de avión. Le entregó a la chica su identificación, aún pensando en las palabras de Owen.

—¿Destino? —preguntó la chica.

Skye la miró unos segundos, como si en lugar de preguntar a dónde iba le estuviera pidiendo que decidiera su futuro en ese mismo momento. Tragó saliva, acercándole la tarjeta de crédito.

—Boston —contestó.

La lluvia los acompañó durante todo el viaje a Seattle, acompañada por unas cuantas rachas de granizo.

En el autobús, Ethan revisaba el discurso que debía dar aquella noche en una entrega de premios a negocios locales, mientras Owen estaba sentado frente a él con su ordenador. Apenas había dicho nada cuando había subido, toda su explicación sobre Skye se había limitado a dos frases diciendo que se iba porque tenía una oferta y no pasaba nada porque se fuera ya que no estaban juntos. Lo cual tampoco había ayudado a calmar su conciencia. Desde allí podía ver a Alex, que leía un libro con expresión ausente, y suponía que tampoco estaba pasando por un buen momento. Así que aunque sabía que había hecho lo correcto y que Skye también lo había visto así, ver a su mejor amigo y a su prometida con esas caras no le tranquilizaba.

Dejó los papeles a un lado y carraspeó, llamando la atención de Owen.

—¿Quieres un caramelo de miel? —preguntó este.

—No, estoy bien. ¿Y tú?

—No, no quiero un caramelo.

—Que si estás bien, me refería.

—¿Por qué no iba a estarlo?

—Bueno, Skye se ha ido…

—… y esta vez no me ha dejado foto, tranquilo. —Le miró, con un suspiro—. De verdad, Ethan, centrémonos en el trabajo. No hay nada de lo que hablar.

—Pero…

—Después del evento de hoy tendré los resultados de las últimas encuestas, los becarios prepararán un informe. Desde la sede están preparando ya el primer debate, así que nos vendrá bien saber cómo van las cosas. ¿Alguna duda con el discurso de hoy?

Ethan cogió los papeles de nuevo, decidiendo no insistir en el tema. Probablemente fuera lo mejor, cuanto antes dejara Owen de pensar en Skye, antes la olvidaría. Y el trabajo siempre ayudaba.

Tras la entrega de premios y el discurso de Ethan tuvieron que quedarse un rato «socializando», así que cuando llegaron al hotel estaban todos bastante cansados. Aun así, Ethan y Owen se quedaron en la habitación de este último trabajando un rato más, por lo que Alex se fue a la suya a darse una ducha e intentar relajarse. Seguía pensando en Skye y en cómo se había marchado, por lo que no se le había pasado el enfado. Hasta había apagado el teléfono, por si acaso se le ocurría llamarla. Prefería esperar unos días a calmarse, no fueran a tener una discusión y acabaran peor de lo que ya estaban.

Se tumbó en la cama con el albornoz y cogió una revista para ojearla, pero poco después entró Ethan. Sonrió al verle, pero dejó de hacerlo al ver que estaba muy serio. Llevaba unos papeles en la mano y Alex no pudo evitar preocuparse.

—¿Qué ha pasado? —preguntó.

—Tenemos los resultados de las últimas encuestas.

—Vaya. —Dio un par de palmadas al colchón, junto a ella—. ¿Son muy malos?

Ethan se sentó a su lado, manteniendo los papeles en la mano.

—Antes quería hablar contigo sobre Skye.

Ella resopló, alargando la mano para quitarle los papeles.

—Prefiero no hablar de eso ahora —contestó.

—¿Estás enfadada con ella?

—¿Tú qué crees? —Le miró, mosqueada—. Pues claro. Se va otra vez a lo loco, abandona a Owen vete tú a saber por qué paranoia suya y encima deja un trabajo a medias. No es serio, Ethan.

—Bueno, si ha recibido una oferta mejor…

—¿Y no podía esperar una semana? Ha quedado fatal delante de todo el equipo, no entiendo cómo no lo ve. —Miró los papeles—. Ahora mismo estoy muy mosqueada con ella, así que mejor cambiamos de tema. ¿Son malos resultados, entonces?

—Más bien al contrario —contestó, acercándose a ella y siguiendo su deseo de dejar el tema de Skye.

Alex empezó a leer el informe. Cada estado tenía diferentes números pero, de media, Ethan aparecía unos cinco puntos por encima de su oponente.

—¡Pero esto es genial, cariño! —exclamó.

—¿Seguro? —Apartó los papeles, cogiendo sus manos para acercarse y mirarla a los ojos—. Alex, esto puede cambiar, lo sabemos. Los debates son duros y… —Movió la cabeza—. Pero puedo ganar. No es descabellado ni algo lejano, puede ser una realidad.

—Lo sé.

—No hemos vuelto a hablar de tus dudas, pero he estado pensando. Y creo que sé cómo solucionarlo.

—Ethan…

—Escúchame. —Besó su anillo de compromiso—. Te pedí que te casaras conmigo y dijiste que sí. Puede que el momento no fuera el perfecto ni, quizá, el adecuado. Pero ahora dejo la pelota en tu tejado.

—¿A qué te refieres?

—A que nos casaremos cuando tú me lo *reconfirmes*, por así decirlo. No importa cuándo ni cómo, tú me dices la fecha y no habrá más que hablar. Es decir, se lo diremos a Owen para que organice la agenda según convenga y lo que sea necesario, pero nada más.

—¿Es en serio?

—Quiero que seas feliz. No puedo darte una casa con valla blanca y un parque enfrente donde pasear al perro.

—Ethan. —Se rio, cogiendo su rostro entre las manos—. No tenemos perro.

—Ya me entiendes.

—Claro que te entiendo. —Le besó, suave y lentamente—. Te quiero.

—Yo también a ti.

La reclinó sobre la cama, deshaciendo el nudo de su albornoz mientras Alex le acariciaba el pelo.

—¿Cuando y como yo quiera? —preguntó ella, con tono de broma.

—Ajá.

—¿Aunque te diga en Las Vegas y vestido de Elvis?

Ethan levantó la cabeza de su pecho, para mirarla con una sonrisa divertida.

—Eso no sé si me quitaría votos o me daría más, visto lo que le gusta a la gente. Pero sí, aunque me digas eso.

Volvió su atención a su cuello, pasándole la lengua mientras Alex se estremecía entre sus brazos. Suspiró abrazándolo, mientras pensaba que Las Vegas no, pero una boda en una playa… en México, donde todo había empezado, no era mala idea después de todo. Solo tenía que pensar cómo organizarlo de forma que fuera algo pequeño e íntimo.

Ya lo haría después, porque en ese momento su mente ya comenzaba a dispersarse y no podía pensar con claridad.

Se quedaron en Seattle un par de días más haciendo campaña. La última etapa era en Alaska, a donde no podían viajar con el autobús ni la furgoneta, pero para eso tenían el avión privado del partido, para ese tipo de trayectos, y ya lo habían enviado para que fuera a recogerlos y llevarlos hasta allí.

Como Jan estaba contratado para todo el período les iba a acompañar para conducir un autobús de alquiler y poder trasladarse de Anchorage, donde iban a aterrizar y tener un primer evento, hasta Fairbanks, de donde se marcharían.

Millicent y Olivia se habían despedido de ellos en aquel punto.

—Lo sentimos, senador —había comentado la primera—. Nos caes bien, pero no tanto como para irnos hasta Alaska.

—Allí solo hay nieve y treinta días de oscuridad —bromeó Olivia, dándole un abrazo, y ambas se metieron en el coche—. ¡Nos veremos en la Casa Blanca!

El trayecto del aeropuerto al centro de Anchorage fue corto y rápido a pesar de la nieve que cubría todo el paisaje que les rodeaba, por lo que llegaron con tiempo de sobra para la reunión con el alcalde y la cena correspondiente.

Al día siguiente, cuando salieron, caían unos cuantos copos de nieve.

Owen esperó a que todos estuvieran montados en el autobús para ir a hablar con Jan, que estaba al volante con Piper a su lado.

—Todo controlado, jefe —dijo ella—. GPS preparado, llegaremos para cenar.

—Genial. Jan, ¿cómo lo ves?

—Perfecto, jefe, solo necesito las gafas para leer.

Aquella respuesta no le tranquilizó en absoluto, más bien todo lo contrario. ¿Habían estado recorriendo todo el país con un conductor que no podía leer las señales de tráfico?

—Me refería al tiempo —aclaró, pensando si estarían a tiempo de buscar un conductor.

—Tranquilo, son cuatro copos de nieve de nada. Esto se pasa en unos minutos, ya verás.

Y arrancó dirigiendo su vista a la carretera. Piper levantó el pulgar hacia Owen para después mirar su GPS e indicarle a Jan por dónde girar, así que el chico se guardó sus dudas y se fue a su asiento. Se puso a trabajar con su portátil, hasta que al cabo de un rato, al enviar un correo electrónico, se dio cuenta de que se quedaba atascado y no salía. Comprobó la conexión y vio que se había quedado sin conexión wifi, y, peor aún, cuando cogió su móvil, vio que tampoco tenía cobertura. Se levantó con él en la mano y empezó a recorrer el autobús buscando cobertura sin éxito, hasta que llegó a la altura de Jan y Piper.

—No hay cobertura, jefe —dijo ella, mostrándole un mapa de papel—. Hemos encontrado esto en la guantera, pero no sé si vamos bien.

—Yo tampoco —dijo Jan—. Estoy conduciendo por intuición, la carretera tampoco es que se vea muy bien.

La nieve caía en copos gruesos y muy abundantes, dificultando la visión. De pronto, Jan pegó un frenazo que casi sacó a Owen por el cristal delantero.

—Huy, perdón, se ha cruzado algún bicho —se disculpó—. ¿Estás bien?

Owen, caído sobre la guantera, consiguió ponerse en pie y recuperar la compostura.

—Sí, bien, bien. A ver, Piper, dame eso. Jan, quédate aquí parado mientras veo dónde estamos.

Piper le entregó el papel y le señaló una carretera en el mapa.

—No sé si estamos en esta. —Señaló otra—. O en esta.

—Pero vamos a ver, si solo hay dos carreteras, ¿cómo podéis haberos equivocado?

—O no, puede que vayamos por buen camino.

—¿Hemos pasado alguna señal de algún pueblo o algo?

—Hace un rato, pero como no se veía bien…

—¿Y no se os ocurrió parar a ver?

Jan y Piper se miraron, encogiéndose de hombros a la vez. Owen miró y remiró el mapa pero claro, sin tener ni idea de dónde estaban era imposible poder saber si era mejor seguir adelante o volver atrás.

Justo en aquel momento, la salvación llegó en forma de luces azules parpadeantes.

—¡La policía! —exclamó Piper—. ¿Qué hacemos? ¿Y si nos detienen?

—¿Por qué iban a detenernos? —preguntó Owen, temiendo que alguno de los becarios tuviera respuesta para eso—. Habrán parado para ayudarnos. Dejadme una chaqueta.

—Toma, jefe —le dijo Josh, que estaba sentado detrás, entregándole la suya—. Te quedará genial, fijo.

Le guiñó un ojo, a lo cual Owen frunció el ceño.

—¿No deberías dejar ese ligoteo para las chicas? Si es que alguna te hace caso, claro.

—No, por eso tiro para todos lados, más posibilidades.

Owen abrió la boca para contestar, pero lo pensó mejor y se dio la vuelta para bajar del autobús. Un par de personas se acercaban hacia él, ambas vestidas con el uniforme de la policía de Alaska.

—Menos mal que han parado —dijo, cuando estuvieron a su altura—. Muchas gracias.

—¿Se han perdido?

Quien hablaba era una chica con una larga melena pelirroja sobresaliendo de su gorro de lana.

—Sí, eso parece —contestó—. Vamos a Fairbanks.

Ellos dos se miraron.

—Se han desviado un poco, sí —dijo ella, alargando la mano—. Soy la jefa de policía de Sutton, el pueblo más cercano. Rylee Scott-Green.

—Owen Sawyer, encantado.

Le estrechó la mano, y luego al chico, que también se presentó.

—Simon Everett.

—Dígale a su conductor que nos siga —indicó Rylee—. La tormenta tiene para rato y no querrán quedarse aquí atascados.

—Verá, es que no somos unos turistas cualquiera.

—Aquí turistas pocos —comentó Simon.

—¿Queriendo decir…? —preguntó ella.

—Dentro del autobús va el senador Ethan Lewis, candidato a la presidencia, con todo el equipo de la campaña.

Ellos volvieron a mirarse y se encogieron de hombros.

—Vale, si es por tema de seguridad tranquilo, que somos cuatro gatos en el pueblo y ninguno psicópata —contestó la jefa de policía—. Les llevaré al bar de mi hermano, allí podrán esperar mientras pasa la tormenta, y les buscaremos alojamiento.

—Gracias.

—Simon, ve con ellos en el autobús, por si nos separamos que puedan llegar al pueblo.

—Claro, jefa.

Rylee regresó a su coche mientras Owen y Simon subían al autobús.

—Atención todo el mundo —dijo Owen, elevando la voz—. Hemos tenido suerte y la jefa de policía de Staton…

—Sutton —corrigió Simon.

—Sutton, perdón. Bien, nos van a llevar hasta allí hasta que pase la tormenta y después ya veremos si tenemos que pasar la noche o podemos continuar hasta Fairbanks.

Piper se levantó al momento, señalando el asiento junto a ella.

—Siéntate aquí, así puedes decirle a Jan el camino. Soy Piper.

—Yo Simon, encantado.

—Desde aquí también estás cerca —dijo Tatum, empujando a Josh para que se levantara.

—Ya está aquí sentado. —Piper tiró de su brazo para que se colocara a su lado—. ¿Ves? Jan, arranca.

El coche de policía ya había emprendido el camino, así que Jan no se hizo de rogar y arrancó para acelerar y poder seguir las luces.

—Así que eres jefe de policía —dijo Piper.

—No, soy el ayudante. Es jefa.

—Ah, no lo había oído bien. Bueno, no importa. Tiene que ser muy emocionante.

—Bueno… la vida en Sutton es muy tranquila. Lo más emocionante que hemos vivido ha sido tener un testigo protegido, hace un par de años.

—¿Un testigo protegido?

—Sí, ahora es el médico del pueblo. Se casó con la jefa de policía, es una historia muy larga.

—Tenemos tiempo.

—En realidad no tanto, estamos muy cerca. —Se inclinó hacia Jan—. Justo detrás de aquellos árboles va a girar.

Jan agradeció que le hubiera avisado porque el cruce casi no se veía y, al girar, perdió de vista el coche de policía. Unos minutos después vieron un par de casas y, al poco, el coche se detuvo delante de un edificio.

—Ya estamos en el centro —explicó Simon, levantándose.

—¿Esto es el centro? —repitió Owen, mirando por una ventanilla—. Pero si son cuatro edificios.

—Sí, claro.

Se bajó del autobús. Rylee se colocó a su lado y Owen bajó el primero, para ir presentando al grupo según bajaban. Después, Rylee les señaló la puerta del bar.

—«Aquí solo tenemos café solo y con leche» —Alex recitó el cartel que había en la puerta—. Vaya, mucha variedad no hay…

—Es el bar de mi hermano Brian —explicó Rylee, con una sonrisa.

—Perdón, no quería ser descortés.

—No pasa nada, también hay chocolate caliente.

Le guiñó un ojo y abrió la puerta para que fueran entrando. El bar tenía un aspecto más acogedor de lo que parecía desde el exterior y era bastante grande, con una larga barra y mesas dispersas en las que se fueron sentando todos.

Ethan se acercó a la barra para estrechar la mano del chico que había detrás.

—Gracias por acogernos en su cafetería —dijo.

—Cuando mi hermana me ha dicho que íbamos a tener invitados ilustres pensaba que estaba de broma. —Owen se apresuró a darle un pin—. Ah, gracias. ¿Qué quieren tomar?

—Nosotros café con leche, gracias. ¡Tatum, pregunta qué quiere la gente!

La chica sacó una libreta y se apresuró a ir por las mesas apuntando lo que quería cada uno para llevarle la lista. Después regresó a la mesa donde se había sentado con Piper y Josh, y a los que se había unido Simon.

En la de al lado estaba Alex con Malayka. Rylee se quitó la chaqueta y el gorro y se sentó con ellas.

—¿Puedo? —preguntó.

—Claro.

—Vaya, ¡me encanta la ropa que lleva esa chica! —Malayka señaló hacia la puerta, por donde entraba una chica rubia acompañada de una morena—. Tiene estilo.

—Es mi cuñada, Lena —explicó Rylee, agitando la mano hacia las dos chicas—. Se hace la ropa. Y ella es mi amiga Novalee.

Las dos chicas se sentaron con ellas y Rylee procedió a hacer las presentaciones.

—¿El candidato a presidente? —Lena miró a su alrededor, localizando a Ethan en la barra—. ¡Está cañón, no me puedo creer que esté aquí y mejore en vivo y en directo!

—No me puedo quejar, no —dijo Alex, con una sonrisa.

—Lena, que estás casada con mi hermano —intervino Rylee.

—Que ya haya pedido no quiere decir que no mire el menú. A ver si te piensas que cuando aparece tu marido cierro los ojos, no te digo.

Rylee puso los ojos en blanco aunque claro, no iba a llevarle la contraria al respecto.

—Me encanta tu ropa —le dijo Malayka a Lena—. ¿La vendes?

—Gracias y sí, alguna cosa aquí y allá, sí.

—Toma, mi tarjeta. —La sacó del bolso y se la entregó—. Mándame un correo con tus datos y hablamos, seguro que tienes más de una cosa que me interesa. Me encargo de vestir a Ethan y a Alex.

—Genial, muchas gracias.

Lena se la guardó en el bolso con una sonrisa de orgullo. Aquella gente venía de muy lejos pero quién sabía, quizá de ahí surgía una oportunidad de negocio.

La puerta del bar se abrió de nuevo, dando paso a una chica de rasgos exóticos, bajita, y que iba con cara de agobio y muy despeinada.

—¡Es la última vez que acepto hacer de niñera! —exclamó, señalando a Rylee.

—Es Kamala, otra amiga —dijo esta, elevando el cuello para poder mirar tras ella—. ¿No te has olvidado algo?

La chica miró tras de sí, giró sobre sí misma y volvió a abrir la puerta. Entonces entraron corriendo dos pequeños de unos dos años, niño y niña, con el pelo naranja igual que Rylee.

—¡Te juro que a veces parecen cuatro! —siguió diciendo Kamala, mientras se acercaba.

—No hace falta que grites. —Rylee se inclinó para cogerlos y poner a cada uno en una de sus piernas—. ¿Os habéis portado bien con la tía Kamala? ¿A que no? —Los dos negaron entre risas—. Os comía con patatas.

—Sí, yo sí que me los comía. —Kamala se dejó caer en una silla a su lado—. Esto se lo voy a cobrar a Alex como horas extras.

—¿Alex? —repitió Alex.

—Sí, qué casualidad —dijo Rylee—. Mi marido, Alex Green. Es el médico, Kamala es su secretaria. Pero hoy necesitábamos niñera, no había guardería, y se ofreció voluntaria.

—Porque me prometiste que se portarían bien. Y no lo entiendo, si normalmente son muy formalitos.

—Claro, cuando no están con sus padres.

—Bueno, ¿y quién es toda esta gente? Y sobre todo, ¿quién ese tío de ahí?

Señaló a Josh. Rylee volvió a hacer las presentaciones, justo cuando Brian salió de la barra con una bandeja y empezó a repartir las bebidas. Le dio un beso a Lena al pasar antes de volver a su lugar y entonces se abrió la puerta de nuevo.

—Y ese es mi flamante marido —explicó Rylee.

—Normal que mires el menú —le comentó Malayka a Lena.

—Bueno, sí que está esto lleno hoy —dijo él, con una sonrisa que derretía la nieve de las aceras—. ¿Qué tal con los niños, Kamala? Bien, ¿no?

—Sí, genial.

Levantó un pulgar mientras él se acercaba a Rylee para besarla y coger a sus niños, que ya estaban alargando los brazos hacia él.

En la barra, Ethan echó el azúcar en su café y miró a Owen.

—Sí que hay movimiento para ser un pueblo tan pequeño —comentó.

—Más o menos esos son todos los del pueblo —dijo Brian, pasando a su lado mientras limpiaba la barra.

—Me recuerda a alguien… ¿a ti no?

Owen se limitó a negar con la cabeza. Ethan dio un sorbo a su café y señaló una mesa apartada.

—Vamos a sentarnos ahí.

Se levantó sin esperar su respuesta, así que Owen lo siguió hasta la mesa. Sacó el móvil pero seguía sin haber cobertura.

—No creo que lleguemos ya hoy a Fairbanks —dijo, resoplando—. Y no hay forma de avisar.

—No hay nada hasta mañana, no te preocupes. Seguro que si salimos pronto llegaremos a tiempo.

—Eso espero.

Ethan suspiró, mirando cómo Owen levantaba el móvil buscando señal sin éxito.

—De verdad, relájate un poco —le dijo.

—Ethan, queda una semana de campaña y luego vienen los debates. Relajarme es lo último de mi lista.

—Lo sé. —Removió su café, pensativo—. Y creo que deberíamos hablar sobre eso.

—¿Por qué? ¿Qué pasa? ¿Hay algún problema?

—¿Quieres tranquilizarte? No, no hay ningún problema. Solo quiero saber cómo estás tú.

—A tope, ya lo sabes.

—Por eso. No quiero que esto te queme, Owen.

—¿Ahora me vienes con esas? Es lo que siempre hemos querido, Ethan. No podemos bajar el ritmo ahora, no podemos perder todo lo que hemos logrado.

—No me refiero a eso. Lo que quiero decir es… ¿has pensado en el después?

—¿Después?

—Sí. Si no gano, volvemos a Boston, sigo de senador y probablemente vuelva a ser candidato dentro de cuatro años. Pero si gano, nos iremos todos a Washington. Con cualquiera de las dos opciones, lo que viene son años y años de trabajo, Owen. No vamos a estar tranquilos nunca pase lo que pase, tendremos que viajar, que hacer campaña… Alex y yo lo tenemos claro y muy hablado, sabemos lo que queremos y cómo lo queremos. Pero tú… no quiero que te veas arrastrado y que dentro de unos años pienses que te has dejado algo por el camino.

Owen se quedó unos segundos mirándole, asimilando lo que le estaba diciendo. Aunque no era una información nueva ni nada que no supiera, también era cierto que siempre pensaba en el futuro como algo lejano. Se iba planteando metas y las iba superando, así había sido desde que había empezado la carrera y había conocido a Ethan. Dio un sorbo a su café, sopesando lo que le estaba diciendo entre líneas. Porque aunque no la había mencionado, en alguna parte de aquella conversación estaba el nombre de Skye.

—Ella no quiere compromisos —dijo, más para sí mismo que para él—. Nada de un trabajo rutinario ni casarse y tener una familia en una casita de las afueras. —Le miró—. Pero eso tampoco lo voy a tener yo si sigo contigo. Es lo que me estás diciendo, ¿no?

—Más o menos.

Owen movió la cabeza, preguntándose cómo no se había dado cuenta antes. Cierto, había crecido en una familia tradicional, que quería lo mejor para él y que pensaba que, aunque se hubiera marchado, en algún momento volvería o seguiría el camino que todos esperaban para él. Pero si se paraba a pensarlo, nunca había querido eso o no se habría volcado en su trabajo. De lo que no se arrepentía porque aunque estresante, era lo que le gustaba, y con los becarios sí que se le había quitado bastante peso. Ganara o no Ethan, su trabajo seguiría siendo igual: tendría que viajar, hacer horas extras, trabajar fines de semana… más o menos, lo que Skye hacía. Lo único que les separaba era aquel rechazo al compromiso que ella tenía. Si pudiera explicarle que en realidad eran más parecidos de lo que ella pensaba… pero claro, ya se había marchado, empecinada en su idea de no-compromiso. Cuando lo único que él quería era que estuvieran juntos, no necesitaba un anillo de por medio. ¿Por qué no le había dicho eso mismo?

Se terminó el café con el ceño fruncido. Era demasiado tarde, y si algo le había quedado claro, era que Skye no le quería lo suficiente como para intentarlo.

Y esa era la barrera que no veía cómo podía superar.

Capítulo 16

Con los codos apoyados encima del mostrador y una sonrisa estática, Skye aguardaba a que le dieran un coche de alquiler. Acababa de aterrizar en Boston y aunque la idea era regresar a San Francisco lo antes posible, su padre había insistido en que fuera a verlo antes de que se marchara, añadiendo un «a saber cuándo volverás por aquí» para dejarlo claro.

Mientras volaba, había tomado la decisión de quedarse unos días. Así descansaría de tanto viaje, su padre sentiría que pasaba algún tiempo con él y a lo mejor podía arreglarse con Alex, si esta regresaba antes de que saliera su avión de regreso.

Odiaba la manera en la que se habían despedido, casi nunca habían estado enfadadas y notaba un malestar persistente que no desaparecía.

—Solo me queda un Mercedes CLA pequeño que nadie suele querer —comentó el chico, después de consultar el ordenador.

—Bueno, pues ese mismo.

—Pero nadie lo quiere —insistió el joven—. Sorprende la poca calidad para pertenecer a la gama Mercedes, ¿sabe? Es el marginado de la casa.

—Me gustan los marginados. —Skye firmó los papeles—. Tengo el vuelo de regreso en siete días, lo traeré aquí mismo.

—Perfecto, señorita… Kaplan —leyó el chico—. Deje su móvil por si hubiera que llamarla, si no le importa.

—Sí, claro.

—Y tenga cuidado, nieva a ratos —aconsejó él, entregándole las llaves—. Alguien de la tienda se lo sacará a la zona de taxis. Que pase un buen día.

—Mi coche marginal y yo te deseamos lo mismo.

Skye se despidió del dependiente y se abrochó el abrigo antes de encaminarse hacia la salida. Revisó el móvil por si tenía algún mensaje, pero lo cerró al no encontrar nada.

Qué estúpida era, ¿qué esperaba? Sabía que Owen respetaría su decisión y la dejaría tranquila, era ese tipo de hombre. Pero no encontrar nada de Alex… debía seguir muy cabreada si ni siquiera preguntaba si había llegado bien.

El frío de Boston la saludó con una ráfaga helada y salió corriendo hacia la zona de taxis, donde un chico con un mono de trabajo acababa de aparcar su coche. Un Mercedes CLA pequeño que había conocido tiempos mejores, eso estaba claro.

—Aquí tiene su bólido —bromeó el trabajador.

—Muy gracioso —refunfuñó ella con una mueca, entrando.

Estaba claro que con aquella carraca no iba a poder correr, pero no tenía prisa y decidió tomarlo con calma. De todos modos, tampoco era que se muriera de ganas de ir a casa de su padre. Arrancó el coche y se le caló dos veces seguidas hasta que consiguió que echara a andar.

Menuda suerte estaba teniendo, entre el retraso de su vuelo y aquella antigüedad… claro que no parecía existir nada capaz de ponerla de buen humor. Le dolía todo, igual que si le hubieran dado una paliza. El alivio que notaba por haber puesto al fin distancia se veía eclipsado por el dolor de la pérdida. No podría decir cuál de las dos sensaciones ganaba, pero desde luego no parecía positivo en absoluto.

Cuando al fin llegó a la casa paterna, Everett apareció para abrir la puerta del garaje y que así pudiera guardar el coche. Estaba vestido, como si fuera a salir, detalle que tampoco le extrañó demasiado. Seguía siendo un hombre de negocios, el hecho de que su hija pródiga se quedara unos días en su casa no era motivo para dejar de trabajar.

—Hola, Skye —saludó, cuando detuvo el motor—. Madre mía, ¿no había nada peor para alquilar en el aeropuerto?

—Me han dado lo que nadie quería —dijo la joven, con un mohín de disgusto.

—No importa, puedes dejarlo aquí y coger el mío si lo necesitas.

—Es igual, parece que funciona y con eso me vale. —Skye cerró la puerta y fue a la parte trasera para sacar su maleta, mientras Everett la seguía con intención de ayudarla—. Yo lo hago.

—Todavía estoy fuerte para llevar una maleta, hija —respondió, agarrándola—. ¿Has tenido un buen vuelo? Me preocupaba el tiempo.

—Todo bien —dijo ella, concisa.

—Escucha, ¿quieres que cocine algo y charlamos un rato? He comprado un montón de cosas que te gustan, o que te gustaban antes, al menos. Lucinda está pasando unos días con su madre, así que no estará y…

—Estoy un poco cansada. Si no te importa lo dejamos para otro momento, ¿vale?

Skye cogió su maleta y se apresuró a abandonar el garaje para encaminarse hacia su habitación. Lo que menos le apetecía era una charla entre padre e hija en la cocina, solo le faltaba ponerse el delantal y fingir que cocinaba, ¿quién iba a tragarse semejante farsa?

Cerró la puerta de su cuarto y se apoyó en ella con un suspiro. Siete días escondiéndose podían ser muy largos, tendría que encontrar un momento para estar con él, que en realidad había ido a eso. Recordó las palabras que le había dicho Owen sobre intentar arreglar las cosas con su padre, que aprovechara el momento porque quizás al día siguiente no estaría.

Pero no sería esa noche, entre el cansancio y su estado de ánimo no se veía con fuerzas. Minutos después escuchó una puerta, así que dedujo que su padre había decidido encerrarse en el despacho para trabajar un rato más.

Skye abrió la maleta y empezó a guardar la ropa en el armario con gestos mecánicos. Desde la redecoración de Lucinda, la habitación no había vuelto a parecerle suya. Al menos estaba de viaje y no andaría por allí incordiando, todo un detalle por su parte. Pero aunque Lucinda era una presencia molesta, también servía de contenedor para su padre, y temía que al no estar ella distrayéndolo no lograra esquivarlo con tanta facilidad.

Terminó de meter sus cosas y recorrió el cuarto con la mirada, pensando en qué lugar podía estar guardada la última ropa para estar en casa que había llevado. Abrió todos los cajones de la cómoda, pero allí solo encontró un montón de pañuelos y bufandas de Lucinda, así que volvió al armario para tantear en las baldas superiores.

Como de costumbre, su estatura —o la ausencia de ella—, jugaba en su contra. Cogió la silla del escritorio y la usó para subirse hasta donde necesitaba. Allí no parecía haber ropa, solo una colección de cajas de cartón que no sabía qué eran, aunque lo más probable era que se tratara de más trastos de su madrastra.

Levantó la tapa de una para salir de dudas y al ver lo que había dentro la atrajo hacia ella, con la sorpresa reflejada en la cara.

Pasó la mano por encima, contando sin emitir el menor sonido. Dos, tres, cuatro… seis. Los atrapasueños se amontonaban unos con otros provocando un nudo de plumas y abalorios con una extraña mezcla de colores. Destapó el resto de cajas y comprobó que contenían lo mismo, de modo que descendió de la silla sujetando la primera contra su pecho.

Se sentó en la cama y volcó la caja encima, separando con suavidad los unos de los otros. No los reconocía, desde luego no eran los que había arrojado en el cubo de la basura de la calle delante de la cara compungida de su padre. Eran otros, eran nuevos. No lo entendía.

Volvió a guardarlos dentro y salió de la habitación con la caja entre las manos, encaminándose con decisión hasta la puerta del despacho, donde tocó.

—Pasa —respondió Everett.

Estaba sentado en su silla, aunque no parecía trabajar y el ordenador estaba apagado. Apartó los papeles que había sobre la mesa y la miró.

—¿Qué necesitas, un pijama?

—No, estaba buscando una sudadera o algo así y he encontrado esto. ¿Puedes decirme qué es? —Puso la caja sobre el escritorio y la empujó hacia él.

Everett no necesitaba mirar dentro para saber lo que era.

—¿Cómo, has tenido cientos y no sabes lo que son?

—Sabes perfectamente a qué me refiero, ¿por qué está guardado esto en mi armario? ¿Acaso los sacaste del contenedor de basura, papá? Porque sería demasiado hasta para ti.

Él deslizó las yemas de los dedos por las plumas, con una media sonrisa.

—Por supuesto que no —respondió—. Solo que no he dejado de hacerlos, ni de regalártelos. Sé que no estás aquí, sé que no los quieres, pero cuando los hago no puedo evitar acordarme de esos momentos en los que se te iluminaba la mirada cuando tenías uno nuevo.

Ella se puso tensa al escucharlo.

—¿Así que sigues fabricándolos?

—Sí. Cada mes bajo al garaje, me instalo en la mesa y hago uno nuevo. Y casi diría que es el mejor momento del mes, y no por la fabricación en sí, como podrás imaginar, sino porque lo tengo asociado a los momentos más felices que he vivido, aunque también al más desagradable.

Skye se mordió el labio para evitar hablar. En ese momento, sentado en su despacho, no tenía el aspecto de tiburón que siempre le había caracterizado. Se veía mayor, y cansado.

—¿Sabes, hija? Si pudiera volver atrás… hay tantas cosas que cambiaría.

—¿Cómo qué? —Ella se apoyó encima de la mesa, cruzándose de brazos.

Everett se levantó y se colocó a su lado.

—Para empezar, no habría separado a mi familia por una aventura con una mujer más joven que no significaba nada.

Skye hizo un ruido escéptico.

—¿Que no significaba nada, dices? Te casaste con ella.

—No me gusta la soledad. No puedes culparme por eso. —Everett hizo una pausa—. Yo quería a tu madre y no tenía problemas con ella, pero una vez rompes la confianza de alguien es casi imposible arreglarlo. Lo sé por experiencia propia.

—¿Y qué esperabas, una medalla?

—Tu madre no me perdonó, y tú tampoco. Ella se marchó y era más sencillo al no tener que verla, pero tú estabas. Cada vez que te miraba, me acordaba de lo mal que lo había hecho todo y por eso trataba de compensarte.

Ella sacudió la cabeza.

—Me compensaste de cojones, sí. Me encantó la parte de enviarme al internado cuatro años.

—Dijiste que querías ir.

—Me fui porque tú querías que me fuera, ni más ni menos. Viniste a mi cuarto con los papeles del internado y balbuceando que era cosa de Lucinda, pero no te lo hubieras planteado de no estar de acuerdo. Claro que enseguida le encontré el lado positivo, cualquier cosa por perder de vista a esa mujer.

—Yo nunca he querido que te apartaras de mi lado, Skye. Esos años en el internado me dolieron más a mí que a ti, te lo aseguro.

—O mentías entonces o mientes ahora, sea como sea no quiero escuchar más cuentos.

Everett acarició la tapa de la caja de nuevo, con expresión nostálgica.

—Cuando tu madre se quedó embarazada de ti yo no quería tener hijos, ¿sabes? Pero ella no dijo nada hasta que le fue imposible esconderlo, y para cuando quise darme cuenta ya estabas berreando en una cuna. No quería hijos, pero eras tan pequeñita y mona que tardé tres segundos exactos en quererte. Y a partir de ese día siempre fue así, ¿verdad?

—Vamos a dejar esta charla, papá…

—¿Verdad? ¿Teníamos una relación especial o era mi imaginación?

—Ya sabes la respuesta a eso —dijo ella, de mala gana.

Él asintió, acariciándose la barbilla con lentitud.

—A veces pienso que la mayor parte de tus problemas afectivos son culpa mía. Eras muy pequeña cuando te enseñé la peor lección posible sobre el amor. Te enseñé que nada es para siempre, te enseñé que aunque ames a alguien eso no es suficiente.

Skye detectó el pesar en su rostro y sintió una punzada de culpabilidad. Sí, él había cometido muchos errores, pero no era responsable de su comportamiento.

Llevaba toda la vida castigando a su padre, pero se daba cuenta de que él no había dejado de hacerlo ni un solo día, pese a esconderlo todo bajo una aparente calma.

Pensó en las miles de horas de estar juntos que habían perdido. En todas las excursiones que podían haber compartido, en todos los parques de atracciones que no habían recorrido. En todos los deberes que no habían hecho, sentados en la mesa de la cocina mientras preparaban chocolate. En todas las lágrimas que podía haber vertido en su hombro tras los inevitables desengaños amorosos de la adolescencia. En las flores que nunca le había prendido justo antes de acudir a un baile de graduación. Era tanto lo que se habían perdido... había sido dura juzgándole, pero no se había parado a pensar que ella también tenía mucho de lo que avergonzarse. Hasta ese momento no lo había admitido, porque la idea de ser un espíritu libre le bastaba para convencerse de que su comportamiento no era para tanto. Pero no era mejor que su padre, no. Lo sucedido con Owen había sido como una bofetada, allí sentada mirando la cara triste del progenitor se chocó de lleno con su propia hipocresía. No había sido capaz de estar a la altura del chico.

—Papá —murmuró, haciendo un esfuerzo—. No es culpa tuya. O sea, hiciste cosas mal, claro que sí, pero yo también las he hecho. No hace falta castigarse toda la vida por ello.

Everett pareció sorprendido, era obvio que no esperaba aquella reacción. Sin duda, recordaba todas y cada una de las veces que había querido acercarse a ella, siendo rechazado siempre. No sabía a qué se debía el cambio, pero no pensaba desaprovechar la oportunidad.

—Entonces, ¿crees que algún día podríamos hablar de perdón? —propuso, vacilante.

La joven se encogió de hombros, con cara avergonzada.

—Quizá sea un camino lento.

—Por lento que sea, estoy dispuesto a recorrerlo. Y si tengo que viajar a San Francisco un fin de semana sí y otro también, estoy dispuesto.

—Sin Lucinda.

—Sin Lucinda. —Sonrió él.

—Hablaremos del tema, papá. Pero tendrás que tener paciencia conmigo.

—Soy tu padre, tendré toda la paciencia. Te lo prometo, aunque… —La miró, indeciso—. ¿Crees que podrías, en fin, darme un adelanto?

Skye no entendía a qué se refería hasta que lo vio abrir los brazos. Se quedó inmóvil unos segundos sin saber qué hacer, llevaba tanto tiempo sin tener el menor contacto con su padre que prácticamente se le había olvidado.

—Verás, hija, preveo que la terapia será lenta y aunque estoy dispuesto, creo que un abrazo a tu viejo padre no es mucho pedir, ¿no? Al fin y al cabo, te he fabricado cientos de atrapasueños…

La rubia decidió dejar sus reservas a un lado. Owen tenía razón en su consejo y, si de verdad quería plantearse arreglar su relación, más le valía hacerlo con el corazón abierto. Además, en el fondo le había echado de menos muchísimo y no tenía sentido negarlo, así que se refugió en sus brazos. Everett sonrió mientras la estrechaba contra sí, en aquel momento fue como si los años no hubieran pasado y Skye se relajó sin pensar en nada más.

* * *

—¿Tienes todo? —preguntó Everett por enésima vez, sin dejar de seguirla por su habitación mientras terminaba de cerrar la maleta.

—Que sí, papá, de verdad.

—¿Y estás segura de que no quieres que te lleve al aeropuerto?

Su padre no parecía muy convencido de que se marchara, pero era normal después de los días que habían pasado juntos. Seguía siendo raro, pero al menos habían derribado la primera puerta con un éxito moderado. Skye hasta se había guardado en la maleta un par de atrapasueños con intención de colgarlos en su piso.

—Ya te lo he dicho varias veces, tengo que dejar el coche de alquiler en el aeropuerto.

Everett miró al techo con cara de paciencia.

—¿No crees que ya tienes edad para tener una maleta más seria, hija? —preguntó, con tono crítico mientras la levantaba para guardarla en el capo.

—Siempre la encuentro a la primera en el aeropuerto… —respondió ella, metiendo el abrigo y el bolso en el asiento del copiloto.

—Ahí te tengo que dar la razón, de discreta no tiene nada. —Sonrió Everett.

—En fin, debería ir saliendo ya, no sea que pille mucho tráfico y me quede tirada.

—Sí, lo comprendo. Me alegra mucho el acercamiento de estos días, Skye, y espero que no retrocedas en cuanto te montes en el avión. Que uno ya tiene una edad…

—¡Papá! No digas esas cosas —resopló ella, negando con la cabeza.

Parecía que se hubiera puesto de acuerdo con Owen para hacer ese tipo de comentarios en los que no le apetecía nada pensar. Acordarse de él fue como recibir un golpe en las costillas, pero no iba a regodearse en el malestar mientras su padre estuviera delante, así que le abrazó de manera sucinta y se separó.

—Llámame en cuanto llegues al aeropuerto.

—Lo haré.

—Y en cuanto tu avión aterrice.

—¡Que sí! ¡Por Dios, que pesadilla!

Skye entró en el coche y suspiró aliviada cuando este arrancó. Hizo un saludo con la cabeza hacia su padre, que la despidió con la mano.

—¡Conduce con cuidado! —exclamó, justo antes de que se alejara de la entrada.

Skye sacudió la cabeza, echando una mirada por el retrovisor. Everett seguía allí, esperando a que el coche se alejara por completo.

De repente, la idea de regresar a San Francisco no le apetecía tanto como otras veces, y lo cierto era que tampoco tenía nada especial allí. Ni siquiera el trabajo, que lo de *Oblivion* había sido una mentirijilla.

Como aquel vehículo no tenía navegador, sacó su móvil para echar un vistazo al camino a seguir. Iría más rápida si cogía la autopista, así que se desvió en la primera entrada que encontró. Una vez enfilada, miró el móvil de reojo y terminó cogiéndolo para pulsar un botón.

—Hola, Siri —dijo en voz alta—. Estoy buscando una canción.

«Buenas tardes, alteza. Veamos qué se cuece en el *store*».

—Vale, cómo era… ¿todo el mundo hace daño a todo el mundo?

«¿Iracundo acompaño iracundo?».

—¿Qué? No, Siri, pero ¿qué has entendido? —Skye movió la cabeza—. A ver así, ¿todo el mundo hiere alguna vez?

«¿Iracundo hiede a pez? Repítelo, por favor, no te entiendo.»

—Pues menuda ayuda estás tú hecha.

«Mis habilidades actuales no llegan a tanto».

—¡No puede ser tan difícil! Todo el mundo daña a alguien alguna vez —refunfuñó.

La voz de la asistente telefónica se vio interrumpida por una llamada entrante. Skye desvió un segundo la mirada de la carretera para ponerse el móvil en el hombro y poder sujetarlo de aquel modo sin dejar de conducir.

—¿Diga?

—Soy Alex.

¡Alex! Después de su despedida por fin daba señales de vida. Le había escrito unos cuantos mensajes que no habían obtenido respuesta y Skye ya temía que su amistad estuviera perdida, pero no había sido así. Aunque tal vez la telefoneara para continuar gritándole, nunca se sabía…

—Hola, ¿cómo va ese viaje?

—Acabamos de llegar a Boston, de hecho el chófer está bajando las maletas. Perdona que no haya respondido antes, teníamos una cobertura de mierda en Alaska.

—No importa.

—¿Cómo estás tú? ¿Llegaste bien a San Francisco?

—En realidad no me fui a San Francisco, Alex. He estado en Boston yo también.

Escuchó a su amiga bufar al otro lado.

—¿Que te fuiste a Boston? ¿No era tan urgente esa revista?

Skye podía haber seguido mintiendo, pero desistió.

—Quería ver a mi padre para intentar un acercamiento.

Alex quería continuar echándole la bronca, pero después de las palabras que acababa de escuchar no le pareció correcto. De hecho, consideraba que su amiga había dado un gran paso si de verdad era así. Ethan y Owen se habían callado cuando había hecho la llamada, pero entonces el primero le hizo un gesto.

—¿No se fue al final a San Francisco?

—Está en Boston —respondió Alex, y regresó al móvil—. Perdona, una interrupción. Pero entonces, ¿estás aquí ahora? Porque quizá podríamos vernos. Tomar un café o algo, ya sabes.

—Voy de camino al aeropuerto —informó Skye, desde el otro lado—. En una antigualla de nivel superior Mercedes CLA que ni siquiera tiene navegador. Ni rueda de repuesto, ni cadenas, si le da por patinar a este coche no salgo viva.

—¿Estás al volante y hablando por el móvil?

—Mmmm… sí.

—Haz el favor de concentrarte en la carretera, hay hielo —regañó Alex—. Está bien, es una pena pillarte de camino al aeropuerto, podríamos habernos visto. Llámame cuando tu avión llegue a San Francisco, ¿sí?

—Entendido —respondió la joven—. Gracias por llamar.

—Eres mi mejor amiga, no te librarás de mí tan fácilmente. —Sonrió Alex, antes de colgar.

Alzó la mirada para encontrarse dos pares de ojos azules fijos en ella.

—¿Qué pasa?

—¿Está aquí? —preguntó Owen—. ¿De verdad?

—Va de camino al aeropuerto, literalmente. Dice que alquiló el peor coche del mundo, un Mercedes pequeño y viejo, y que lo lleva de vuelta antes de coger el avión.

Alex vio su expresión, una mezcla de ansiedad, nervios y excitación. Era como si el hecho de saber que estaba cerca en aquel momento le inyectara determinación.

—A la mierda —exclamó el chico—. Voy a ver si la alcanzo.

—¿Qué? —preguntaron ellos dos a la vez, atónitos.

—Voy a buscarla, así que fuera del coche.

Alex y Ethan permanecían mudos, sin quitar la expresión de asombro.

—Pero… ¡si no sabes dónde está!

—Acabas de decir que va de camino al aeropuerto —replicó Owen, y la miró—. Tampoco hay tantos caminos que llevan allí. Mira, no pienso dejar que se escape más veces.

—Pero sabes cómo es, Owen… —protestó Alex de manera inútil—. Sabes que un compromiso…

—Me da igual —contestó él al instante—. Que me quiera a su manera, si es así como debe ser. Estaré con ella hasta cuando decida. Y ahora bajad del coche, los dos.

Ethan intercambió una mirada con Alex, pero al no encontrar nada que objetar ninguno, ambos descendieron. Un segundo después, vieron cómo el coche se alejaba a toda velocidad.

—Drama, drama, drama… —murmuró Ethan.

Alex miró su móvil, valorando si enviar un mensaje de advertencia a su amiga. Al final se limitó a poner un emoticono besucón, pues no quería distraerla mientras estuviera conduciendo.

Skye vio su beso, porque estaba intentando de nuevo encontrar la canción.

—Siri, por favor, no puede ser tan difícil. Escucha, todos dañan a alguien alguna vez.

«Puede ser *Todos hieren* de REM. Buscando.»

—No, esa no, que es muy deprimente…

Pero Siri no pareció escucharla o decidió saltarse su comentario, porque un segundo después comenzó a sonar una canción de melancólica melodía y amarga letra.

Skye no necesitaba aquel tipo de música, ya se sentía lo bastante mal sin ayuda como para encima torturarse oyendo letras tristes. Estaba a punto de quitarla cuando a su derecha se incorporó al carril un camión con un cargamento de troncos inmensos.

—Mierda —murmuró ella—. «Destino final 2» no, gracias.

Marcó el intermitente, preparándose para adelantar. No le gustaban nada los camiones tan cerca suyo, se sentía diminuta y muy fácil de aplastar. Sabía que las posibilidades de que ocurriera no eran muy grandes, pero la precaución nunca estaba de más.

Vio cómo el camión hacía un giro extraño y desvió la mirada hacia la cabina del conductor, pero desde su altura no alcanzaba a verlo. La parte delantera se deslizó hacia la derecha, invadiendo levemente el carril de adelantamiento, al que por suerte Skye aún no se había incorporado.

La parte trasera se deslizó en dirección contraria y golpeó el quitamiedos de forma seca. Ante los atónitos ojos de la rubia, los troncos que había arriba del todo saltaron por los aires y se precipitaron sobre ella.

Skye pegó un volantazo para tratar de esquivar el tronco justo cuando este caía sobre el parabrisas, atravesándolo hasta el asiento del copiloto. La luna se convirtió en un borrón opaco de cristal pulverizado que apenas le dejaba ver, aunque aquello era lo de menos. El coche giraba a tanta velocidad que parecía una peonza y Skye no podía controlarlo. Atravesó el carril contrario, haciendo que el coche que llegaba por ese lado frenara con un chirrido.

Parecía que el patinazo no iba a terminar nunca. Con el pie clavado en el freno pero sin dejar de avanzar, Skye tuvo la certeza de que no saldría de aquella con vida. Se apoderó de ella esa sensación que tantas veces había escuchado sobre el repaso a tu vida justo antes de morir. Todos los rostros que alguna vez había querido desfilaron ante sus ojos a la velocidad de la luz, pero solo uno parecía imponerse al resto, uno obstinado que se resistía a desaparecer de su cabeza: Owen.

Notó el impacto de los pies a la cabeza cuando finalmente el vehículo se estrelló contra la valla del carril contrario.

«Bueno, por lo menos el viaje ha llegado a su fin», fue lo último que pensó antes de perder el conocimiento.

Llevaba unos quince minutos en la autopista cuando la fluidez del tráfico se fue reduciendo hasta volverse inexistente. Owen tocó el claxon un par de veces, irritado, ¿de verdad tenía que comerse un atasco justo ese día, cuando había algo importante que hacer? ¿Pero cómo era tan hija de puta la ley de Murphy?

Apoyó la frente en el volante con un suspiro, con ganas de mandarlo todo a la mierda. Atrapado en la carretera no tenía mucho más que hacer que pensar y cabrearse, y ninguna de las dos cosas le apetecía. No había subido a ese coche practicando aquello de pensar, eso estaba claro, y el cabreo tampoco haría que se disolviera el problema.

Puso la radio para ver si hablaban sobre el accidente, o al menos por si daban alguna información de cuánto duraría. Porque solo le faltaba llegar cuando el avión de Skye hubiera despegado, eso sí que sería de lo más irónico.

Se frotó la frente hasta que encontró la emisora de tráfico, y reguló el volumen. No daban mucha información, limitándose a mencionar un camión que había patinado unos kilómetros más adelante.

«Estupendo, genial, perfecto», pensó.

Un accidente de semejantes características aseguraba un largo tiempo allí. El maldito Murphy debía estar descojonándose de él donde quiera que estuviese.

Las sirenas interrumpieron sus juramentos mentales y salió del coche al ver cómo los ocupantes de los vehículos restantes hacían lo propio. Se abrochó el abrigo hasta el cuello, acercándose a una familia que permanecía expectante.

—¿Qué ha pasado? Por la radio apenas dicen nada —preguntó Owen.

—Espero que no tuviera prisa, amigo. Un camión cargado de troncos ha liado una buena unos kilómetros hacia allá —informó el hombre, señalando hacia delante.

—Hasta que la policía no retire todo… —protestó la mujer—. Tenemos horas aquí.

Miró a sus hijos, seguramente pensando en lo largas que iban a ser esas horas con dos niños encerrados dentro de su automóvil.

Otro hombre se bajó de un salto de un camión pequeño para acercarse al grupo.

—Creo que ha sido por el hielo —comentó—. Es lo que están hablando mis compañeros por la radio, ha debido patinar y un par de troncos han caído en la carretera.

—Ah, bueno, entonces quizá lo despejen pronto —dijo ella, esperanzada.

—¿Hay heridos? —preguntó Owen.

—Aún no se sabe nada, aunque uno de esos troncos parece que le ha dado de lleno a un coche. Uno de mis colegas que estaba cerca lo ha visto todo, y dice que ha atravesado el parabrisas delantero. Que el coche ha dado tantas vueltas que parecía que no iba a detenerse nunca. Hasta una maleta roja ha salido volando y todo. Mal asunto.

—Ya —asintió Owen, solidarizándose al instante.

No pintaba bien para el conductor, desde luego. Un tronco atravesando un coche era suficiente, si encima daba mil vueltas y se estampaba con la fuerza suficiente para hacer saltar el maletero y con él un equipaje…

El detalle de la maleta le produjo inquietud. Una maleta…

Una maleta roja.

Su cerebro despertó de repente. Abandonó el coche y a sus dos vecinos de infortunio, y empezó a andar en dirección al accidente siguiendo el ruido de las sirenas.

Ese coche accidentado no podía ser el de Skye. Por aquella autopista circulaban montones de vehículos, seguro que muchas de esas personas llevaban maletas de todos los colores. Al fin y al cabo, esa carretera iba hacia el aeropuerto.

Pero el desasosiego se había instalado en su estómago y una vez sucedió ya no logró encontrar la manera de calmarlo. Estaba cada vez más inquieto, cada metro que cubría la preocupación iba en aumento hasta que llegó a un cordón policial.

Miró, y a lo lejos distinguió el camión. La cabina parecía derecha, pero la trasera había chocado contra el quitamiedos y parte de los troncos estaban por el suelo. El conductor hablaba con la policía y no dejaba de llevarse las manos a la cara, angustiado.

Miró en dirección contraria y vio el coche del que le había hablado el camionero. Había dicho la verdad, un tronco estaba enganchado en el parabrisas y había llegado hasta el asiento. El impacto había sido fuerte, a juzgar por el aspecto lamentable del vehículo.

Paseó la mirada entre la policía y la ambulancia, los enfermeros, miró el suelo lleno de cristales y entonces vio la maleta allí tirada. No necesitó mirar dos veces, una maleta de mariquitas rojas era reconocible al kilómetro. A unos metros, una cámara de fotografía profesional hecha trizas.

Notó que se quedaba sin aire, pero sacó fuerzas para levantar la cinta con intención de entrar.

—Oiga, ¿qué hace? —Un policía se acercó—. ¿Sabe para qué ponemos la cinta? Para que la gente no pase. Quédese ahí.

—¿Ha habido heridos? —logró preguntar Owen.

—No puedo… vamos a ver, que no puede pasar, señor. No me obligue a…

Owen miró hacia él, pero sin verle realmente. ¿Para qué servía la policía en realidad? Ni siquiera le decía si ella estaba herida, ¿es que no se daba cuenta de lo importante que era para él saberlo?

Un grupo de policías se apartó de la ambulancia y entonces la vio. Estaba sentada dentro, con una manta sobre los hombros, mientras un miembro del equipo médico paseaba una especie de luz delante de su cara. Tenía expresión aturdida, aunque no parecía herida excepto por un poco de sangre en la sien derecha.

Owen dejó escapar el aire que había estado reteniendo, aliviado, aunque la opresión en el pecho no desapareció. La había encontrado y no pensaba dejarla escapar, solo que ahora que la tenía cerca se dio cuenta de que no sabía cómo ni había trazado ningún plan. Tendría que improvisar, algo que no estaba acostumbrado a hacer.

En la ambulancia, Skye miró la luz por lo que le pareció la millonésima vez. Empezó a mover una pierna con impaciencia.

—Con lo destrozado que estaba el coche y no parece tener nada —dijo el médico—. Debes ser la chica más afortunada del mundo.

—Estoy bien —dijo, también por millonésima vez—. De verdad, tengo que irme.

—Señorita, lo menos importante ahora es que pierda su avión —siguió él, palpando su cabeza—. Acaba de tener un accidente grave, muy grave. Tendrá que estar un rato en observación.

—Lo sé, no me importa el avión. Tengo que volver a Boston, es muy importante. Necesito hablar con una persona.

—La llevaremos al hospital y allí podrá llamar a quien quiera.

—¡No tengo mi móvil! Lo he perdido en el accidente.

—¿No sabe el número?

—Claro que no.

—¿Hay algo más que no recuerde? —Volvió a examinar sus pupilas con la luz—. ¿Sabe su nombre? La amnesia temporal es algo normal en este tipo de golpes.

—Por Dios, que no es eso. ¿Quién sabe hoy el número de teléfono de alguien? Todo el mundo los graba y punto, no los memoriza.

—¿Mareos? ¿Vista doble?

Skye negó con la cabeza y, al hacerlo, vio que se acercaba una figura hacia ellos. Cerró los ojos y los volvió a abrir pero sí, allí estaba Owen, cada vez más cerca, con cara de preocupación.

—¿Y visiones? —preguntó, por si acaso.

—¿Tiene visiones? ¿Qué ve?

—Unicornios rosas no. —Señaló hacia Owen—. A él.

Justo entonces, el policía que iba detrás y al que Skye no había visto, le placó sin avisar haciéndole caer al suelo.

—¡Que me suelte! —gritó Owen—. ¡Voy a denunciarlo por brutalidad policial!

—¡He dicho que no puede pasar!

—¡Pero es que ella es mi…! —Se agitó—. Bueno, es mi…

El policía le puso una rodilla en la espalda y miró a Skye.

—¿Lo conoce?

Aquello la hizo reaccionar. No era una visión: sí que se trataba de Owen.

—Sí, sí —contestó—. Es mi… mmm… mi…

El policía se quitó de encima de Owen, que se incorporó sacudiéndose la ropa.

—Haber dicho que era su novia, hombre —dijo el policía—. La próxima vez, no se salte así un control. Casi le paralizo con el *taser*.

Palmeó su cadera, donde lo llevaba colgado, y Owen retrocedió instintivamente. Pero el policía se tocó la visera a modo de despedida y se alejó.

—¿Esta es la persona a la que quería llamar? —preguntó el médico.

Al oír aquella frase, Owen se giró al instante, encontrándose con los ojos de Skye, que le miraba fijamente mientras afirmaba con la cabeza con lentitud. El médico les miró de forma alternativa. Colocó una tirita en la sien de Skye y se apartó de ella.

—Les doy cinco minutos, después nos vamos al hospital.

Cogió una tablet para apuntar información y se alejó unos metros, mientras Owen se acercaba a ella.

—¿Estás bien? —preguntó.

—Sí, ha sido solo un susto. Aunque me quieren llevar al hospital para estar seguros.

—¿Puedo ir contigo en la ambulancia? —Ella se encogió de hombros—. Skye, ¿a qué se refería el médico? ¿Ibas a llamarme?

Ella bajó la vista, mirándose las manos, que aún le temblaban del susto. Al darse cuenta, Owen se acercó y se las cogió, frotándoselas para que entrara en calor. Aquel gesto no solo aumentó la temperatura de sus manos, sino que sintió que su corazón lo hacía también. Fue como si hasta ese momento hubiera estado paralizado por una capa de hielo y, de alguna forma, se estuviera descongelando ante Owen y su caricia.

—Lo siento —murmuró.

—¿El qué sientes?

—Todo. No tenía que haberme ido otra vez.

—Skye…

—Déjame terminar. Te he hecho caso, ¿sabes? Me he reconciliado con mi padre. —Se frotó los ojos—. No somos los mejores amigos del mundo, aún falta para eso, pero estos días hemos recorrido mucho camino. Y no sé si habría ido a verle de no ser por ti.

—Me alegro por los dos.

Y era así, pero lo que quería era hablar de ellos, antes de que se metieran en una ambulancia y dejaran de tener aquella poca intimidad. Necesitaba decirle todo lo que sentía, hacerle entender que la quería como era y no necesitaba nada más.

—El accidente… ha sido… pensé que no salía con vida—empezó ella, suspirando—. Estaba equivocada, Owen. Ahora lo sé. No tenía que haber huido de nuevo. Aún pienso que no puedo darte todo lo que quieres, pero creo que, al menos, tenemos que intentarlo. No puedo seguir mi vida como si nada, no sabiendo que tú estás al otro lado del país cuando podríamos ser felices juntos, en lugar de miserables separados. No sé si podrás darme otra oportunidad, después de haberte abandonado dos veces tu confianza en mí debe estar por los suelos, pero…

Owen la interrumpió cogiendo su cara con delicadeza entre las manos y besándola, lenta y suavemente para no hacerle daño, pero también de una forma tierna y llena de amor que estuvo a punto de hacerla llorar. Recorrió sus labios con los suyos como si fuera la primera vez que lo hacía y quisiera memorizar cada milímetro de ellos.

—No tengo nada que perdonar —le dijo, separándose apenas unos centímetros—. Ni tienes nada que cambiar. Te quiero como eres. No necesito que me jures ante nadie que estarás conmigo, me basta tu palabra y que estés a mi lado.

—Pero… tu familia…

—Ellos son felices así. ¿Tú me ves en una granja criando niños y ordeñando vacas? Jamás me pondré otra vez una camisa de cuadros de franela. —Ella no pudo evitar una sonrisa—. Solo necesito que me digas que me quieres, que vivirás conmigo, y me vale. Porque yo te quiero, por si no lo has entendido bien.

—Owen. —Le acarició una mejilla— Por favor, no te pongas una camisa de franela. Y sí, iré contigo a vivir a Boston… o donde sea. Te quiero, pecoso.

Le besó mientras veía que el médico se acercaba a ellos, pero no le importó. Porque se dio cuenta de que allí y en ese momento, ya habían sellado una promesa.

A veces, el amor sí era suficiente.

EPÍLOGO

The Washington Post, noticias de Cultura

El libro de fotos «Detrás de la política: el Ethan Lewis desconocido», de Skye Kaplan, número uno en ventas

Skye Kaplan, la fotógrafa bostoniana, ha entrado en la historia de la fotografía con su libro de imágenes de nuestro nuevo presidente, Ethan Lewis. Las instantáneas, tomadas durante la pasada campaña a la presidencia, muestran el lado más humano y desconocido del presidente Lewis.

Jamás hubiéramos imaginado poder ver a uno de nuestros políticos de esta forma, en escenas de la vida diaria y en las situaciones más insospechadas, como siendo mordido por la querida marmota Phil o montado de la forma más estrambótica sobre un caballo. Por no hablar de la sorpresa que encontramos en las últimas páginas, que incluyen fotos de su boda secreta en las playas de México con su ahora esposa Alexandra Jones-Lewis. En las mismas podemos ver también a su jefe de gabinete, Owen Sawyer, como padrino, y a la misma Kaplan como dama de honor. Todo un lujo por el cual se matarían las revistas del corazón pero que, de esta forma, ha evitado el tráfico con las imágenes y ha satisfecho a quienes nos preguntábamos cómo había sido la boda, después de enterarnos tras el escueto comunicado oficial que emitió el partido.

La señorita Kaplan vive actualmente en Boston y alterna trabajos fotográficos para la Casa Blanca con su carrera como *freelance*. Ha demostrado tener mucho que decir en el mundo del arte y esperamos con gran expectación su próximo trabajo, que estamos seguros, no dejará indiferente a nadie.

AGRADECIMIENTOS

Eva M.Soler: Agradecer en primer lugar, como siempre, el apoyo de mi marido y mi madre, con los que siempre puedo contar.

Mabel, Ángela, Agur, no solo familia, sino fieles lectoras.

A Emma, por esa amistad salpicada de sinceridad, algo difícil de encontrar hoy en día. Izaskun A., porque siempre podemos contar contigo en todo y nos ayudas encantada, además de aportar una imagen de seriedad colectiva al grupo ☺ Zaida, por estar siempre a nuestro lado y entre todas haber logrado formar este equipo.

Ainara B., por seguir teniendo tu amistad aunque pasen los años, que dure.

Toñi y Salomé, porque siempre os llevo conmigo, hablemos mucho o poco.

Susana, Izaskun, Valeria, Aranzazu, Luz, Inmaculada, Rebeka, Alicia, Aitziber, es un lujo que siempre estéis con nosotras. Nos alegramos de teneros cerca.

A Mónica-Nari, por ser nuestra lectora cero de manera desinteresada y ayudarnos, además de esas divertidas charlas que desarrollan tanto la creatividad ☺

China Yanly, porque siempre es un placer trabajar contigo y te estamos muy agradecidas por todo lo que haces por nosotras, además del placer de que te guste nuestro trabajo. Cecilia, por esa ayuda inestimable, las Divinas son maravillosas.

A Ido, por seguir siempre adelante, que no nos falten ideas, compenetración y diversión ☺

Idoia Amo: A mis soles, Unax y Alize. Ahora sois dos las luces que iluminan mi vida, os adoro con locura.

Gurko, por aguantarme como solo tú sabes: te quiero.

Mamá, que siempre estás ahí, y Miren, con tus críticas: no sé qué haría sin vosotras.

Me uno a Eva en sus agradecimientos a todas las amigas y lectoras que ha mencionado. Sois una parte muy importante en todo esto, sin vosotras nada sería posible.

A Eva: escaloncito a escaloncito, subiendo siempre y echando risas por el camino, ¡a seguir así!

A todas nuestras lectoras, por leernos siempre, por caminar de la mano a nuestro lado y arroparnos con cada nueva publicación. Por brindarnos un apoyo que a estas alturas nos sigue sorprendiendo, maravillando. Por formar parte de nuestro día a día, queremos que os quedéis con nosotras.

OTRAS OBRAS

Alexandra es la oveja negra de la familia. Profesora de instituto, divorciada y de aspecto común, nunca ha conseguido estar a la altura de lo que su madre esperaba de ella. Y tampoco va a lograrlo en esta ocasión... ¡todo lo contrario!

En la boda de su ~~estúpida~~ perfecta hermana menor con el guapísimo senador Ethan Lewis, a quien Alex ama en secreto, se monta tal follón que el enlace acaba por no celebrarse. Y Alex decide que es un buen momento para aprovechar ese viaje de novios a la Riviera Maya que tiene pinta de quedar relegado al cajón de «cosas para devolver».

Ni corta ni perezosa, se embarca en un vuelo con su mejor amiga Skye, dispuesta a desconectar y divertirse durante cuatro maravillosas semanas. Quieren playa, sol, excursiones y margaritas, pero cuando llegan allí les espera una gran sorpresa: el senador, su jefe de campaña y una sola suite que compartir...

Amor escarchado

Eva M. Soler-Idoia Amo

Alexander Green es un joven cirujano plástico que vive en Los Ángeles, entre fiestas y surf, hasta que es testigo de un crimen que lo obliga a entrar en protección de testigos. Para su asombro, es enviado a Sutton, un pequeño pueblo de Alaska, todo lo contrario a lo que está acostumbrado. Un lugar tan lejano como el corazón de la jefa de policía local, Rylee Scott, una treintañera que ha renunciado al amor, y que pronto despertará el interés de Alex. Romance, comedia y nieve, juntos en una sola historia...

Cosas que haces cuando tu novia te deja:
1) Odiar a su nuevo novio, como corresponde.
2) Evitar coincidir con ella.
3) Refugiarte en tu familia y tus amigos.
4) Pensar que de buena te has librado.
5) Plantearte si quieres seguir trabajando para su padre.
6) Tragar bilis cuando se dedica a restregarte a ese puñetero musculitos.
7) Buscar a una chica que te deba un favor y hacerla pasar por tu pareja, aunque tengas que refinarla antes.
8) Espera… borra eso…

En los planes de Liam no entra que su novia actual, Sarah, le abandone tras enamorarse de otro durante sus vacaciones en Australia. Tampoco que peligre su posible ascenso en el bufete donde trabaja, que su hermana se ponga a salir con un guaperas que a todas luces le partirá el corazón, y mucho menos que su atractiva, aunque plebeya vecina, Summer, le destroce el coche durante un accidente en el aparcamiento.

Harto de que Sarah se dedique a amargarle la vida paseando a su nuevo ligue ante sus ojos, este abogado estirado decide seguir un consejo poco sensato: convencer a Summer de que se haga pasar por su novia ante ciertos eventos del bufete. Para que todo salga bien solo necesita refinarla un poco, pero lo que en principio parecía algo sencillo acaba derivando en un giro inesperado…

Bienvenidos a Kiltarlity. Un pequeño pueblo escocés donde no faltan los hombres rudos, los dialectos imposibles, la tradición de los clanes milenarios y, por supuesto, la persistente lluvia.

A sus treinta y dos años, Leslie Ferguson ha logrado alcanzar el éxito en el trabajo y posee un alto nivel económico, pese a que su carácter avinagrado no despierta demasiadas simpatías en sus relaciones sociales. Cuando es enviada a un pequeño pueblo de Escocia por motivos laborales, la estirada joven no tiene más remedio que viajar hasta allí acompañada por su ayudante personal, Shane. Pronto, Leslie descubrirá que su refinado estilo de vida no es compatible con este lugar: sus empleadas no la respetan, no tiene centros comerciales donde satisfacer su vena consumista, y el encargado de ayudarla en su proyecto es un atractivo *highlander* que no para de burlarse de ella.

Pero lo que parecía ser una pesadilla compuesta por niebla, humedad y gente tosca, no solo pondrá a prueba su paciencia durante un año, sino que cambiará su vida de forma radical…

Little Falls es un pequeño y tranquilo pueblo de Minnesota donde nunca sucede nada.

Los habitantes de este idílico lugar desconocen los turbios asuntos que se gestan en Camp Ripley, la base militar afincada a unos kilómetros, donde se están llevando a cabo una serie de peligrosas pruebas virales.

La desaparición de una joven del lugar pone sobre aviso a la jefa de policía Emma Jefferson, quien no tarda en descubrir que se ha propagado un virus, resultado de un proyecto llamado Anxious: un virus que produce infectados rabiosos y que pronto se convertirá en pandemia con consecuencias catastróficas.

Drama, supervivencia, miedo… ¿estás preparado para que tu mundo cambie por completo?

IDOIA AMO   EVA M. SOLER

ANXIOUS

Me dirijo a todos los supervivientes del desastre que está asolando nuestra querida nación para darles un mensaje de esperanza. Me he visto obligado a declarar el estado de excepción, pero el ejército está ahí para ayudarles. Si se encuentran con algún soldado, no huyan: identifíquense y serán evacuados a un lugar seguro.

No todo está perdido.

Nuestro país se encuentra inmerso en una lucha por la supervivencia y pasarán años antes de que sea habitable de nuevo. Nuestro ejército y científicos se están encargando de ello. Hasta entonces, estamos organizando varios lugares donde poder reinstaurar nuestra sociedad y modo de vida americano.

Aquellos que se encuentren en la costa Oeste, diríjanse a los puertos de Seattle, San Francisco y San Diego.

En la Costa Este, a los puertos de Jacksonville, Nueva York, Boston y Portland.

La frontera con México se encuentra cerrada y Canadá está en la misma situación que nosotros, por lo que las únicas salidas son por mar.

Unidos, lo lograremos.

Buena suerte.

Imagina un concurso televisivo dispuesto a todo con tal de subir la audiencia.

Imagina que alguien desaparece sin dejar rastro en un área de servicio.

Imagina que tu deseo más preciado se cumple, y debes pagar el precio.

Imagina que un reflejo hace aflorar tu lado más perverso.

Imagina que el mundo llegara a su fin, y solo tuvieras un último día.

Imagina un túnel de terror en vivo, cuyo macabro recorrido se convertirá en una experiencia aterradora.

Imagina…

Adolescentes sin escrúpulos, lugares de pesadilla, desapariciones misteriosas, padres perversos, demonios internos, rituales de iniciación, una pizca de amor, y sangre… mucha sangre.

«He trazado un círculo, hecho con sangre. Un círculo que delimita Salvación de principio a fin. Nadie puede salir de aquí, y el que lo intente, morirá. Vais a pagar… un sacrificio cada doce meses. Uno por año, como ofrenda por mi sufrimiento.»